KB272739

천년지락

천년지로 1

홍정환 新무협 판타지 소설

초판 1쇄 찍은 날 § 2003년 2월 20일
초판 1쇄 펴낸 날 § 2003년 2월 28일

지은이 § 홍정환
펴낸이 § 서경석

편집장 § 문혜영
편집책임 § 장상수
편집 § 박영주 · 김희정 · 유경화
마케팅 § 정필 · 강양원 · 이선구 · 김규진 · 홍현경
펴낸곳 § 도서출판 청어람
등록번호 § 제1081-1-89호
등록일자 § 1999. 5. 31
어람번호 § 제2-0186호

주소 § 경기도 부천시 원미구 심곡1동 350-1 남성B/D 3F (우) 420-011
전화 § 032-656-4452 팩스 § 032-656-4453
http://www.chungeoram.com
E-mail § eoram99@chollian.net

ⓒ 홍정환, 2003

값 7,500원

ISBN 89-5505-619-2 (SET)
ISBN 89-5505-620-6 04810

홍정환 新 무협 판타지 소설 /千/年/之/路

천년지로

1
풍우처처(風雨凄凄 : 바람과 비가 쓸쓸하거늘)

도서출판
청어람

<h1 style="text-align:center">서 장</h1>

강명이 인연자에게 남긴다.

노부는 강(强)씨 성에 명(冥)이라는 외자 이름을 썼던 사람이다.

아무것도 모르던 어린 시절, 사람이라도 잡아먹을 만한 흉년이 들어 일가족을 모두 잃었다.

노부는 그때 만난 은사의 크나큰 은덕으로 생명을 부지하였을 뿐만 아니라 무공까지 배우게 되었다. 그때가 노부의 나이 열두 살이었다.

열둘에 스승의 문하에 입문하고 그 이후로 십오 년을 수련했다.

스승께서는 내공과 권술을 가르치셨고 도(刀), 검(劍), 곤(棍)에 창(槍), 권(圈), 월(鉞) 등의 병장기를 다루는 법도 두루 가르치셨다.

다행히 노부는 그리 아둔하지 않아 스승이 내리신 가르침을 대강은 수습할 수 있었다. 특별히 스승께서는 노부에게 도가 가장 잘 어울린다고 말씀하시어 후반부의 오 년간은 도법에 치중하여 수련하였다.

십오 년간을 스승의 아래에서 보낸 노부는 하산하여 강호를 두루 떠돌아다녔다. 그러는 중에 몇 차례의 비무로 이름도 크게 떨쳤다.

그때 노부가 이름을 떨친 병기 역시 도였다.

간혹 강호에 도를 낮추어 이야기하는 이들이 있는데 그것은 크게 잘못된 생각이라 아니할 수 없다.

백일도(百日刀) 천일창(千日槍) 만일검(萬日劍)이라.

예로부터 도는 백 일을 수련하고, 창은 천 일을 수행하며, 검은 만 일을 수행한다고 했다.

이것을 잘못 해석하여 도법은 별것 아니고 검법은 대단한 것으로 치부하는 이들이 많다.

물론 검법의 깊은 이치를 깨닫기 위해서는 그만큼 기나긴 세월을 수행해야 한다는 것이 사실이다. 하나 그렇다고 해서 도법에 담긴 이치가 가벼운 것은 아니다.

노부는 그것을 증명하기 위해 젊은 시절을 소진했다.

강호의 동도들은 그런 노부를 도제(刀帝)라는 과분한 이름으로 불러주었다.

하지만 노부는 만족할 수 없었다. 다른 사람은 노부를 높게 평가해 주었지만 노부 스스로는 전혀 만족할 수 없었다.

그래서 노부는 사십이 넘은 나이에 새로운 도전을 하기로 결심했다. 벽에 부딪친 듯 몇 년간 전혀 진보없던 무공의 벽을 허물기 위해 중원에서 멀리 떨어진 곳으로 가서 수행할 것을 결심했다.

마음을 정한 노부는 천산으로 향했다. 극한의 환경이 노부를 강하게 단련시켜 줄 것이라는 확신을 가지고.

그곳에서 노부는 놀라운 것을 발견했다.

어떤 사람에게는 아무것도 아닐지 모르겠지만, 그것을 필요로 하는 사람에게는 모든 것을 다 걸고서라도 차지하고 싶은 세 가지 보물이 그곳에 있었다.

세상을 바로잡을 수 있는 힘,

세상 모든 것을 살 수 있는 힘,

그리고 세상을 파괴할 수 있는 힘이 그곳에 있었다.

그리고 그곳에는 그 세 가지 보물을 지키는 노인이 있었다.

노부는 한눈에 그의 무공이 인간의 경지를 벗어났음을 알 수 있었다. 그래서 비무를 간청하였다.

결과는 무참했다.

그래도 중원천하에 도제라는 이름으로 널리 알려졌던 노부였건만 백 초를 버티지 못하고 패배하고 만 것이다.

노부는 상대에게 다시 비무해 줄 것을 요청했지만 거절당했다. 그는 자신은 천년지로를 지키는 사람이지 싸움꾼이 아니라고 했다. 덧붙여 말하기를 처음에는 노부가 천년지로를 노리고 온 침입자인 줄 알고 싸운 것이라 했다.

하지만 노부는 간절히 청했다. 그와 몇 번만 더 겨루어보면 그때까지의 한계를 깨뜨릴 수 있을 것만 같다는 생각이 강렬하게 들었기 때문이다.

그는 끝까지 모질지는 못했다.

결국 그는 노부의 청을 받아들였다.

단, 한 가지 조건이 있었다.

그것이 노부의 능력으로 가능한 일이었기에 그렇게 해주겠노라고 약속했다.

그렇게 우리의 비무는 시작되었다.

처음에는 백 초, 그 다음에는 삼백 초를 버티면서 노부는 점점 강해졌다.

그리고 어느 날, 노부는 새로운 깨달음을 얻어서 그를 이길 수 있었다.

노부에게 패배한 그는 조용히 눈을 감았다.

노부와의 비무가 그의 생명을 단축시킨 것이었다.

진정으로 미안한 마음이 든 노부는 그와의 약속을 이행하기 위해 최대한의 수고를 했다.

기관진식으로 이름이 높은 귀산곡(鬼算谷)의 제자들을 천신까지 불러들여 기관을 설치했다.

이제 지키는 사람이 없어도 천년지로는 안전할 것이다.

하지만 노부는 이상한 생각이 들었다.

영원히 세상에 드러나지 않는 보물이 무슨 의미가 있을까?

그래서 노부는 천년지로를 찾을 수 있는 몇 가지 안배를 남긴다.

첫째는 천년지로가 은폐된 곳을 알려주는 지도이다.

노인과 비무하며 얻은 깨달음을 비급으로 정리하며 상하권의 책에 나누어 숨겨두었다.

그 무공의 이름은 비안도법(飛雁刀法)이며, 심법과 도법이 각각 상, 하권에 나누어 기재되어 있다.

둘째는 천년지로의 입구로 들어가기 위한 열쇠이다.

노부가 끼고 다니던 구리 반지 하나를 기관의 열쇠로 삼았다.

마지막으로 셋째는 무공이다.

천년지로를 얻기 위해서는 비안도법을 익힌 사람이 필요하다. 지도가 숨겨진 비급을 통해 익혔든, 노부의 전인을 통해 익혔든.

노부의 서신을 얻은 자는 필시 천년지로와 인연이 닿은 자일 것이다.

하지만 이것을 주의하라.

모든 악의 근원은 욕심에 있다.

마음에 이는 욕심을 다스릴 수 있는 자만이 천년지로를 취할 자격이 있다.

보물을 보고 욕심을 품지 않을 인간이 없지만, 그렇다고 모든 인간이 욕심 때문에 생을 망치는 것은 아니다. 외려 욕심을 잘 절제한 사람이 귀중한 보배를 얻어 만인을 이롭게 할 수 있을 것이다.

인연자가 욕심을 이길 수 있는 사람이기를 간절히 소망한다.

1. 만남

거센 눈보라가 천지를 휘감고 지나간 지 사흘이 되었다.

공중에서 바라다본 산야(山野)는 본래의 진초록빛을 잃어버리고 허여멀겋다.

그나마 평지는 쌓여 있던 눈이 조금씩 녹기라도 하는데 산속은 달랐다.

한겨울의 깊은 산속.

눈으로 가득한 그곳에 두 줄기의 자국이 길게 이어져 있는 것이 보인다.

그것은 사람의 발자국이었다.

조그마한 오두막에서 출발한 발자국은 계속 이어지고 있다, 두 사람에 의해서.

장대한 체격의 중년인과 소년이 눈 위를 걸어간다.

중년인은 어떤지 모르겠지만 소년에게는 한 걸음 한 걸음이 힘에 겨워 보인다.

중년의 사내는 자신의 뒤를 따르는 소년을 흘끗 돌아보았다.

소년은 거친 숨을 몰아쉬면서도 묵묵히 걷고 있었다.

사내는 다시 앞을 바라보며 미미한 미소를 지었다.

"엄청나게 내리는군."

그가 독백처럼 중얼거리는 말에 소년은 그의 등을 뚫어져라 응시하였다.

새빨간 얼굴은 이미 찬바람에 얼어붙어 보기 애처로울 정도였지만 눈빛만은 기이할 정도로 생생하였다.

"진우야."

소년은 사내의 목소리에 사내의 등을 바라보았다.

"잠시만 쉬어가자."

사내는 뒤도 돌아보지 않고 소년에게 말했다. 그는 등 너머로 소년이 내쉬는 안도의 한숨 소리를 들을 수 있었다.

'녀석…….'

미미한 웃음이 그의 얼굴에 번져 간다.

이제 막 정오가 지났음에도 불구하고 산속의 길은 어둑어둑했다. 우거진 나무로 인해 빛이 잘 통과되지 않기 때문이었다.

나무 사이로 한 조각의 빛이 내리쪼이는 곳에 한 사람이 나타났다. 그리고 그의 뒤를 이어 또 한 사람이 나타났다.

장대한 체격의 중년인과 소년이었다.

얼굴만 보아선 아직 어린 티가 가시지 않은 소년이었지만 체격만큼은 웬만한 어른에 가까웠다.

타타닥―

앞장섰던 남자가 자신을 따르던 소년을 흘끗 바라보았다. 그리고는 눈짓으로 방금 소리가 나던 곳을 가리켰다.

소년은 말없이 고개를 끄덕이며 사내가 가리킨 곳으로 접근했다.

길에서 약간 벗어난 눈 덮인 나무 둥치 아래를 살펴본 소년은 쓴웃음을 지었다.

"뭐가 걸렸기에 그러냐?"

사내의 물음에 고개를 절레절레 흔든 소년은 뱃가죽이 찢어져 내장이 흘러나오는 토끼를 들어 올리며 말했다.

"여우한테 당한 모양이에요. 덫에 걸린 채로 도망도 가지 못하고 절반쯤 먹혔어요."

"덫을 놓아도 헛수고로군. 여우한테 좋은 일만 시켜주고 말이야. 쳇! 이러다간 정말 굶어 죽겠어."

사내는 그 한마디를 하고는 다시 길을 걷기 시작했다.

사내의 이름은 연도중(燕途中)이다. 그는 복래산(福來山)에서 올해 열네 살이 된 아들 연진우(燕辰雨)와 단둘이 사는 사냥꾼이다.

그는 그리 무능한 사냥꾼은 아니었다. 하지만 복래산 자체가 별로 큰 산이 아니어서 산에 사는 짐승들은 고만고만한 것들뿐이었다.

결국 그들 부자의 주된 사냥감은 토끼 같은 작은 짐승들이 대부분이었다. 폭설로 온 산이 하얗게 변한 지금은 더 할 말이 없었다.

"아무래도 이상해. 아무리 한겨울이라지만 요즘 들어 갑자기 짐승들이 보이지를 않아. 그나마 오늘 겨우 토끼라도 한 마리 건지나 했는데 그것도 물 건너 가버렸고……."

고개를 갸웃거리는 연도중.

나직하게 중얼거리고 있었다.

"설마 권노삼(權老三)의 헛소리가 정말일 리는 없겠지?"

연진우는 조심스럽게 아버지에게 물었다.

"권노삼이 무슨 이야기를 했단 말이죠?"

"……."

아들의 얼굴을 바라본 연도중은 아무 말도 하지 않고 다시 정면을 응시하며 걷기를 계속했다. 확인되지도 않은 이야기를 들려주어서 공연히 불안한 마음을 심어줄 필요는 없었다.

연진우도 굳이 더 이상은 캐묻지 않았다.

"……!"

갑자기 연도중이 걸음을 멈추었다.

그는 의아해하는 연진우의 시선을 무시하고 엎드려 땅바닥으로 귀를 가져갔다.

"……."

무슨 영문인지 알 수는 없었지만 연진우도 덩달아 귀를 바닥에 갖다 댔다.

"들리냐?"

연도중은 땅바닥에 귀를 붙인 채 연진우에게 물었다.

"……."

하지만 아무리 귀를 기울여도 연진우의 귀에는 아무것도 들리지 않았다.

아버지에게 이런 능력이 있었다니…….

연진우는 새삼 감탄하는 눈빛으로 연도중을 바라보았다.

"제법 덩치가 있는 네 발 짐승이 두 마리다. 이쪽으로 오고 있군."

나지막하게 중얼거린 그는 땅에서 몸을 일으켜 세웠다.

"가자."

"예?"

연도중은 답답하다는 표정으로 아들을 바라보며 말했다.

"사람이 아무리 빨라도 짐승보다 빨리 달리기는 어려워. 달리는 녀석을 뒤에서 쫓을 수 있을 것 같으냐? 지금 놈들이 구불구불한 길로 오고 있으니 우리는 직선으로 가서 기다리면 되는 거야."

그래도 못 알아듣는다면 더 이상 해줄 말이 없다는 듯 연도중은 몸을 돌려 달리기 시작했다.

물론 그러면서도 그는 자신의 뒤를 따르는 연진우의 존재를 확인하는 걸 잊지 않았다.

"헉헉!"

어린 시절부터 험한 산속에서 짐승들을 상대로 살아온 사람들의 발걸음이 빠른 것은 당연한 이야기다. 하지만 아직 소년의 발걸음은 아버지의 그것을 따라가지 못했다.

"헉헉!"

연진우는 이를 악물었다. 숨이 턱밑까지 차 올랐지만 멈추지 않았다.

연도중은 달리기를 멈추고 뒤를 돌아보았다. 비록 그의 눈에 들어온 것은 아들의 헉헉대는 모습이었지만 그는 자신을 뒤따라온 아들을 바라보며 흐뭇한 표정으로 미소 지었다.

"길가에 몸을 숨겨라. 언제라도 뛰쳐나올 수 있게."

연도중이 말한 길은 산사람이 아니고는 도저히 알 수 없는 그런 길이었다. 사람이 생겨서 다닌 길이 아니기 때문이다.

그들이 서 있는 길은 짐승들이 다니며 생긴 길이었다.

눈이 없을 때는 산사람이 아니더라도 풀의 짓이겨진 모양으로 대강은 짐작할 수 있다.

하지만 지금처럼 눈이 온 산을 덮었을 때는 경우가 다르다. 산에서 태어나 산짐승을 벗 삼아 산 사람이 아니고는 알 수 없는 길이었다.

연진우는 길 옆의 나무 뒤로 숨었다.

마찬가지로 나무 뒤에 몸을 숨긴 연도중은 눈을 감았다.

흐드득―

무엇인가가 다가오는 소리가 들렸다.

"……?"

연도중은 놀란 표정을 지으며 눈을 떴다.

두 마리의 짐승이 다가오는 소리가 들렸다. 앞에 선 짐승의 발걸음은 가볍고 날렵했다. 그리고 그 뒤를 따르는 짐승은…….

'이럴 수가……. 수일 동안 소득이 없어서 너무 조급히 굴었구나. 만약 권노삼의 이야기가 사실이라면…….'

탄식하는 시간은 잠시였다. 어느새 그들의 눈앞에 한 마리의 노루가 튀어나왔다.

타타닥!

연도중이 제지할 틈도 없이 연진우는 재빠른 동작으로 노루의 앞을 막아섰다. 그리고 그 뒤로…….

크르렁!

연진우는 꼼짝도 하지 못했다.

연진우 때문에 잠시 멈칫거린 노루는 뒤따라온 호랑이의 앞발에 머리가 박살나 뻗어버렸다.

으르렁…….

눈부시던 백설(白雪)이 순식간에 피로 물들었다.

연진우는 이글거리는 맹수의 두 눈알을 응시하며 그대로 굳어버렸다.

스윽─

호랑이가 가볍게 앞발을 들어 연진우에게 다가왔다. 육중한 몸을 움직였음에도 불구하고 기척이 거의 느껴지지 않았다.

"……."

자신에게 다가오는 호랑이를 보고 있던 연진우는 얼어붙은 손발을 움직여 보려고 애썼다. 하지만 이미 공포심으로 마비된 그의 몸은 움직일 줄을 몰랐다.

'복래산에는 호랑이가 없는데…….'

그나마 연진우의 머리 속에 떠오른 생각이다. 그러나 눈앞에 있는 것은 분명 호랑이였다.

크르르…….

호랑이의 나지막한 울음소리.

연진우는 그제야 아버지가 걱정하던 것의 정체를 알았다.

눈 때문에 사냥감을 찾지 못한 호랑이가 다른 산에 나타나는 것.

거대한 맹수라고는 눈 씻고 찾아봐도 없던 복래산에 산중왕(山中王)이 행차한 것이다.

그나마 마을에 나타나지 않은 것이 불행 중 다행이라고 할 수 있을까?

연진우의 사고는 거기서 정지되었다.

한 사람이 죽는 것과 백 사람이 죽는 것.

적어도 이 순간에는 동일하다. 어느 쪽이든 자신이 포함되기 때문이다.

산중왕은 자신의 앞을 막아선 발칙한 인간에게로 한 걸음씩 천천히 다가갔다.

"안 돼!"

외마디 비명 소리와 함께 연도중이 호랑이 앞으로 뛰어들었다. 그는 도저히 사람의 몸놀림이라 보기 어려울 정도로 빠르게 움직였다. 동시에 등에 짊어지고 있던 단창 뽑아 던졌다.

크아앙!

단창은 호랑이의 미간을 피해 오른쪽 눈에 꽂혔다.

호랑이는 창이 꽂힌 눈에서 피를 철철 흘리며 분노의 포효성(咆哮聲)을 질렀다. 눈바닥은 노루의 피가 배어 있지 않던 곳까지 붉게 변하기 시작했다.

연도중은 그 틈에 연진우를 밀쳐 내며 외쳤다.

"도망쳐! 어서 도망치란 말이야!"

아버지의 손에 떠밀려 바닥에 쓰러진 연진우는 멍청한 표정으로 그를 쳐다보았다.

"이 바보야, 뭘 보고 있는 거야? 어서……."

연도중의 말은 계속되지 못했다.

호랑이의 앞발이 그의 머리를 강타했기 때문이었다.

파박!

수박 깨지는 소리가 났다.

연도중의 어깨 위에 있던 것. 머리… 라고 불리던 물체가 사라져 버렸다.

크르렁……!

“으, 으…….”

호랑이는 연진우에게로 몸을 돌렸다.

단창이 꽂혀 있는 눈.

남아 있는 눈.

그리고 그 눈을 응시하는 두 개의 눈알.

“으아악!”

연진우는 의미를 알 수 없는 괴성을 지르며 호랑이에게 달려들었다.

공포로 마비되었던 이성은 여전히 돌아오지 않고 있었다. 단지 그 자리를 분노가 대신해서 채우고 있을 뿐이었다.

이미 대소변으로 형편없이 더러워진 바지는 아랑곳하지 않고 무모하게 달려들고 있었다.

크와아앙!

생각지도 않은 연진우의 기세에 당황한 듯 호랑이는 움찔하며 울었다.

연진우는 아버지의 것과 동일한 형태의 단창을 뽑아 호랑이에게 던졌다. 하지만 분노에 차서 마구잡이로 던진 창이 호랑이에게 맞을 리 없었다.

호랑이는 가볍게 연진우가 던진 창을 피해 버렸다.

호랑이의 포효성이 다시 울려 퍼졌다.

잠시 움찔거리기는 했으나 방금의 공격을 통해 눈앞의 인간이 자기의 눈을 빼앗아간 인간과 동류라는 것을 인식하였는지도 모르겠다.

연진우는 몸에 지니고 있는 것들을 닥치는 대로 던졌다. 마지막에는 부싯돌까지 던졌다.

크워워워!

마지막까지 저항하는 인간의 모습을 본 호랑이는 크게 포효했다. 그리고는 달려들어 한입에 그 인간을 물어 죽이려고 했다.

바로 그 순간!

크르…….

호랑이가 아가리에 연진우의 팔이 물렸다.

아니, 연진우의 팔이 호랑이의 아가리 속으로 들어가 있었다. 호랑이가 연진우의 머리를 물려고 하는 순간 머리 대신 팔을 들이민 것이었다.

클…….

팔뚝이 끊어져도 모자랄 판인데 이상하게도 호랑이는 괴이한 신음 소리만 내면서 덜덜 떨고 있었다.

가죽으로 친친 감은 연진우의 팔에서 핏물이 배어 나왔다. 이빨이 서서히 파고들기 시작한 것이다.

하지만 소년의 두 눈은 팔에서 나오는 피보다 훨씬 붉게 물들어 있었다. 분노에 의해 이성이 지배되고 있는 지금 그는 호랑이의 혓바닥만을 붙잡으려 애쓰고 있었다.

크…….

호랑이는 점점 가쁜 숨을 내쉬었다. 단숨에 박살 내어도 시원찮을 인간이 이렇게 저항해 올 것이라고는 생각도 하지 못했을 것이다.

그러나 언제까지 이렇게 있을 수는 없는 법, 호랑이는 서서히 턱에 힘을 더했다.

으드득!

무언가 으스러지는 소리가 들렸다.

연진우의 팔 뼈가 으스러지는 소리였다.

혀뿌리를 붙잡혀 턱을 놀리기가 결코 쉽지 않을 것임에도 불구하고 호랑이는 입을 다물고 있었다.

"……."

호랑이의 입에 물린 팔에서 흘러나온 피는 어깨를 타고 내려와서 연진우의 상반신을 붉게 물들였다. 그러나 그는 절대로 호랑이의 입에서 팔을 빼지 않았다.

한쪽 눈에 단창이 꽂혀 머리 전체가 핏물로 범벅이 된 호랑이 한 마리.

상반신이 피로 물든 소년.

짐승과 소년은 끊임없이 살기를 내뿜었다.

크르…….

마치 신음처럼 느껴지는 소리가 호랑이의 입에서 흘러나왔다. 그와 동시에 뜨거운 핏줄기도 함께 흘러나왔다.

우드득!

연진우의 팔 뼈가 으스러지는 소리.

그러나 팔에서 흐르는 것치곤 피의 양이 지나치게 많았다.

팔 뼈가 으스러지기 직전, 연진우가 소도(小刀)로 호랑이의 혀를 벤 것이다.

호랑이가 크게 입을 벌렸다. 이 인간의 거추장스런 팔뚝을 단숨에 물어 끊고 한 방에 죽여 버리려는 의도가 느껴졌다.

그때…….

"네 이놈!"

천둥 소리가 들렸다. 아니, 천둥 소리 같은 거대한 소리가 들렸다.

호랑이가 사람의 말을 알아들을 수 있을까?

사람의 이야기를 듣고 호랑이가 행동을 멈출 수 있을까?

상식적으로는 그럴 수 없다가 정답일 것이다. 하지만 눈앞의 호랑이
는 그 목소리를 듣고 움직임을 멈췄다.

"네 이놈, 한낱 짐승 주제에 인명을 해치다니!"

사내의 목소리가 다시 들려왔다. 숲이 뒤흔들릴 정도로 강렬한 목소
리였다.

분노로 마비되었던 연진우의 이성이 순식간에 회복됐다.

연진우는 천천히 눈을 떴다.

어둑어둑한 숲 속에 한 사람이 우뚝 서 있었다.

중년의 사내, 허름한 검은 장삼.

그는 불꽃 같은 눈빛으로 호랑이를 바라보며 태산같이 묵직하게 서
있었다.

크르르…….

호랑이가 위협하듯 으르렁거렸지만 그는 미동도 하지 않았다.

이미 상처를 입었고, 사람의 피를 보아 흥분한 호랑이가 한 사람의
기세로 인해 꼼짝도 하지 못한 채 으르렁거리기만 했다.

"물러가라!"

사내의 목소리가 우렁차게 울러 퍼졌다.

"우욱!"

연진우는 속이 메슥거려 바닥에 헛구역질을 했다.

회색 옷을 입은 중년인이 외치는 소리는 단순히 목소리가 큰 것이
아니었다. 최소한 사람의 내장을 뒤흔들 정도의 힘이 담겨 있는 목소
리였다.

크왕!

호랑이는 연진우의 팔을 뱉어내고 새로 등장한 사내를 덮쳤다.

크와앙!

이성이 돌아온 연진우는 호랑이가 뿜어내는 무시무시한 살기에 꼼짝도 하지 못했다. 하지만 중년 사내는 침착한 얼굴로 호랑이가 날아오는 것을 보고 있었다.

연진우는 두 눈을 감아버렸다.

쉬익!

사내는 새처럼 가볍게 날아올랐다.

그는 공중제비를 돌아서 호랑이의 등에 올라탔다.

퍼엉!

가죽 공이 터지는 듯한 소리가 났다. 그러나 연진우는 여전히 눈을 감고 고개를 땅바닥에 박은 채 꼼짝도 하지 않고 있었다.

잠시의 시간이 흘렀다.

연진우는 눈물과 콧물이 범벅된 얼굴을 들었다. 호랑이의 소리가 들리지 않았다.

그의 눈앞에는 검은색 장삼을 입은 사내가 우뚝 서 있었다. 배를 드러내 놓고 누워 있는 호랑이의 바로 앞에서…….

도저히 믿을 수 없는 광경이 눈앞에 펼쳐져 있었다.

연진우는 누가 시키지 않았음에도 불구하고 자연스럽게 사내 앞에 무릎을 꿇고 고개를 조아렸다.

길게 생각해 볼 것도 없이 산중왕인 호랑이를 목소리로 제압하고 말을 듣지 않는다 하여 단매에 때려죽일 수 있는 힘을 가진 이는 산신령밖에 없었다. 십사 세 소년은 목전의 산신령에게 연신 고개를 조아리며 빌었다.

"신령님, 소인의 아비가 억울하게 호환을 당했습니다. 소인의 아비를 살려주십시오."

소년의 애걸을 들은 사내는 난감한 표정을 지었다.

그는 상승의 무공을 익힌 사람에 불과한데 소년이 이렇듯 애걸을 하니 할 말이 없었던 것이다.

"나는 산신령도 뭣도 아니다."

부드러운 위로의 말 한마디라도 해주면 좋으련만 사내는 무뚝뚝하게 소년에게 말했다.

소년은 사내의 말을 듣지 못했는지 눈물 콧물을 닦지도 않은 채 다시 사내에게 머리를 조아렸다.

"에잉!"

사내는 혀를 찼다.

세상의 일반적인 예의범절을 우습게 여기고 귀찮은 일에 얽매이는 것을 가장 싫어하던 사람이 바로 그였다. 그저 지나가던 길에 한 소년이 호환을 당하게 되어 도와준 것뿐이었다. 그 소년이 자신을 이렇게 당혹스럽게 할 것이라고 짐작이라도 했겠는가.

"아버지 말고 다른 가족은… 엇!"

사내의 얼굴에 떠올랐던 난감한 표정이 더욱 짙어졌다.

소년이 기절해 버린 것이었다.

사내는 소년의 상의를 찢고 팔에 감겨 있던 가죽을 조심스럽게 풀었다.

"허!"

소년의 팔을 바라본 그는 눈살을 찌푸렸다. 원래의 형체를 알아보기 힘들 정도로 심하게 짓이겨진 상태였다.

"이 정도 부상을 입고도 용케 끝까지 호랑이와 사투를 벌였군."

잠시 중얼거린 그는 몇 군데의 혈도를 짚었다. 샘물같이 솟아나던 핏줄기가 점점 가늘어지더니 마침내 멎어버렸다.

하지만 이미 너무 많은 피를 흘린 듯 소년의 얼굴은 창백하기 그지없었고 호흡도 매우 가빴다.

"……."

사내는 눈썹을 가운데로 모았다. 고민하는 기색이 역력했다.

평소의 습관인지 그는 손을 들어 코를 만지작거렸다.

"끄응, 사람을 살리고자 하는 일에 무엇을 아낀단 말이냐. 한상욱아, 너도 아직 멀었구나."

마침내 결심한 듯 그는 품 안에서 조그마한 목갑을 꺼냈다. 그리고 그 안에서 밀랍으로 단단히 봉인된 단약 한 알을 끄집어내었다.

"흐음, 어찌 보면 이것도 인연일 터, 나쁘게만 생각할 일은 아닌지도……."

그는 밀랍을 벗겨낸 후 황금빛이 은은하게 도는 단약을 소년의 입에 밀어넣었다. 그리고는 소년의 상체를 일으켜 등에 손바닥을 붙여 천천히 내력을 주입했다.

"……."

연진우의 얼굴이 붉어졌다.

사내가 약을 먹이고 내력을 주입해 약 기운을 온몸에 퍼뜨린 것이었다.

"휴우……."

소년의 혈색이 돌아오는 걸 확인한 사내는 손바닥을 떼어냈다.

"천만다행으로 신경은 거의 상하지 않았군."

그는 소년을 다시 눕힌 채로 짓이겨진 팔을 만지기 시작했다.

2. 입문(入門)

검은 장삼을 걸친 중년인이 산속을 걷고 있었다.

한상욱(寒霜勖)! 부모가 지어준 이름 석 자보다 스스로 지어 붙인 백수건달(白壽乾達)이라는 별명을 더 좋아하는 사람이다. 그의 외호를 놓고 백수건달(白手乾達)이 아니냐고 비꼬던 사람들은 누구든 예외없이 한상욱의 주먹 맛을 보아야만 했다.

"에잉! 하늘의 이치를 몽땅 깨달을 때까지 오래오래 산다는 내 별명을 가지고 한 번만 더 헛소리하면 가만히 안 놔둘 거야!"

이런 이야기를 들으며 말이다.

그리고 그의 뒤를 따르는 한 소년이 있었다. 깨끗한 새 옷을 입고 있으나 오른팔을 붕대로 친친 감고 있는 소년이었다. 복래산에서 아버지를 잃고 그를 따르기로 한 연진우였다.

'제법인데?'

짐승이 다니기만 해도 길이 생긴다. 하지만 지금 그들이 걷고 있는 곳은 길이 아니었다. 짐승조차 가지 않는 험한 곳을 택해 가고 있는 것이었다.

장정도 걷기 힘든 길이었지만 연진우는 불평 한 번 하지 않고 묵묵히 걷고 있었다.

한상욱은 그런 연진우를 보며 슬며시 미소 지었다.

'성품이 강한 녀석이군.'

이 개월 전 복래산에서 연도중을 매장하고 지금까지 걸어온 거리는 상당했다. 그동안 한상욱이 일부러 속력을 내어보아도 연진우는 새파랗게 질린 얼굴로 끝까지 따라왔다.

"이제 거의 다 왔다. 조금만 더 가면 되니 힘내라."

한상욱이 연진우에게 한마디를 던졌다.

"……."

하지만 연진우는 그 말에 대답하지 못했다. 길을 걷는 것만으로도 소년의 신체는 한계에 도달해 있었다.

한상욱은 그런 연진우의 얼굴을 흘끗 보고는 발걸음을 조금 더 빠르게 했다.

"헉헉……!"

그렇지 않아도 이를 악물고 걷고 있었는데 속도가 더 빨라졌으니 연진우로서는 죽을 맛이었다.

"하하, 잘 따라오는데?"

한상욱은 크게 너털웃음을 웃으며 그 속도를 유지해서 계속 걸었다.

"한 대협이십니까?"

한상욱은 기진맥진한 연진우를 데리고 월아산(月牙山)에 도착했다. 그런데 갑자기 그들 앞에 장창을 든 소년이 나타났다.

눈에서는 형형한 광채가 나고 창을 쥔 손마디는 굵고 강인해 보였다. 한가락 한다는 무림의 인물들에게서나 느낄 수 있는 기운이 동안(童顔)의 소년에게서 느껴졌다.

"잉? 넌 누구냐?"

한상욱이 고개를 갸웃거리자 소년이 미소 지은 얼굴로 대답했다.

"저는 유 자, 무 자, 용 자 쓰시는 분의 제자로 형 노사께 권법을 배우러……."

"머시라?"

한상욱은 소년이 미처 말을 맺기도 전에 버럭 고함을 질렀다.

"유 선배의 제자라고?!"

"그렇습니다."

소년의 얼굴에서 미소가 사라졌다. 사부와 같은 사람에게서 권법을 배웠다길래 가까운 사이로 생각했는데, 뭔가 잘못 짚은 것 같았다.

한상욱은 두 눈알을 부라리고 콧김을 흥흥 내뿜으며 말했다.

"흥! 권법을 배우러 왔다? 온 지는 얼마나 되었는데?"

그의 사나운 기세에 질렸는지 홍염(洪焱)은 고개를 쑥 집어넣었다. 한상욱의 표정과 목소리에는 사람을 압도하는 박력이 있었다.

"언제 왔냐니까?"

그가 버럭 소리를 지르자 홍염은 '어마, 뜨거라' 하는 표정을 지으며 서둘러 대답했다.

“한 달 조금 넘었습니다.”

“그런데 날 어떻게 알아?”

여전히 소리를 버럭버럭 지르는 남자 앞에서 어쩔 줄 몰라 하는 것은 홍염만이 아니었다. 지난 두 달간 그와는 거의 대화다운 대화를 나눠본 적이 없었던 연진우도 당황하기는 매한가지였다.

“노사께서 미리 대협의 용모를 알려주시어…….”

“너, 몇 살이야?”

“예?”

“몇 살이냐구.”

이번에도 대답을 중간에 잘라먹고 고래고래 고함을 치는 한상욱이었다. 옆에서 보고만 있는 연진우의 이마에도 땀이 송골송골 맺혔다.

“열여섯입니다.”

“내가 올 걸 어떻게 알고 나왔어?”

“형 노사께서 지금쯤 오실 것이니 마중을 나가보라고 하셨습니다.”

간신히 정신을 수습한 소년의 대답에 한상욱은 쓴웃음을 지었다.

“역시 노사께서는…….”

소년은 긴장한 얼굴로 한상욱을 마주 보았다. 첫 만남부터 영 쉽지 않았다.

“가시지요. 제가 앞장서겠습니다.”

“야, 열여섯!”

걸음을 옮기려던 홍염의 몸이 뻣뻣하게 굳었다. 또 무슨 말을 하려고…….

“너, 전에도 월아산에 와본 적 있냐?”

“아닙니다, 이번이 처음입니다.”

"그런데 어떻게 길 안내를 해? 비켜, 임마!"

한상욱은 홍염을 밀어젖히고 성큼성큼 걷기 시작했다.

홍염은 옆에 서 있던 연진우를 바라보며 어깨를 으쓱했다가 아주 자그마한 소리로 한숨을 내쉬었다. 그러자 그 즉시 한상욱의 목소리가 날아왔다.

"너, 한숨 쉬었지?"

"……."

거짓말로 둘러댈 수도 없다.

너무나 당연한 이야기지만 내공을 부지런히 연마한 무공의 고수들은 일반인보다 훨씬 청력이 뛰어나다.

홍염이 그것을 모르는 바도 아니었다.

하지만 한상욱의 하는 양은 무림의 고수들이 하는 것이 아니라 시정잡배들이 하는 것에 가까워서 무의식 중에 실수한 것이었다.

"흠……."

한상욱은 뒤로 돌아섰다. 무슨 재미난 생각을 하는지 그의 얼굴에 화색이 돌았다. 하지만 연진우의 얼굴을 흘끗 바라보고는 고개를 도리질했다.

"뭐, 함께 있을 시간은 많을 테니까……."

뭐라고 중얼거린 그는 성큼성큼 걸었다. 홍염과 연진우는 아무 말 없이 그의 뒤를 따라 걸었다.

그렇게 얼마간 걷자 집 한 채가 나타났다. 산중에서 흔히 볼 수 있는 오두막이 여러 채 이어져 있는 형태의 집이었다.

한상욱은 마당에 발을 들여놓았다. 낙엽이 떨어져 온 산이 낙엽투성이였지만 마당만은 깨끗했다.

"청소는 부지런히 했나 보구나."

입술을 삐죽거리며 뱉은 한상욱의 말에 홍염은 쓴웃음을 지었다.

한상욱이 뭐라고 말하려는 순간 노인의 목소리가 들려왔다.

"상욱이 왔는가?"

그 음성을 듣자마자 한상욱은 안채를 향해 허리를 숙이며 점잖은 목소리로 대답했다.

"예, 노사님. 분부하신 일을 처리하고 이제 도착했습니다."

"들어오게, 옆에 함께 있는 사람도 데리고."

계속해서 날아온 노인의 목소리에 한상욱은 허리를 펴며 연진우와 홍염에게 손짓했다.

끼익—

연진우는 한상욱의 뒤를 따라 문턱을 넘었다. 책상 앞에 앉아 붓을 잡고 무엇인가를 쓰고 있는 노인의 모습이 눈에 들어왔다.

"어서 오게. 고생이 많았지?"

노인은 그들이 방에 들어서자 붓을 놓고 자리에서 일어섰다. 오 척 단구에 불그스름한 얼굴을 가진 노인은 빙그레 웃는 표정으로 연진우를 보았다.

"너는 누구지?"

"노사님, 이 아이는……."

한상욱이 뭐라고 말하려 했지만 노인은 손짓으로 한상욱을 제지하며 연진우를 계속 바라보았다.

"아이야, 네 이름이 뭐지?"

"제 이름은……."

연진우는 노인의 얼굴을 보았다.

하얗게 센 머리와는 달리 노인의 얼굴에는 주름살 하나 없을 뿐 아니라 윤기마저 흘렀다.

자신을 바라보는 노인의 시선이 더없이 따듯하다는 생각을 한 연진우는 천천히 입을 열었다.

"저는 복래산에 살던 연진우라고 합니다. 사냥꾼 아버지와 단둘이 살던 중에……."

아버지의 이야기를 하려고 하니 감정이 북받쳐 오른 모양이었다. 연진우는 이야기를 멈추고 흐느끼기 시작했다.

"쯧쯧, 어린것이 험한 일을 겪은 모양이구나. 염아야, 데리고 가서 뭐 좀 먹이고 쉬게 하거라."

"예, 노사!"

노인의 말을 들은 홍염은 절도있는 어조로 대답하며 연진우의 소맷자락을 잡아끌었다.

"가자. 시장하지?"

홍염이 물어오자 연진우는 얼굴을 붉히기만 했다. 노인은 웃으며 홍염을 재촉했다.

"어서 데리고 가거라. 상욱이는 그냥 여기 있고."

홍염은 노인에게 고개를 숙인 후 연진우를 데리고 방을 나갔다.

"그래, 이번에 가보니 어떻던가?"

"겉으로 보기에는 평온하지만 언제 폭발할지 모를 것 같은 분위기였습니다."

한상욱은 진지한 표정으로 노인과 이야기를 나누기 시작했다. 그의 이야기를 듣는 노인의 표정이 무겁게 가라앉았다.

"자네가 보기에는 어느 쪽에서 먼저 도발할 것 같던가?"

노인의 질문을 받은 한상욱은 미간을 찌푸렸다. 결코 쉽게 대답할 수 있는 성질의 문제가 아니었다.

"근래 들어서 전륜궁(轉輪宮)의 힘이 급격히 강해지기는 했으나 아직까지는 구파일방의 위세를 능가하기 힘들 것입니다. 하지만 구파일방이 하나로 뭉치지 못하고 있는 현실을 본다면……."

"본다면?"

한상욱은 침을 꿀꺽 삼키며 이야기를 계속했다.

"전체적인 힘으로는 전륜궁이 약간 밀리기는 하나 단결력이 한 수 위인만큼 어느 한쪽의 우세를 점치기는 어렵습니다. 하지만 구파일방에서도 구심점이 될 만한 사람이 나타나고 각 파의 속가제자들을 모아 세력화한다면 그들은 반드시 전륜궁을 칠 것입니다."

"전륜궁 쪽에서는?"

"전륜궁은 우선 구파일방이 뭉치지 못하도록 최선을 다하고 있습니다."

한상욱은 더욱 목소리를 낮추었다.

"이번에 종남파 장문인의 죽음도 석연치 않은 구석이 적지 않습니다."

"……?"

"종남파는 양(楊) 장문인의 사인을 삼 년 전 비무 때 입은 내상이 발작한 것이라 발표하였습니다. 하지만 심상치 않은 이야기가 오가는 것을 들었습니다."

종남파라면 정파무림의 머리라고 할 수 있는 구대문파의 한 문파였다. 한상욱의 입에서 나오는 이야기들은 현 무림을 흔들 수 있을 만한 이야기였다. 하지만 노인은 여전히 침착하게 가라앉은 표정으로 그의 이야기를 듣고 있었다.

"몇몇 사람을 통해 양 장문이 죽기 한 달쯤 전에 이름 모를 사람과 심하게 다툰 적이 있다는 것을 알아내었습니다. 정체를 알 수는 없었지만 대화 중에 공동파라는 말이 오갔다고 합니다."

노인은 탐스럽게 자란 수염을 쓸어 내리며 한상욱의 말을 받았다.

"이야기 중에 공동파라는 이름이 오갔다는 것은 심증은 될 수 있겠지. 하지만 그런 말이 들렸다고 해서 전륜궁의 공작이라고 생각하는 근거는 무엇인가?"

"현 무림에서 소림과 무당을 제외하면 가장 명성이 높은 문파가 종남과 공동입니다. 두 문파 간의 사이도 친밀한 편이어서 오히려 그들이 소림, 무당을 제치고 구파일방의 우두머리가 될 가능성이 높습니다."

"그렇지."

노인은 고개를 끄덕이며 이야기했다.

"종남, 공동을 중심으로 구파일방이 연합할 가능성이 있었단 말인지?"

"그렇습니다."

"하지만……."

그래도 석연치 않은 구석이 남아 있는 듯 노인은 입맛을 다시며 한상욱에게 물었다.

"공동파라는 이름이 언급된 것만으로는 불충분하지 않은가?"

"그것만이 아닙니다. 제가 알아본 바에 의하면 종남 장문인의 진정한 사인은……."

한상욱은 다시 한 번 침을 꿀꺽 삼켰다.

"오행절맥수(五行絶脈手)일 가능성이 높습니다."

"아!"

한상욱에 말에 적지 않은 충격을 받은 듯 노인은 짤막한 탄성을 토해내고는 잠시 동안 아무 말도 하지 못했다. 잠시 후 노인은 고개를 끄덕이며 천천히 입을 열었다.

"죽기 한 달 전에 그런 일이 있었다면…… 그래, 오행절맥수라면 그것이 설명되지."

오행절맥수는 공동파의 핵심 절기 중의 하나이다.

오행절맥수를 익히게 되면 타 문파의 어떤 무공과도 다른 독특한 내공을 가지게 된다. 한 번의 공격만으로도 다섯 가닥의 경력(經力)을 주입해 상대의 경맥을 상하게 할 수 있는 것이다.

한두 가지의 경력은 어찌어찌 방어한다 할지라도 나머지 경력이 경맥을 끊고 내장을 다치게 하는 것이다. 뿐만 아니라 오행절맥수가 절정에 달한 사람이라면 상대가 죽고 사는 날짜를 자유자재로 조절할 수 있다고 했다.

"하지만 오행절맥수는 공동파 안에서도 장로 급 이상만이 접할 수 있는 무공이 아닌가? 자네의 추측이 사실이라면 전륜궁에서 공동파의 장로를 사주하여 일을 벌였다는 말인데……."

"그렇지 않아도 구파일방은 이번의 일에 촉각을 곤두세우고 있었습니다."

"그렇겠지. 자칫하면 전륜궁을 상대로 싸워보기도 전에 자멸해 버릴 수 있으니 말이야."

한상욱은 크게 고개를 주억거리며 노인의 말을 받았다.

“소림에서도 각별하게 신경을 쓰는 듯하였습니다. 또한……”

이야기하기 곤란한 화제를 꺼내려 하는지 한상욱은 말을 머뭇거렸다.

“말해 보게.”

노인의 말에 한상욱은 고개를 좌우로 흔들고 다시 입을 열었다.

“소림사의 일공(一空) 대사께서 밤중에 저를 찾아왔습니다.”

“……”

갑자기 노인의 안색이 변했다. 오행절맥수를 언급했을 때보다 더욱 놀란 표정이었다.

“일공… 대사가 무슨 일로?”

“소림에서 노사를 인정할 뜻이 있다고 말했습니다.”

한상욱의 이야기를 듣는 순간 노인의 얼굴은 한상욱을 향하고 있었지만 그는 한상욱을 보고 있지 않았다. 노인은 자신과 한상욱 사이에 놓여진 텅 빈 공간을 응시하며 멍하니 있었다.

“파문한 지 사십 년 만에 다시 부른단 말인가?”

한때는 강호의 전설이었던 사나이.

그러나 지금은 평범한 노인의 모습을 한 채 조용히 살고 있는 사람.

권왕(拳王) 형량보(邢楊甫)는 조용히 중얼거렸다.

“이제 와서 소림의 문하라는 이름을 회복하는 것이 무에 그리 중요하겠는가……”

형량보의 말에는 짙은 회한이 묻어 있었다. 사문에서 축출당한 후 뿌리없는 검불과 같은 신세로 강호를 떠돌기 시작한 것이 사십 년 전의 일이다. 비록 지금은 남들이 쉬 업신여기지 못할 이름을 얻었고, 누구의 방해도 받지 않으며 조용히 은거해 살고 있지만 사문의 부름은 여전히 그의 가슴을 뛰게 만들었다.

하지만 입을 연 형량보는 억지로 그 일에는 그다지 관심이 없다는 듯한 표정을 지었다.

"그것 말고 다른 이야기도 하던가?"

"예."

"말해 보게."

한상욱은 쉽게 이야기하지 못했다. 그는 한참을 망설인 후에야 천천히 이야기할 수 있었다.

"지금이라도 돌아온다면 현각(玄刻) 선사의 일에 대하여서는 더 이상 죄과를 묻지 않는다 하였습니다."

"……."

형량보는 멍하니 한상욱을 바라보았다. 한상욱은 그의 시선을 감히 정면으로 받지 못하고 고개를 숙였다.

소림에서 다시 부른다는 이야기를 할 때도 마음이 약간 격동했던 그이다. 하지만 억지로 그 일을 의식하지 않으려 했다. 그러나 스승의 이야기가 나오자 달라졌다. 하늘 아래 혈육의 끈으로 이어진 사람이라고는 단 하나도 없던 그에게 스승은 그저 스승이 아니었다. 아버지였다.

형량보는 떨리는 목소리로 입을 열었다.

"스, 스승님이 아직도 살아 계신단 말인가?"

"그렇다고 합니다. 하지만 제 눈으로 확인한 것이 아니니 정확한 사실 여부는……."

형량보는 한상욱이 뭐라고 더 말하려는 것을 손짓으로 제지했다.

적막이 방 안에 가득했지만 한상욱은 길게 한숨을 내쉬고 있는 그를 보고만 있었다.

한참이 지난 후, 어느 정도 평정을 회복한 듯한 형량보가 조용히 말했다.

"설마 불문에 몸을 담고 있는 이들이 선사를 두고 거짓을 말하겠는가. 그나저나 그들이 그렇게 말하는 것은 분명 무언가 다른 이유가 있을 터인데 무어라고 하던가?"

"소림은 노사가 돌아오셔서 구파일방의 힘을 소림으로 모으길 원하고 있습니다."

형량보의 눈빛이 흐릿해졌다. 간신히 회복한 평정이 깨지는 것이 두렵지 않은 걸까? 그는 흐릿한 눈빛으로 한상욱을 보며 물었다.

"소림이 구파일방의 수장이 아니라면 대체 누가 수장이란 말인가? 더 이상 무엇을 얻고자 한다는 말인가?"

"출가인이 직접 나서기가 껄끄럽다는 것이 표면적인 이유지요. 그리고 아직도 노사를 흠모하는 수많은 소림 제자들의 힘을 끌어내려는 생각도 있을 것입니다."

"흐음……."

형량보는 한숨을 쉬며 탐스럽게 자란 하얀 수염을 쓰다듬었다.

오랜 시간을 형량보와 함께한 한상욱은 지금 그가 자기의 말을 귀담아 듣지 않고 있다는 것을 깨달았다.

한상욱은 조심스럽게 입을 열었다.

"…그리고 예물이라며 소환단을 가지고 왔었는데 제가 그것을 저 아이에게 먹였습니다. 아이가 생사의 기로에 있어서……."

소환단(小還丹)!

대환단(大還丹)과 더불어 소림 제일의 영약으로 알려진 물건이다.

한 알의 소환단은 무림인 한 사람이 십 년간 수련한 공력과 동일한 수위의 내공을 보장해 준다고 한다.

소림사의 방장조차도 소림사에 큰일이 생기기 전에는 함부로 사용하지 않는 것을 예물로 가져올 정도라니, 소림사에서 형량보를 어느 정도로 생각하고 있는지를 단적으로 알 수 있었다.

그런데 한상욱은 지금 그 소환단을 연진우에게 먹였다는 말을 하고 있는 것이다. 물론 말을 하고 있는 한상욱의 표정도 딱딱하게 굳어 있다. 어쩌면 형량보가 받지 않으려 할지도 모를 것을 써버렸으니 할 말이 없는 것이다.

하지만 형량보의 반응은 전혀 의외의 것이었다. 무언가를 골똘히 생각하며 수염만 쓰다듬고 있던 그가 빙그레 웃기 시작한 것이다.

웃음의 의미를 짐작할 도리가 없는 한상욱은 여전히 좌불안석(坐不安席)이었다.

"역시 자네가 내 모든 고민을 날려주는구먼."

"예, 예엣?"

형량보의 말이 떨어지자 한상욱은 두 눈을 크게 치켜떴다. 난데없이 이게 무슨 소리인지…….

"자네가 한 행동이 옳았다는 얘기일세. 하나의 생명을 구하는 것이면 족하지 무슨 대의(大義)를 따지고 대업(大業)을 이루려 들겠는가. 잘했네."

호통까지는 아니라도 분명 어느 정도는 책망받을 것이라 생각했던 한상욱은 민망한 얼굴로 형량보를 보았다.

"허허, 돌아가서 쉬게, 먼 길에 피곤할 것인데."

"……."

"허허 그 사람 참……. 아, 그 아이는 어떻게 할 건가?"

멍청하니 형량보의 얼굴을 바라보던 한상욱은 연진우의 이야기가
나오자 퍼뜩 정신을 차렸다.

"호환(虎患)으로 아비를 잃고 달리 갈 곳도 없고 하니 무공이나 몇
수 가르쳐 볼까 합니다."

한상욱이 멋쩍게 몇 마디를 내뱉자 형량보는 크게 반색을 하며 너털
웃음을 터뜨렸다.

"허, 드디어 자네가 제자를 들이게 되는 것인가?"

한상욱의 얼굴이 빨개졌다. 그는 얼굴이 화끈거리는 것을 의식도 하
지 못한 채 허둥지둥 대답했다.

"그저 몇 수의 손재간, 발재간을 가르쳐 주는 것이면 족하지 제 주제
에 무슨 제자를 들이겠습니까."

"하하, 이 사람아, 나야 내 괴팍한 성격 때문에 아무도 제자로 들이
지 않았지만 자네까지 그럴 필요가 있겠나. 조금 전에 보아하니 눈빛
이 살아 있고 골격도 좋으니 잘 가르쳐 보게. 게다가 소환단까지 꿀꺽
한 아이가 아니던가."

형량보가 계속해서 너털웃음을 터뜨리며 이야기하자 한상욱은 더욱
얼굴을 붉히며 급히 고개를 숙였다.

"……."

"그리고 무용이의 제자 말이네."

혈색 좋은 얼굴의 형량보는 여전히 웃으며 말하고 있었다. 하지만
그의 입에서 유무용의 이름이 나오자 한상욱의 얼굴이 굳어졌다.

'아직도 잊지 못하는 건가?'

그의 굳어진 표정을 본 형량보는 잠시 옛일을 생각했다.

'어쩔 수 없는 일이었지.'

“예?”

인상이 굳어 있던 한상욱은 이야기하려다 말고 자기의 얼굴을 바라보는 형량보에게 짧은 되물음을 던졌다.

“아, 흠흠, 이름은 홍염이라고 하고 나이는 열여섯이라네. 그 아이도 자네가 맡아서 가르치게.”

“예.”

형량보의 말에 짧게 대답하고 다시 말하는 한상욱이다.

“그럼 저는 이만 물러가겠습니다.”

“그래그래, 가서 쉬게.”

형량보의 오두막에서 나온 그는 어두워지는 하늘을 바라보며 생각에 빠졌다.

‘제자라……. 형 노사 아래에 든 지도 벌써 이십 년이 되었구나. 배우기는 하였으나 정식 제자의 이름은 얻지 못했으니 사문이 없는 것이나 마찬가지인 내 신세가 얼마나 한심하였던가. 허허, 그런데 제자라…….’

한참을 생각 속에 잠겨 있던 한상욱은 누군가가 부르는 소리에 정신을 차렸다.

“한 대협…….”

“으응?”

“식사를 준비해 놓았습니다.”

“으음.”

한상욱은 눈앞에 서 있는 홍염을 쳐다보았다.

그렇지 않아도 한상욱에게 잔뜩 얼어 있던 소년은 어깨를 움츠렸다.

“무슨 일이십니까?”

“아, 아니다. 그 아이는 어떻게 하고 있냐?”

만사가 귀찮은지 한상욱은 심드렁한 어조로 물었다.

“피로가 심한 듯해서 식사를 시키고는 바로 재웠습니다.”

“그래, 잘했다.”

한상욱은 멍청하게 서 있다가 다시 홍염을 불렀다.

“열여섯!”

“예?”

“이곳에 온 지 한 달이 되었다구?”

“네.”

무슨 의도로 하는 질문일까? 홍염은 신중하게 한상욱의 질문에 대답했다.

“유 선배 제자라구?”

“네? 네엣!”

그가 지칭하는 ‘유 선배’가 유무용이라는 것을 알아차리는 데는 그리 긴 시간이 필요하지 않았다. 홍염은 한상욱의 이어질 말을 기다렸다.

“수련은 새벽부터다. 자고 있는 녀석도 같이 깨워서 해라.”

“네.”

한상욱은 홍염에게 등을 보이며 뚜벅뚜벅 걸어갔다.

갑자기 그의 걸음이 멈췄다.

“야!”

“예?”

“아니다, 가보아라. 참, 앞으론 대협이라고 부르지 마라.”

뭐라 다른 말을 하려다 만 것 같은 한상욱은 그 상태 그대로 다시 걸어갔다.

홍염은 어둠 속으로 사라져 가는 그의 뒷모습을 보며 고개만 갸웃거렸다.

"그쪽은 산 아래로 내려가는 길인데……."

이른 아침.

아직도 바깥은 깜깜하였음에도 불구하고 연진우는 자리에서 벌떡 일어났다. 아버지와의 오랜 산(山) 생활 탓에 전날 아무리 늦게 자더라도 새벽이 되면 눈을 뜨는 습관이 몸에 단단히 밴 탓이었다.

'여기는?'

처음에는 온통 어두컴컴하기만 했다. 연진우는 잠시 눈을 감고 숫자를 헤아렸다. 열까지 세고 눈을 뜨자 희미하게나마 주변의 사물이 눈에 들어왔다.

나무를 엮은 것 위에 황토를 발라 굳힌 벽이 사방을 둘러싸고 있고 방의 한쪽 구석에는 작은 탁자가 있었다.

눈앞에 있는 것 중 익숙한 것은 아무것도 없었다. 연진우는 미간을 찡그리며 어젯밤 어디서 잠들었는지를 생각해 내려 애썼다.

'그랬지, 그동안 그 사람을 따라왔었지.'

아버지를 잃고 한상욱을 따르기 시작한 지 이미 여러 날이 지났다. 하지만 그동안 다른 생각을 하려 해도 할 수 없을 정도로 힘든 강행군을 했었다. 그날 그 사건 이후로 정말 오랜만에 방 같은 방에서 자고 깨니 오히려 이것이 이상하게 느껴지는 것이다.

"일찍 일어났네?"

그제야 한 방에 다른 사람이 있었다는 것을 알아차린 연진우는 목소리가 들려온 곳으로 고개를 돌렸다.

어제저녁 한상욱을 따라 이곳에 도착한 그에게 저녁 식사를 내어주고 잠자리를 돌봐준 소년이었다.

“……”

연진우는 원래부터 그리 말이 많지 않았다. 말이 많은 사람을 남자답지 못하게 여기던 아버지의 영향이 크다고 할 수 있었다.

갑작스런 사고로 아버지를 잃고 심한 부상을 입은 상태로 강행군을 했다. 그리고 그동안 말을 거의 하지 않았다. 함께 길을 가던 한상욱이 말을 거의 걸어오지 않았기 때문이기도 했다.

그 탓일까? 이제는 뭐라고 말을 하려고 해도 입이 잘 떨어지지 않았다. 저 소년에게 그저 한마디 감사의 인사라도 했으면 좋으련만……

“가자.”

“……?”

어디로 가자는 것인지……. 연진우는 멍하니 홍염의 얼굴을 쳐다보았다.

“한 사범님께서 오늘 아침부터 함께 수행을 시작하라고 말씀하셨어. 어서 출발하자.”

두 소년은 오두막을 나섰다.

그들은 아직도 어스름한 길로 나서며 숨을 크게 들이쉬었다. 양팔을 위로 치켜들고 기지개를 켜자 어깨에서 우드득 소리가 났다. 아직도 완전히 물러가지 않고 남아 있는 밤의 기운 사이로 소년들의 입김이 하얗게 흩어지고 있다.

“헉헉…….”

연진우는 숨이 턱밑까지 차 올라 죽을 지경이었다. 새벽에 밖으로 불러내더니 달리기를 시키는 것이다. 그것도 보통 힘든 달리기가 아니라 태어나 처음으로 해보는 고통스러운 달리기였다.

본래 상승의 무공을 익히기 위해서는 내가(內家)의 공부(功夫)가 필수적이다. 시간적으로는 새벽 시간이 내공을 익히기에 가장 이상적인 시간이다. 하늘과 땅 사이에 새로운 생명의 기운이 가장 충만한 시간이 새벽이기 때문이었다.

따라서 구대문파를 비롯하여 나름대로의 수련 방법이 체계화되어 있는 대부분의 문파는 새벽의 첫 수련을 내력을 쌓기 위해 운기조식(運氣調息)으로 시작한다.

그런데 한상욱은 그들에게 달리기를 지시한 것이다.

“헉…….”

이상하게 숨이 가빠왔다.

어릴 적부터 아버지를 따라다니며 산을 타던 연진우이다. 이 정도의 경사를 이 정도 속도로 잠시 달렸다고 해서 힘들 이유가 전혀 없었다.

이전과 다른 것이라면 등을 보이며 달리고 있는 소년에게 배운 대로 숨을 쉬면서 달리고 있다는 것뿐이다.

아무래도 그 호흡법이 수상쩍었다.

앞장서서 달리고 있는 홍염도 사정이 별로 다르지 않은 것 같다. 걷고 달리는 일에 연진우 이상으로 이력이 나 있는 그도 그 이상한 호흡법으로 숨을 쉬며 달리는 것이 힘들어 죽을 지경이었다.

“이것이 혼원기공(混元氣功)을 익히기 위한 가장 기본적인 것이다. 단, 주의해야 할 것이 하나 있다. 달리던 중간에 숨 쉬기를 멈추면 기혈(氣穴)의 흐름이 꼬이고 내장이 손상을 입을 수가 있다.”

어젯밤 한상욱이 일러준 몇 마디의 법문(法文) 때문에 두 소년은 힘겹게 달리고 있는 것이다.

‘세상에, 달리는 것이 이렇게 힘들 줄이야.’

사부를 따라다니며 온갖 혹독한 수련을 해보았지만 지금의 달리기는 정말 힘들었다. 땀이 비 오듯 하고 근육이 비명을 질렀다.

홍염은 자기도 힘든데 뒤따라오는 연진우는 오죽할까 하는 생각을 하며 뒤를 돌아보았다. 하지만 연진우는 이를 악물고 잘 따라오고 있었다.

“조금 천천히 가자.”

홍염은 간신히 한마디를 내뱉으며 달리는 속도를 줄였다. 하지만 연진우는 그가 속도를 줄이든 말든 상관없이 원래의 속도를 내어 달렸다. 그리고는 얼마 지나지 않아 홍염을 조금씩 앞지르기 시작했다.

자극을 받은 것일까? 홍염의 눈썹이 묘하게 찡그려졌다. 그리고는 원래의 속도를 회복하여 달리기 시작했다.

“힘들지?”

“……”

연진우는 헉헉거리면서도 고개를 가로저었다. 달리는 것이 힘들어 말할 여유가 없기도 하였지만 그보다 왠지 분한 마음이 들어서였다. 덩치도 작은 소년이 산에서 자란 자기보다 훨씬 능숙하게 산길을 달리고 있는 것이 분하게 느껴졌다. 더군다나 자기는 전력을 다해 달리고 있는데 홍염은 사정을 봐주는 듯 느리게 달리다가 빠르게 달리다가 하는 것이다.

연진우의 가슴 속에는 아버지와 단둘이 살면서 한 번도 느낀 적이 없었던 묘한 승부욕이 치밀어 오르고 있었다.

"이익!"

피가 나도록 아랫입술을 깨문 연진우는 다시 속도를 냈다. 지금까지 달린 것만 해도 자신이 할 수 있는 최선의 것인데 더욱 속도를 증가시킨 것이었다.

앞장서서 달리던 홍염을 제치자 묘한 희열이 온몸을 휘감았다. 이 또한 이전에는 느껴보지 못했던 감정이다.

다시 연진우의 뒤에 서게 된 홍염은 연진우의 등판을 바라보며 다시 속도를 낼 것인지 말 것인지를 고민했다. 무슨 연유로 그렇게 죽을 둥 살 둥 달리는 건지는 몰라도 자기가 추월하면 저 소년도 다시 속도를 낼 것이라는 것은 알 수 있었다.

하지만 생각은 머리로 하고 움직임은 몸으로 하는 것이다.

홍염이 머리를 이리저리 굴리고 있을 때 이미 그의 몸은 달려나가고 있었다. 어쩌면 그의 마음속에도 지금 저 앞의 소년이 가지고 있는 그런 경쟁심이 불타고 있는지도 몰랐다.

앞서거니 뒷서거니…….

그렇게 달리기를 계속하는 사이에 어스름하던 하늘은 어느새 환해져 있었다. 그리고 나서도 한참 후에야 그들은 출발했던 곳으로 돌아올 수 있었다.

연진우는 달리기를 멈추자마자 공터 한구석으로 갔다.

"우엑……."

먹은 것도 없는데 왜 구역질이 나는 것인지……. 연진우는 그때 처음으로 몸을 무리하게 쓰는 것만으로도 구토가 나온다는 것을 알았다.

"이런, 많이 힘들었나 보구나?"

홍염이 자상하게 말을 걸어왔다. 하지만 연진우의 귀에는 그의 자상한 말소리가 비웃음으로 들렸다.

"쳇! 잘난 척하기는……."

어제 처음 만났을 때—자기에게 한 말은 아니었지만—열여섯이라고 하는 이야기를 듣기는 했다. 하지만 덩치도 작고 얼굴도 곱상한 것이 도무지 그렇게 보이지 않았다. 그에 비하면 열네 살 먹은 연진우는 어른이나 진배없는 덩치를 가지고 있었다.

"언제부터 봤다구 꼬박꼬박 반말을 하는 거야?"

물론 혼자서 중얼거리는 소리였다. 아무리 세상 물정에 어두운 연진우였지만 강호 사람들이 무서운 힘을 가지고 있다는 것 정도는 알고 있다. 더군다나 한상욱의 무위를 두 눈으로 목도하지 않았던가. 덩치는 작아도 조심스러울 수밖에 없었다.

"뭐라구?"

딴에는 조용히 한다고 했는데 별 소용이 없었던 모양이다. 연진우가 고개를 돌린 곳에는 고리눈을 뜬 홍염이 있었다.

"아니."

짤막하게 대꾸하고 다시 고개를 돌리는 연진우. 조금 전 신나게 토악질을 하느라 아직도 입 안이 시큼시큼하다.

홍염도 지칠 대로 지친지라 그 이상은 이야기하지 않았다.

홍염은 헐떡이는 가슴을 쓰다듬으며 호흡법을 가르쳐 주었다.

"달리기를 마친 후에는 이렇게 하지 않으면 몸이 상한다고 하시더라."

두 사람은 선 채로 숨을 골랐다.

어느 정도 호흡이 안정되자 홍염은 허리에서 소리가 날 정도로 세게 상체를 좌우로 흔들었다.

"휴, 이제 좀 살겠네. 그나저나 너 잘 달리더라."

"사냥꾼 아들이니 잘 뛰는 건 당연하지."

홍염으로서는 무뚝뚝한 연진우에게 어떻게 말이나 한번 걸어보려고 했던 것인데 돌아오는 대꾸는 지나치게 정나미 떨어지는 것이었다.

비록 유무용 절정고수에게 무공을 배운 홍염이었지만 어디 무공이 강해진다고 인격마저 함께 성장한다고 할 수 있겠는가. 또래의 아이들에 비해 점잖은 편이기는 하지만 결국 홍염도 열여섯의 소년일 뿐이었다.

"흐응, 덩치가 크다고 내가 만만하게 보이나 보지?"

홍염이 이야기를 하며 앞으로 한 걸음 내딛자 연진우는 부지중에 뒤로 물러섰다. 그는 뒤로 물러선 자신의 모습을 발견하고는 크게 놀랐다.

'이게 무슨 꼴이람. 한눈에도 약골같이 생겼는데…….'

연진우는 마음을 굳혔다. 어차피 이곳에서 함께 기거할 것이라면 초장에 기를 단단히 잡아놓아야 할 것이다. 죽은 아비도 늘 그런 이야기를 해주었다.

"절대로 물러서지 마라. 한번 가볍게 보이면 끝장이야. 사람이든 짐승이든 처음 보았을 때 기선을 잡는 게 제일 중요하거든."

아버지의 얼굴이 머리 속으로 스쳐 지나갔다.

"쳇! 자기는 결국 한 방에 죽어 자빠졌으면서……."

연진우는 망막이 뿌예지는 것이 느껴져 눈을 비비며 중얼거렸다.

"뭐라고 하는 거야?"

홍염의 목소리가 들려오자 연진우는 어깨를 쭉 펴고 가슴을 내밀었다. 두 눈을 부릅뜨고 홍염을 째려보았다.

"이것 봐라, 정말 해보자는 거야?"

홍염은 우습지도 않다는 듯이 어깨를 으쓱거리며 말했지만 연진우의 머리 속에는 오직 한 가지 생각뿐이었다.

'창(槍)! 창만 없으면 저런 약골쯤은 한 방에…….'

어제 본 홍염은 손에 창을 들고 있었다. 만약 무기를 가지고 있다면 무공을 배운 적이 없는 자신이 불리하겠지만 맨손이라면 영 자신이 없는 것도 아니었다.

"흥! 자신있으면 사나이 대 사나이로 한번 붙어보자. 맨손으로 말야!"

연진우의 의도를 알아차린 홍염은 피식 코웃음을 쳤다. 비록 권법을 주로 해서 전문적인 수행을 한 것은 아니나 어릴 적부터 사부를 따라다니며 손발 쓰는 법을 부지런히 배워왔다. 더군다나 강호의 내로라하는 고수들과 사부가 벌이는 비무를 죽 봐온 홍염의 안목과 동체 시력은 보통이 아니었다. 덩치만 큰 아이가 당해낼 수 있는 수준이 아닌 것이다.

반면에 자신을 보며 실실 웃는 홍염을 바라본 연진우는 슬그머니 부아가 치밀어 올랐다. 분명히 저것은 자기를 우습게 여기는 모습이었다.

'보나마나 무공 몇 수 배웠다고 나를 우습게 여기는 모양인데, 어디 그렇게 쉬운지 한번 해보자구.'

쉬익!

연진우가 앞으로 튀어나가며 재빠르게 주먹을 내밀었다.

홍염은 가볍게 그 주먹을 피했다. 하지만 그가 주먹을 피한 곳에는 연진우의 매서운 발길질이 기다리고 있었다.

'이건 그냥 하는 주먹질이 아니잖아?'

아슬아슬하게 발길질을 피해낸 홍염의 이마에 땀방울이 송골송골 맺혔다. 그만큼 놀랐다는 이야기이다.

선허후실(先虛後實)이라는 말이 있다.

처음에는 허초를, 다음 수에는 실초를 날리는 것으로 무공을 배우는 사람들에게 실전의 허실을 알려줄 때 가장 처음으로 이야기하는 기초 중의 기초였다.

하지만 홍염은 설마 저런 촌놈이 그런 방식으로 싸울 것이라고는 생각도 하지 못했기에 꼼짝없이 그의 공격에 당할 뻔했다.

"놀라긴, 무공은 너만 익히란 법 있나?"

빠르게 말을 내뱉으며 제이, 제삼의 공격을 날리는 연진우. 하지만 홍염은 여유있게 피해내며 그의 공격을 바라보았다.

처음에는 연진우가 손발을 놀리는 것이 어떤 법도가 있을 것이라곤 전혀 생각하지 못해서 낭패를 겪었지만 그가 누구인가? 사해(四海)를 종횡하며 천하 각지의 고수들을 격파한 패왕창의 하나뿐인 제자가 아니던가. 연진우는 정신을 차린 홍염의 적수가 되지 못했다.

"촌놈, 이젠 그만 까불어라."

홍염이 소리를 지르며 연진우의 덩치 속으로 뛰어들었다. 그리고는 상체를 가볍게 흔들었다.

퍽!

연진우는 뭐가 어떻게 된 건지도 모른 채 그대로 뒤로 넘어졌다. 산 아래 마을 녀석들이 떼거리로 달려들 때는 큰 덩치에서 나오는 힘과 짐승들을 사냥하면서 몸에 밴 순발력으로 충분히 상대할 수 있었다. 하지만 지금 그 경험이 일순간에 헛것이 되어버린 것이다.

"버릇없이 군 건 용서해 주마. 단지 나를 형님으로 부르고 죄를 빈다면……."

휘익―

용수철이 튀듯 연진우가 바닥에서 팅겨져 일어섰다.

"웃기지 마라. 내가 왜 그 딴……."

하지만 연진우의 말은 끝까지 이어지지 못했다. 어느새 코앞에서 홍염의 얼굴이 보였기 때문이기도 했고, 그의 손이 자기 뺨을 연신 갈기고 있어서이기도 했다.

철썩철썩!

"천둥벌거숭이 같은 놈, 어제 처음 본 놈이지만 내가 그렇게 친절하게 대해주려고 했는데……."

비록 공력을 운기하지 않은 손짓이었지만 다년간 무공을 연마한 홍염의 손속은 어른도 감당하기 어려울 정도로 매서웠다. 순식간에 입술이 터지고 볼이 부풀어 올랐다.

"이제는 네 주제를 알겠지?"

"……."

핏물이 눈에 튄 걸까? 연진우의 눈은 붉은빛이었다. 아주 지독한 독기를 품고 있는 붉은 눈동자였다.

갑자기 깨진 쇠 종이 울리는 듯한 소리가 들렸다.

"이 자식들이 어디서 싸움박질이야?!"

홍염의 얼굴이 하얗게 변했다. 한상욱이 온 것이다.

어디서 무엇을 하고 온 것인지 그의 옷에는 먼지가 잔뜩 묻어 있었다.

하기사 몇 달을 밖에서 뒹굴었으니 먼지투성이인 것이 오히려 자연스러울 수도 있다. 어제 들어와서 씻고 옷을 갈아입지 않았다면 말이다.

"뭐야?"

한상욱은 눈알을 희번덕거리며 좌우를 휘휘 둘러보았다. 엉망으로 터지고 깨진 연진우의 얼굴이 눈에 들어왔다.

홍염은 한상욱이 연진우의 얼굴을 계속 보고 있자 입 안이 바싹바싹 탔다. 분명히 먼저 주먹을 날린 것은 연진우였다. 하지만 지금 얻어터져서 흉한 꼴을 보이고 있는 것도 연진우였다. 한상욱이 어떻게 나올 것인지가 문제였다.

"흥!"

한상욱은 고개를 돌려 홍염을 보았다.

"애를 왜 이렇게 두들겨 팼어?"

"그게……."

뭐라고 말을 해야 할까? 사실대로 이야기한다고 하더라도 딱히 연진우를 그렇게 만들어놓아야 할 이유는 없었다. 갑자기 일어선 연진우를 대하는 순간 그렇게 하지 않으면 안 될 것 같은 어떤 기운을 느낀 몸이 본능적으로 반응한 것이라고밖에는 할 말이 없었다.

하지만 이번에도 한상욱은 손을 훼훼 저으며 말을 가로막았다.

"뭐, 애들은 싸우면서 크는 거니……. 따라와라."

두 소년은 휙 소리가 나게 몸을 돌리고 걸어가기 시작하는 한상욱의 뒷모습을 바라보았다.

쓰윽—

바닥에 손을 짚고 일어난 연진우는 소매를 들어 입가에 묻은 피를 쓱쓱 닦아냈다. 그의 눈동자는 억울한 기색이 가득했다.

아무 말도 하지 않고 그대로 한상욱을 따라가는 그를 보며 홍염은 혼자 중얼거렸다.

"내가 왜 그랬지? 내가 왜 그런 거지?"

아무리 생각해 보아도 자신이 너무 흥분한 것이었다. 그만큼 흥분할 이유가 전혀 없었음에도 불구하고 그렇게 했던 이유가 무엇일까?

홍염은 중얼중얼하며 한상욱이 사라진 방향으로 발걸음을 옮겼다.

"저 눈… 독사새끼 같은 저 눈……."

연진우와 홍염은 어리둥절한 표정으로 서 있었다.

그들을 이끌고 들어간 한상욱은 아무 말도 없이 두 개의 목갑을 던졌다.

목갑을 받아 든 두 소년은 한상욱의 눈치를 살폈다.

"열어봐라."

기다리기 짜증이 난 것인지 한상욱이 통명스럽게 말을 던졌다.

소년들은 조심스레 목갑을 열었다.

'어제 산 아래로 간 것은 이걸 구하러 간 것이었나?

홍염의 손에 들려진 것은 백의(白衣)였다. 연진우도 같은 것을 들고 한상욱을 바라보고 있었다.

한상욱은 자신을 멍하니 쳐다보는 소년들에게 고함을 빽 하고 질렀다.

"뭘 그렇게 멀뚱멀뚱 쳐다보는 거야? 그럼 그런 허름한 옷을 입고 노사께 인사드릴 거야? 빨리 갈아입어!"

한상욱의 불호령에 두 소년은 허겁지겁 옷을 벗었다.

세상에서 가장 아름다운 조각품은 인간의 신체라고 말했던가. 소년들의 몸은 더할 나위 없이 아름다웠다. 무공으로 단단하게 다져진 홍염은 물론이고 연진우의 신체도 군살 한 점 없는 아름다운 몸매였다. 최고의 도공(陶工)이 정성을 다해 빚어 만든 질그릇이 이럴까?

한 가지 흠이라면 거의 피부가 짓이겨진 것 같은 연진우의 오른팔이었다. 호랑이에게 물렸던 상처는 참혹한 흔적을 남겨주었다.

그들을 보고 있는 한상욱의 눈빛은 빚어서 말린 그릇을 불에 넣으려는 도공의 그것과 같았다. 잘 빚어 응달에서 말려 좋은 형태를 갖추기는 했지만 아직 불에 들어가지 않은 것이다. 이제 그 일을 해야 할 차례가 왔다.

"다 갈아입었으면 가자."

조금 전과는 다른 진지한 목소리로 말을 던진 한상욱은 먼저 방문을 열고 밖으로 나섰다. 소년들은 그를 따라 맞은편에 있는 초막으로 향했다.

그들이 향하고 있는 곳은 낡았지만 깨끗하게 관리된 초막이었다. 한 시대를 풍미한 거인이 머물고 있기에는 매우 작고 초라할 수도 있는 곳이지만 그조차도 단출한 것을 좋아하는 형량보의 성품을 느낄 수 있게 해주는 부분이었다.

끼이이―

초막의 문은 들릴 듯 말 듯한 삐걱거리는 소리를 내며 열렸다. 밖에서 열기 전에 안에서 먼저 연 것이다.

문이 열리며 노인이 걸어나왔다. 낡은 회색 단삼(短衫)을 걸친 오 척 단구는 꼿꼿하게 세워져 도무지 노인이라고 생각할 수 없는 강인함마저 느껴졌고 불그스름한 얼굴에서는 아직도 생생한 생명력이 발산되는 듯했다.

"왔는가?"

"예!"

한상욱은 형량보 앞에서 고개를 푹 숙였다. 하늘과 땅 사이에 무서울 것이라곤 없는 것처럼 굴던 그도 오직 한 사람, 형량보 앞에서만은 더없이 조용했다.

"진우의 정식 입문 인사를 드리려고 왔습니다."

"인사는 무슨, 자네와 내가 사승(師承)의 관계를 맺은 것도 아닌데……."

형량보는 그렇게 이야기하면서도 손짓으로 그들을 들어오라고 하였다.

연진우와 홍염은 약간 어정쩡한 자세로 형량보와 한상욱의 뒤를 따라 들어갔다.

"편하게 있거라. 상욱이 자네도 이리 와서 앉고……."

형량보는 웃으며 이야기했지만 한상욱의 얼굴은 편안하지 못했다.

그는 당황한 표정으로 형량보를 보고 있었다.

"제가 어찌 노사와 나란히 앉을 수 있겠습니까?"

"허허, 이 사람아, 자네도 오늘부터는 사부가 될 것인데 서서 절을 받으려 한다는 말인가? 군소리하지 말고 어서 앉게!"

한상욱은 그제야 얼굴을 붉히며 형량보가 가리킨 의자에 앉았다.

형량보는 손을 들어 천천히 수염을 쓰다듬었다. 연진우의 부어오른

얼굴을 잠시 보는 듯했지만 이내 시선을 거두었다. 그의 근엄한 목소
리가 소년들을 향했다.

"흐음, 내 비록 정식으로 제자를 들인 적은 한 번도 없으나 작은 가
르침을 나누어 준 사람은 수없이 많구나. 그중에서도 가장 오래 내 곁
에서 귀찮은 심부름을 해가며 별 볼일 없는 내 무공을 모두 가져간 사
람이 너희들 눈앞에 있는 사람이다."

한상욱의 얼굴이 귓불까지 붉어졌다.

"염이의 스승도 가고자 정한 길이 달라 떠나기는 하였지만 내 아래
서 오랫동안 수련했다. 비록 내가 너희들 앞에 있는 이 사람과 정식으
로 사부와 제자의 연을 맺지는 않았지만 내 마음으로는 이 사람을 내
제자로 생각하고 있으며 염이의 스승 또한 그러하니 너희들 역시 사손
(師孫)으로 생각할 것이다. 진우야……."

"예!"

"네 사부가 될 사람이다. 구배(九拜)를 올리거라."

연진우는 자리에서 일어나 공손하게 아홉 번의 절을 올렸다. 형량보
는 흐뭇한 눈으로 그 모습을 보며 계속해서 말했다.

"염이는 세 번만 절을 하거라."

홍염의 절이 끝나자 형량보가 다시 입을 열었다.

"이제는 자네 차례일세."

"예?"

"하하, 제자에게 덕담 한마디는 해줘야 할 것 아닌가?"

"그, 그것이……."

한상욱의 얼굴이 다시 붉어졌다. 번데기 앞에서 주름잡는 것도 정도
가 있지 어찌 천하제일의 무인을 앞에다 두고 이러쿵저러쿵 이야기를

한단 말인가. 다른 사람들 앞에서는 한없이 강한 한상욱이지만 형량보 앞에서는 언제나 조심스러울 뿐이었다.

"어서!"

형량보의 눈가에 웃음이 서렸다. 제자나 다름없이 생각한다고 말했던 사람의 일을 진심으로 기뻐해 주고 있는 것이다.

"끄응……."

한상욱은 형량보의 눈치를 살피며 길게 한숨을 내쉬었다. 그리고는 천천히 입을 열었다.

"수련을 시작하자."

3. 초목수호신군(草木守護神君)과의 한판!

떡 벌어진 어깨, 두툼한 가슴, 짙은 눈썹, 부리부리한 눈망울, 어느한 가지로도 만만하게 보일 구석이 없는 사내가 있다. 그는 두터운 입술을 꾹 닫은 채 천천히 움직이고 있었다.

걸음걸음이 절도가 있고 손을 내밀고 걷어내는 동작에서 웅장한 힘이 느껴졌다. 그저 허공에 대고 하는 의미없는 움직임이 아니란 것쯤은 누가 보아도 알 수 있을 것이다. 권법으로 일가를 이룰 만한 사람이 아니고서는 절대 보여줄 수 없는 몸놀림이다.

"이것이 바로 칠십이로의 파옥권(破玉拳)이다."

한차례 시범을 마친 한상욱은 호목(虎目)을 부라리며 연진우와 홍염을 향해 말했다.

"형 노사는 본래 소림의 제자였다. 하지만 소림을 떠나 각파각가(各派各家)의 무공을 두루 견식하시고 체험하며 말년에 정리하신 것이 이

파옥권이다. 이 권법은 내가 너희들에게 가르칠 것의 시작인 동시에
끝이다."

내뱉듯이 말을 마친 한상욱은 다시 한 번 파옥권을 보여주었다.

남천축국 향지국(香至國)의 셋째 왕자인 보리달마(菩提達磨)는 양나
라 때 선종불교(禪宗佛敎)를 중원으로 가져왔다.

하지만 세인들에게 달마의 이름을 이야기했을 때 가장 먼저 떠오르
는 것을 들라고 하면 바로 천하에 이름 높은 소림사의 무예를 이야기
할 것이다.

달마 대사가 소림사에 도착하여 보니 승려들이 앉아서 참선만 하느
라 체력이 약해지고 건강을 해치는 경우가 많아서 그들을 위해 육체의
건강을 잃지 않으면서도 선(禪)에 몰두할 수 있는 방법을 연구하여 가
르쳤다고 한다. 그리고 그것을 체계적으로 정리하여 기록한 책자가 역
근경(易筋經)과 세수경(洗髓經)으로 소림 무예의 기원을 알리는 책자였
다.

소림의 무예는 그 이후로 무수한 발전을 거듭하였고 중원무림에 막
대한 영향을 끼쳤다. 오죽하면 천하공부출소림(天下功夫出少林)이란 말
까지 있겠는가.

한상욱이 펼쳐 보인 파옥권은 소림 권법을 근간으로 하여 천하각파
의 장단점을 집대성한 것이다. 불문 무공의 웅장함에 도가의 자연스러
움, 속가의 실질강건함에 더하여 마도의 무공에서나 볼 수 있는 패도적
인 부분까지 두루 겸비한 무공이다.

"아침에 달리며 행하던 호흡법과 파옥권을 병행하여 익숙할 정도로
연마하게 되면 기공(氣功)을 따로 익히지 않아도 기가 경락을 타고 흐

르는 것을 느낄 수 있을 것이다. 바로 이것이 외공으로 내공을 단련하고 내공으로 외공을 돕는 혼원기공(混元氣功)이다. 경락에 기가 소통되는 것을 느낄 수 있게 되면 어떤 자세에서도 운기가 가능하고 움직이는 것만으로도 내공을 수련할 수 있는 천하무쌍(天下無雙)한 기공(奇功)의 비결을 얻게 되는 것이다. 홍염!"

"옛!"

한상욱의 설명을 집중하여 듣던 홍염은 즉각 반응을 보였다.

"안타깝게도 너는 온전한 혼원기공을 얻을 수 없다."

"네엣?"

한상욱은 연진우를 쓰윽 보더니 계속해서 이야기했다.

"이미 너는 유 선배가 전한 심법을 연마하였기 때문에 몸 안에 내공이 형성된 상태이다. 파옥권을 통해 얻는 내공은 순수한 선천의 기운을 키우고 단련하는 것이라 내력을 가지고 있지 않은 사람이라야 하거든. 그런데 넌 이미 내공을 가지고 있어서 안 된다는 말이야."

홍염의 얼굴이 시무룩해졌다. 처음에 이야기를 들을 때는 정말 천하에 둘도 없는 기이한 무공을 배울 수 있다는 기대감에 가득 차 있었는데 이제 듣고 보니 자신에게는 아무짝에도 쓸모없는 무공이라는 이야기처럼 생각되는 것이다.

"암마, 그래도 부지런히 연마하면 네가 익힌 심법의 내공을 단련하는 데도 큰 도움이 돼. 너한테도 충분히 유익하고도 남을 거니깐 엉뚱한 생각 하지 말어!"

'그래, 사부님의 무공으로 강해지면 되는 거지 왜 남의 무공을 완전히 가져가지 못한다고 안달을 하는 거야? 좋아!'

홍염은 내심 마음을 정리하였다. 하지만 완전히 미련을 떨치지는 못하였는지 옆에 선 연진우를 흘끗흘끗 훔쳐보았다.

그러나 생전 기공이니 외공, 내공 같은 말을 모르고 살던 산골 소년은 홍염과는 달리 어리둥절한 표정이었다. 한상욱이 몸으로 보여주었던 것은 그나마 권법의 일종이라 생각하고 보았는데 지금 한 몇 마디의 말은 들어도 무슨 소리인지 잘 몰라서였다.

"동작은 다 외웠냐?"

한상욱의 말에 홍염은 고개를 크게 주억거렸다. 어찌 보면 파옥권을 이루는 낱낱의 동작은 단순한 부분이 많다. 사부를 따라다니며 천하각파의 무공을 두루 본 경험이 있는 홍염이 보기에는 싱거울지도 모른다.

하지만 연진우는 멍하니 서 있기만 했다.

"넌 못 외웠어?"

"……."

생전 무술이라고는 익힌 적이 없는 사람에게 갑자기 긴 투로의 권법을 딱 두 번 보여주고 외우라고 하는 것이 무리가 아니었을까? 그렇게만 생각하면 문제 될 것은 아무것도 없었다. 그러나 안타깝게도 한상욱은 절대 그 생각에 동의하지 않을 것이다.

"흐으, 생각보다 아둔하구나."

연진우의 고개가 푹 숙여졌다. 군이 군사부일체(君師父一體)니 어쩌니 하는 말을 들먹거리지 않아도 아버지를 잃은 지금 사부는 아버지와 다름없는 위치의 사람이다. 비아냥거리는 소리가 듣기 좋은 것은 아니지만 눈에 띄는 행동은 하지 않고 그저 고개만을 푹 수그렸다.

"홍염, 네가 한번 해봐라."

"옛!"

홍염은 원기 왕성하게 대답하고는 한 걸음 앞으로 나섰다. 고개를 든 연진우는 홍염이 자신을 잠시 돌아보는 것을 볼 수 있었다.

"……."

연진우는 아랫입술을 꾹 깨물고 홍염의 움직임을 보았다. 그가 보기에도 지금 홍염이 하고 있는 것에서는 한상욱이 했던 것과 같은 절도 있는 동작이나 강렬한 힘은 보이지 않았다. 하지만 적어도 동작만큼은 완벽히 모방했다는 생각이 들었다.

"흥! 제법이네."

홍염이 파옥권의 일흔두 초식을 모두 따라하자 한상욱이 콧김을 홍홍 내뿜으며 말했다.

"좋아, 일단 동작은 다 외운 것 같으니 당분간은 그것만 반복한다. 진우에게도 자세히 가르쳐 주고… 아침에 달리기 빼먹지 말고. 내가 오늘 가르칠 것은 여기까지……."

애매하게 말끝을 뭉개뜨린 한상욱은 두 사람만 남겨놓은 채 뒷짐을 지고 어슬렁어슬렁 걸어가 버렸다.

연진우는 홍염을 바라보았다. 한상욱은 홍염에게 배우라 말하고 사라져 버렸다. 그가 싫든 좋든 당장 무공을 배우려면 홍염에게 배워야 하는 것이다. 하지만 지금 연진우의 얼굴이 퉁퉁 부어 있는 것은 그 누구도 아닌 바로 홍염의 손에 의한 것이었다.

둘 사이에는 침묵이 가득했다.

"미안하다."

먼저 말을 꺼낸 것은 홍염이었다.

"아까는 나도 내가 왜 그랬는지 모르겠다. 그냥 이야기만 하려고 했던 건데 네 눈을 보는 순간 갑자기 나도 이성을 잃어버려서……."

홍염이 어색하게 웃으며 하는 이야기를 묵묵히 듣고만 있던 연진우는 아래를 쳐다보며 발끝에 걸리는 돌멩이를 툭툭 걷어찼다. 그러기를 잠시, 연진우도 천천히 입을 열었다.

"미안해요."

홍염의 눈이 커졌다. 자존심을 꺾고 솔직하게 말하기는 했지만 연진우가 이렇게 선선히 나올 줄은 생각하지 못한 것이다.

"아, 아니, 미안하기야 내가 더 미안하지."

"아뇨, 제가 두 살 어리니 앞으론 꼭 형이라고 할게요."

애들은 싸우면서 큰다는 말이 거짓은 아니었나 보다. 그래도 꼴에 사내라고 두 살 많은 홍염이 형답게 먼저 사과하자 연진우도 선선히 그를 형으로 인정하였다.

"좋아, 그럼 한 사범님이 가르쳐 주신 파옥권을 익혀보자. 참! 너, 정식으로 무공을 익힌 적 없지?"

"네."

"짜식, 그런데두 싸움은 꽤 잘하더라. 하마터면 나도 꼼짝없이 당할 뻔했어."

홍염은 유쾌한 표정을 지으며 파옥권의 초식을 하나하나 보여주었다.

그렇게 무공을 익히기 시작한 지 석 달.

연진우는 홍염과 함께 파옥권을 연습하여 칠십이로의 초식에 아주 익숙해졌다. 하지만 한상욱은 그들에게 그 이상 다른 것을 가르쳐 주지 않았다. 그저 두 사람이 파옥권을 하고 있는 것을 보고는 몇 마디 조언을 해주고 어딘가로 사라지곤 하는 것이었다.

형량보는 그보다 더해서 완전히 다른 세계에 사는 사람처럼 행동했다. 아주 가끔씩 얼굴을 볼 수는 있었지만 그는 그저 소년들의 수련을 보고 희미하게 웃고 갈 뿐이었다.

여하튼 그렇게 석 달이 지나자 연진우의 몸은 상당한 변화를 겪었다. 처음에는 죽을 지경으로 힘들던 아침의 달리기도 그렇게 힘들지 않게 되었고, 오히려 달리는 동안 뜨거운 기운이 정수리의 백회혈(百會穴)을 통해 밀려들어 오는 느낌이 드는 것이었다.

본인은 모르고 있었지만 이미 그는 소림사의 비전성약(秘傳聖藥)인 소환단을 복용한 바 있었기에 그 진전이 더욱 빨랐다. 안타까운 것은 무공을 알고 소환단을 먹었더라면 능히 십 년의 공력을 얻었을 것이나 무공을 모른 상태에서 복용한 것이라서 치명적인 부상에서 신체를 강건하게 해주는 것으로 그치고 나머지 대부분의 약력은 체외로 배설되어 버렸다는 것이다.

한상욱도 미처 생각하지 못한 부분이 바로 그것이었다. 무림인들이 기연을 얻어 영약을 먹게 되면 즉시 하는 것이 독문의 내공심법으로 그 약성을 모두 자기 것으로 만드는 것인데 무공을 모르는 아이가 어찌 그런 것을 할 수 있었겠는가?

여하간 십 년의 공력과는 무관하게 연진우는 혼원기공의 기초를 착실하게 얻어가고 있었다.

어느 날 파옥권을 연마하고 있는 연진우에게 한상욱이 가볍게 한마디를 던졌었다.

"잘하는군. 한 이삼 년만 더 하면 기초는 다져지겠어."

연진우는 망연자실한 표정을 지었다.

고작해서 한 가지 권법만을 얼마나 더 해야 한단 말인가?

홍염의 연공을 보지 않았다면 이런 생각을 하지도 않았을 것이나 이제는 그럴 수도 없었다.

"권법은 이 정도로 할까?"

연진우가 스스로 파옥권을 연공할 수 있게 된 이후부터였다. 홍염은 어느 정도 파옥권을 연공한 후 항상 저 말을 뱉으며 오두막 외벽에 기대어져 있는 봉을 집었다.

"성진창(星辰槍) 제일식 유성만리(流星萬里)!"

봉이 창이 되어 성진창의 초식이 펼쳐졌다.

하늘에서 떨어지는 유성의 모양에서 영감을 얻어 창안된 초식이라 단순한 직선의 찌르기가 아닌 곡선의 호(弧)결을 포함하고 있는 뒤 수가 무궁무진한 초식이었다.

"성진창(星辰槍) 제이식 은영성운(銀影星雲)!"

봉 끝이 여러 갈래로 나누어지며 스무 개에 가까운 잔영(殘影)이 생겨났다.

시전자의 공력이 낮아서 단지 스무 개의 잔영이 생겨났을 뿐이었다. 만일 홍염의 공력이 깊어져 이 초식의 진체(眞體)를 얻게 된다면 그야말로 은빛으로 빛나는 별무리가 눈앞에 나타난 것과 같은 착각을 할 정도의 신기(神技)를 목도(目睹)할 수 있을 것이다.

하지만 스무 개의 잔영만도 대단한 것이어서 보통의 강호인들로서는 어떻게 대항할 생각조차 해보지 못하고 실초에 가격당할 만한 수준이었다.

"아직도 멀었구나. 공력의 안배가 고르지를 못해."

홍염은 숨을 고르며 여러 종류의 무공을 하나하나 펼쳐 갔다. 양가

창, 악가창, 항마창… 대부분이 강호에 일반적으로 알려진 창법들이었다.

홍염의 스승 유무용은 젊은 시절부터 사해를 종횡하며 각파각가의 무공을 두루 익혀 창법의 경지를 이룩해 왔다. 성진창(星辰槍)은 그런 그가 밤하늘의 별을 보고 영감을 얻어 가장 효과적이며 강한 힘을 발할 수 있는 초식을 정리한 창법이라 전반적인 모든 것이 갖추어진 무공이 아니기는 했지만 그 공격력만은 타의 추종을 불허하는 강한 창법이었다.

하지만 역시 공격 초식만으로 이루어진 무공은 깨어지기도 쉬운 것이라 유무용은 굳이 성진창만을 고집하지 않고 홍염에게 여타의 무공을 두루 익히게 하였다. 기초적인 무공을 확실히 구사하며 정확한 시점에 성진삼식(星辰三式)을 사용하여 승패를 결정짓는 것이 효과적이라고 생각했던 것이다.

"성진창의 현천뇌전(玄天雷電)을 구사하려면 은영성운의 변화가 이십팔 개 이상이 되어야 하는데 아직도 멀었어."

연진우는 파옥권만을 반복하고 있는 자신이 한심스럽게 여겨졌다.

"저, 형……."

우물쭈물 자신을 부르는 연진우의 모습을 본 홍염은 미소를 지었다. 무슨 말을 해올지 대충 짐작이 갔기 때문이다.

"왜 그러니?"

"저… 난 언제까지 이것만 반복해야 되죠?"

"사범님이 이야기하시지 않던? 한 이삼 년만 더 연공하면 되겠다구 말이야."

"그렇게 말씀하시기는 했지만……."

말끝을 흐리는 연진우를 본 홍염의 입가에 미소가 걸렸다.

"내가 하고 있는 건 내 사부님의 독문절기야. 너도 들었지만 나는 한 사범님의 무공을 완전히 익힐 수 없다고 하셨잖아. 너는 한 사범님의 무공, 나는 내 사부님의 무공을 주(主)로 익히고 다른 것을 종(從)으로 익혀야 해. 더군다나 넌 이제 막 입문했잖아. 좀 더 인내심을 가져."

홍염의 이야기를 들은 연진우는 뭐라고 한마디 하려다가 다시 파옥권을 수련하기 시작했다. 홍염의 말에 약간은 공감하였다. 하지만 그가 다른 무공을 할 줄 모르는 것을 아쉽게 여긴 이유는 홍염이 생각한 것과 다른 것이었다.

연진우는 그저 함께 있는 홍염이 여러 가지 무공을 수준 이상으로 구사하는데 자신은 고작 한 가지 무공만을 줄창 해야 한다는 것에 실망한 것이다. 더군다나 다른 무공은 몰라도 파옥권은 동시에 배우기 시작했는데 간간이 이루어진 대련에서 그동안 배운 파옥권의 초식을 이용해 죽기살기로 덤벼보아도 번번히 지기만 하니 파옥권 외에 홍염이 알고 있는 다른 무공이 궁금하지 않을 수 없는 것이다.

하지만 다른 사람들이 그런 이야기를 들었다면 아마도 크게 웃었을 것이다. 홍염은 어린 시절부터 사부인 유무용을 따라다니며 천하에 이름난 고수들을 상대로 비무하는 광경을 보았고, 또 그에게 직접 무공을 배웠다. 자질 또한 비범하여 기초가 확실하고 임기응변에도 능하여 곧 강호로 출도한다 하여도 손색이 없을 정도였다. 그런 사람을 이제 겨우 무공을 배우기 시작한 소년이 질투한다는 것 자체가 어불성설(語不成說)인 것이다.

연진우의 이마에 땀방울이 맺히기 시작할 때쯤 한상욱이 나타났다. 그는 연진우를 흘낏 보고는 홍염에게 말을 걸었다.

“마지막 초식은 아직도냐?”

“예, 제 재능이 평범해 잔영이 스무 개에서 더 이상 늘어나지 않습니다.”

그렇지 않아도 고민하고 있던 부분을 지적당한 홍염은 흠칫 놀라며 공손하게 대답했다. 아무리 실없는 언행을 일삼고 속내를 짐작할 수 없는 사람이라 할지라도 고수는 고수였다. 고수의 한마디를 무시할 수는 없었던 것이다.

한상욱은 고개를 끄덕였다. 그의 품 안에서 옷 아래로 무언가가 꼬물거리고 있었다.

“그래, 문제가 뭐라고 생각하냐?”

“아마도… 공력의 안배가 고르지 못해 더 이상의 잔영을 만들지 못하는 것 같습니다.”

한상욱의 품 안에서 꼬물락거리던 것이 머리를 내밀었다. 털이 복슬복슬했다. 연진우와 홍염의 눈에 궁금한 빛이 떠올랐지만 한상욱은 그것에 대해서는 말하지 않고 하던 이야기를 계속했다.

“좀 더 자세하게 말한다면?”

“옛?”

“네가 원하는 것이 스무 개의 실초냐, 이십칠 개의 허초와 하나의 실초냐?”

홍염은 선 자세로 자리에서 꼼짝도 하지 못했다.

그의 귓전에 한상욱의 목소리가 윙윙 울렸다.

“네게 필요한 것은 적을 상대할 때의 마음가짐이로구나.”

“……”

“상대가 아무리 금강동인(金剛銅人)이라 하더라도 공력이 집중된 창격(槍擊)을 맨몸으로 막아낸다는 것은 어려운 일이지. 은영성운의 잔영은 상대의 주의를 흩는 것만이 목적이 아니야. 이십팔숙의 방어 지점에 일일이 신경 써서 공력 자체를 분산시키는 것이 더 중요한 목적이지. 그걸 위해서는 실초처럼 보이는 교묘한 허초 이십칠 개와 허초를 가장한 실초 하나면 충분한데 넌 대부분의 초식이 너무 사실적이다 못해 실초로 구사하고 있어서 지금의 공력으로는 도저히 네가 원하는 수준의 변화를 끌어낼 수 없는 거야. 공격은 한 번이면 족하다. 정확한 일 회의 타격이면 상대를 저세상으로 보내는 데 충분하다. 잘 보라구."

한상욱은 품 안에 손을 집어넣어 옷 속에 품고 있던 것을 꺼내 연진우에게 주었다.

"……."

연진우는 흠칫 놀랐다. 아직 눈도 뜨지 않은 새끼곰이었다.

연진우의 놀란 모습을 즐겁다는 듯 잠시 쳐다본 한상욱이 손을 움직이기 시작했다. 그의 주먹이 어지럽게 날렸다. 권영은 숫자가 점점 늘어나 이십팔 개를 넘어 사십여 개에 육박했다.

"이 중에 실초가 얼마나 될 것 같냐?"

"도저히 분간이 되질 않습니다. 과연 그중에 허초가 있단 말씀이십니까?"

한상욱은 손을 멈추고 말했다.

"당연히 없지. 전부 실초니까."

"예? 그럼 허초 속에 실초를 은폐하는 걸 보여주시려는 게 아니었습니까?"

"물론 아니지. 이런 실력을 가지도록 열심히 수련하라는 자극을 준 거야. 열심히 해봐."

홍염은 한상욱의 말에 멍한 표정을 지었다.

"뭘 봐, 임마? 야, 제자!"

"예엣!"

연진우가 튕겨 오르듯 반응하며 한상욱에게 새끼 곰을 돌려주었다.

"내일까지 네 팔뚝 굵기만하게 해서 나무 말뚝을 서른 개쯤 만들어 놔라. 길이는 두 척(尺) 정도면 된다."

"예!"

이유도 물어보지 않았다. 그 이상 토도 달지 않았다. 한상욱의 성격을 이미 파악한 두 소년은 그가 뭐라고 말하면 그저 '예' 하고 대답한 후에 수단과 방법을 가리지 않고 해야 한다는 것에 익숙해진 것이다.

"그럼 수고해. 잊지 마, 내일까지야."

한상욱은 곰의 머리를 쓰다듬으며 천천히 몸을 돌렸다.

홍염은 멀어져 가는 그의 뒤통수를 보고 있던 연진우의 어깨를 툭 쳤다.

"뭐 해? 나무 구하러 가야지."

"예? 예."

한상욱의 성격에는 익숙해졌지만 그가 내린 지시는 수월한 것이 아니었다. 연진우는 낡은 도끼를 들고 홍염과 함께 산을 오르고 있었다.

매일 아침 다니던 길이라 눈을 감고도 익숙하게 갈 수 있는 길이었지만 지금 그들 앞에는 평소 볼 수 없었던 다른 무언가가 있었다.

크릉!

눈앞이 캄캄해졌다.

두렵거나 절망해서 눈앞이 캄캄해진 것이 아니라 워낙에 녀석의 덩치가 커서 시야가 완전히 가려진 것이나 다름없었기 때문이다.

"원래 곰은 다니던 길로 다니지 않냐?"

"곰뿐만 아니라 모든 짐승은 자기가 다니던 길로 다니죠."

"그럼 저놈은 뭐냐?"

두 소년의 앞에 있는 것은 거대한 흑웅(黑熊)이었다.

곰은 무척 화가 난 듯 콧김을 내뿜으며 듣는 사람의 고막이 아플 정도로 소리를 지르고 있었다.

"저놈 암컷일까 수컷일까?"

가까이 다가오기 시작한 곰을 보며 홍염이 나직하게 말했다.

그의 말이 무엇을 말하는지 알아차린 연진우도 천천히 발을 움직이며 대답했다.

"아마 암컷이겠죠. 저놈이 잠시 굴을 비운 사이에 사부님이 새끼를 꺼내왔을 거고……."

"그렇겠지?"

말소리만 들으면 지극히 평온한 것처럼 들렸다. 그들은 곰의 눈을 마주 보며 아주 느리게나마 몸을 계속 움직이고 있었다.

"하여간에 알아줘야 한다니까……. 셋을 세면 친다. 너는 오른쪽, 나는 왼쪽으로."

"예."

홍염은 곰을 노려보며 속으로 한숨을 쉬었다.

'창만 있었어도 한번 해볼 만했을 텐데…….'

"하나……."

속으로 생각하는 것과 달리 홍염의 입은 숫자를 헤아리기 시작했다.

"둘……."

홍염과 연진우는 좌우로 발을 조금씩 움직였다. 나뭇가지와 낙엽이 바스러지는 소리가 조금씩 났다.

곰도 눈앞의 인간들이 무언가 수작을 부리려 한다는 것을 눈치 챈 듯했다.

자식을 잃어버려 분노한 어미는 포효하며 인간들을 덮쳐 갔다.

크앙!

"셋!"

홍염의 낭랑한 목소리가 울려 퍼지는 동시에 연진우는 땅바닥에서 흙을 한 움큼 쥐어 곰의 얼굴을 향해 던졌다.

곰이 잠시 멈칫하는 동안 그들은 몸을 날렸다.

투웅!

큰북을 두드리는 것 같은 소리가 났다. 홍염의 장(掌)이 곰의 복부를 정통으로 때린 것이다.

그리고 공중으로 뛰어오른 연진우는 도끼로 곰의 정수리를 내려쳤다.

쿵!

곰이 바닥으로 털썩 쓰러졌다. 완전히 갈라지지는 않았지만 머리뼈가 깨져 피가 줄줄 흘러나오는 것이 눈에 보였다.

"좋아!"

홍염이 미소를 지으며 연진우에게 말했다. 하지만 연진우는 웃지 않았다.

"이익!"

연진우는 곰을 향해 달려가 다시 한 방 먹이려 했다. 하지만 그 시도는 성공하지 못했다.

크워—

곰이 다시 일어서 연진우를 내려친 것이다.

도끼는 허공을 맴돌다가 먼 곳에 툭 떨어졌고 연진우의 앞섶은 피로 물들었다. 간신히 피하기는 했지만 곰의 발톱에 가슴팍이 쭉 찢어져 버렸다.

"제길!"

곰이 연진우를 재차 공격하려 하자 홍염은 곰에게 욕설을 퍼부으며 장을 날렸다. 하지만 이미 홍염의 손바닥 맛을 본 곰은 그가 자기를 때리도록 내버려 두지 않았다.

"윽!"

곰의 앞발이 다시 허공을 갈랐다.

가만히 있으면 그대로 머리통이 부서질 상황이었지만 그 와중에도 홍염은 뒤로 물러날 것인지 바닥을 구를 것인지를 고민했다. 그리고 그가 내린 결정은 둘 중 어느 것도 아닌 안으로 뛰어드는 것이었다.

펑!

북소리가 다시 들렸다. 아까의 북소리보다 훨씬 큰 소리였다.

비록 창술이 장기였지만 체술과 권법에도 제법 조예가 있는 홍염이었다. 어설프게나마 그의 장력은 내가중수법(內家重手法)을 흉내 내고 있었다.

크릉—

곰은 거친 숨을 몰아쉬며 앞발로 자기 가슴을 쳤다. 아니, 품 안에 있는 홍염을 치려 한 것인데 홍염이 재빨리 몸을 숙여 곰의 다리 사이로 빠져나가 버려서 스스로 가슴을 친 꼴이 된 것이다.

"이얏!"

전력을 다해 제 가슴을 쳐 버린 곰은 몸을 숙이며 고통스러워했다. 연진우는 그것을 놓치지 않고 몸을 회전하며 곰의 미간으로 팔꿈치를 날렸다.

타각!

두개골이 빠개지는 소리가 섬칫하게 들렸다. 곰은 천천히 바닥으로 허물어졌다.

클―

곰의 입에서 피거품이 꾸역꾸역 흘러나왔다. 그리고 연진우의 가슴 팍에서도 피가 흘러나왔다.

"……."

연진우는 이를 악물고 걸어갔다. 멀찌감치 떨어져 있던 도끼를 간신히 집어 든 그는 도끼를 지팡이 삼아 비틀거리며 곰을 향해 걸어갔다.

그의 표정을 본 홍염의 눈이 휘둥그레졌다.

'저 눈, 저 눈이다. 그날 나를 이유없이 흥분하게 만든 눈…….'

쓰러진 곰 앞에 휘청거리며 도착한 연진우는 도끼를 머리 위로 치켜 들었다.

빡!

연진우의 도끼는 곰의 머리를 완전히 날려 버렸다.

"헉헉……."

한손으로는 가슴팍을 움켜쥐고 다른 한 손으로는 도끼 자루를 땅에 짚고 서 있는 연진우. 홍염은 그의 핏발 선 눈을 보며 기이한 느낌을 받고 있었다.

"혀, 형, 나무를……."

가슴은 헝겊 조각처럼 갈라져 피가 줄줄 흘러내리고 눈에서는 알 수 없는 독기가 느껴졌다.

하지만 연진우는 말을 끝낼 수 없었다.

누군가가 나타나 그의 뒷덜미를 잡아챈 것이다.

"네놈들은 누구냐?"

"헉!"

홍염은 난데없이 나타난 괴인을 보고는 크게 놀라 헛바람을 삼켰다.

너무도 어이없이 뒷덜미를 잡혀 허공에 대롱대롱 매달려 있는 연진우도 마찬가지였다.

칠 척은 됨 직한 장대한 체격에 검은 머리털이 어지럽게 흩어져 있다. 온몸에는 날카로운 물체에 난자당한 듯한 상처가 어지럽게 나 있어 끔찍해 보인다. 하지만 정작 그들을 놀라게 한 것은…….

"대체 네놈들은 누구길래 본좌의 호법을 이토록 참혹하게 죽인 것이냐!"

괴인은 아무것도 걸치지 않은 몸으로 온 산이 쩌렁쩌렁 울릴 정도로 고함을 질렀다. 상처로 뒤덮인 그의 하체에는 보기에도 민망스러운 물건이 덜렁거리고 있었다.

'이 사람은 누구지? 월아산에 이런 사람이 있다는 이야기는 들은 적이 없는데…….'

홍염이 자신의 정체에 대해 궁금해하든 말든 괴인은 핏발 선 눈알을 부라리며 콧김을 흥흥 하며 내뿜고 있었다.

"네놈이 감히 웅(熊) 호법을 박살(撲殺) 내었단 말이지? 네놈도 더한 고통을 맛보게 해주마!"

알몸의 괴인은 연진우를 높이 들어 바닥에 패대기치려 했다. 이미 곰을 상대로 싸우느라 체력을 지나치게 소비한 연진우는 변변한 저항

한번 하지 못하고 그의 손이 이끄는 대로 움직였다.

"알몸에 봉두난발(蓬頭亂髮)……! 웅 호법이라니? 분명히 이자는 미치광이로구나! 미치광이에게 이렇게 죽게 되다니……!"

대롱대롱 매달린 연진우는 허공에 대고 고함을 질렀다.

그를 메치려던 괴인의 손이 멈추어졌다.

"미치광이? 본좌를 두고 한 말이냐?"

괴인의 눈빛이 심상치 않게 변했다. 그와 마주 서 있는 홍염은 그것을 볼 수 있었으나 연진우는 뒤통수에 눈이 달려 있지 않은 관계로 그의 눈을 볼 수 없었다.

"그렇소, 세상에 누가 이런 산중에서 홀딱 벗은 몸으로 돌아다니며 곰을 호법으로 부린단 말이오? 제정신을 가진 사람이라면 아무도 그러지 않을 것이오."

괴인의 손에서 연진우를 구출할 기회만을 노리고 있던 홍염은 연진우와 괴인의 대화를 듣고 조금씩 몸을 움직였다.

"으하하핫!"

그가 하늘을 보며 웃음을 터뜨리자 홍염은 얼굴을 찡그렸다. 예사 웃음소리가 아니었다. 적어도 홍염보다는 몇 배나 강한 공력이 실려 있는 웃음소리였다.

연진우의 상태는 더욱 좋지 않았다. 이미 부상을 입은 상태에서 내공이 실린 소리를 듣자 검붉은 피를 한 덩어리 토해냈다.

'단순한 미친놈이 아니구나. 정신은 온전치 않은지 몰라도 저 웃음소리에 실린 내공은 평범한 것이 아니다.'

그런 생각을 한 홍염은 괴인의 몸에 난 상처들을 다시 보게 되었다.

'아마도 무림의 고인이 머리를 다치거나 심각한 부상으로 기억을 잃

어버린 것일지도……. 여하튼 진우가 저자의 손에 있으면 위험한데.'

머리 속이 더 복잡해졌다. 그저 정신 상태가 불안한 보통 사람이라면 무공으로 제압할 텐데 심상치 않은 내력(來歷)을 가진 무림의 은거 기인이라면 이야기가 완전히 달라지는 것이다.

'제기랄!'

홍염이 망설이고 있는 순간 연진우의 하체가 거의 한 바퀴에 가까울 정도로 회전하였다. 붙들린 머리 아래의 상체도 반 바퀴 정도 움직였다. 연진우는 무릎으로 괴인의 가슴을 힘껏 내질렀다.

퉁—

뼈가 부서지는 소리는커녕 둔탁하기 짝이 없는 소리가 들렸다.

괴인은 껄껄거리며 연진우의 다리를 잡아 거꾸로 들었다.

"맹랑한 놈, 감히 신군(神君)에게 발길질을 하다니! 웅 호법을 해친 것으로도 모자라 이제는 본좌를 시해(弑害)하려는 것이냐? 말해라, 네 놈들은 누가 보내서 온 놈들이냐?"

공격에 실패한 연진우는 거꾸로 매달린 채 코와 입으로 피와 거품을 내뿜고 있었고 홍염은 망연한 표정으로 서 있었다.

연진우가 방금 가격한 곳은 전중혈이라는 곳으로 살짝만 맞아도 치명적인 급소가 되는 곳이었다. 물론 내력이 깊은 고수들은 내공을 운기하여 방어할 수 있다. 하지만 저 괴인처럼 크게 웃는 도중에는 공력이 흩어지게 마련이다. 그럼에도 불구하고 괴인은 연진우의 공격을 아무렇지도 않게 받아낸 것이었다.

더군다나 본좌에 이어서 이번에는 자기를 '신군(神君)'이라고 하였다. 도무지 상태를 추측할 수 없는 자였다.

"귀하께서는 대체 누구시오?"

홍염은 상황이 어찌 되었든 연진우를 구하는 것이 급선무라 생각하여 그에게 말을 걸어 주의를 분산시키려 했다.

괴인은 크게 웃으며 연진우의 다리를 잡고 있는 손을 흔들었다. 그때마다 연진우의 얼굴은 가슴에서 흘러내려 온 피로 범벅이 되었다.

"본좌를 모른단 말이더냐? 이 간악한 놈, 나 초목수호신군(草木守護神君)을 몰라서 웅 호법을 해쳤다고 말하고 싶은 것이냐?"

어이없음…….

홍염은 물론이고 매달려 있는 연진우의 얼굴에도 아연한 표정이 떠올랐다.

처음에는 본좌, 그 다음에는 웅 호법, 신군, 이번에는 초목수호신군(草木守護神君)이라니…….

홍염은 크게 한숨을 쉬고는 머리 속을 정리했다.

저자는 미치광이다!

그렇게만 생각하기로 했다. 더 이상 머리를 굴리자니 너무 복잡했다.

'단 한 순간!'

스스로 초목수호신군이라고 자신을 밝힌 괴인은 자기가 말을 해놓고도 그 호칭이 너무 만족스러운지 흐뭇한 표정을 지으며 웃고 있다. 당연히 홍염을 주시하던 눈도 아까처럼 날카롭지 않았다.

"타앗!"

짧은 기합 소리와 함께 홍염이 순간적으로 튀어나왔다.

즐거운 생각에 빠져 있던 괴인은 갑작스런 공격을 예상하지 못했는지 허둥지둥 홍염의 공격을 막아냈다.

홍염의 공격은 그 뒤로 얼마 이어지지 못했다. 상당한 고수였을 것이라는 추측대로 괴인은 익숙한 몸놀림으로 공격을 막아내며 반격했다.

얼마 가지 않아 홍염의 손발이 어지러워졌다. 그나마 그 와중에 연진우를 바닥에 떨어뜨린 것이 다행이라면 다행일까.

"어린 놈이 제법이구나. 본좌에게서 이십 초만 버텨낸다면 그대로 보내주마."

그렇지 않아도 그의 양손에서 나오는 기운에 적지 않게 압박을 받던 홍염은 그가 말을 마치는 동시에 압력이 배로 증가한 것에 크게 당황했다. 이십 초가 문제가 아니었다. 괴인의 한 초식 한 초식은 홍염이 감당할 수 있는 수준의 것이 아니었다.

연진우는 기절한 것인지 꼼짝하지 않고 바닥에 누워 있었다.

"윽!"

괴인의 일격에 배를 공격당했다.

홍염의 몸이 공중으로 붕 떴다.

털썩—

허공으로 떠올랐던 홍염이 다시 바닥에 떨어졌다. 팔다리가 순간적으로 마비될 정도로 강렬한 공격이었다. 낙법(落法)을 쓸 틈도 없이 바닥을 굴렀지만 다행히 풀이 많이 자란 곳에 떨어져 크게 다치지는 않았다.

"일어나라."

괴인의 목소리가 들려왔다.

"이십 초를 버텨낸다면 그대로 보내줄 것이라고 했다. 아직 삼 초가 더 남았다. 받아내면 보내줄 것이요 아니면 두 놈 다 죽는다."

홍염은 오만상을 찡그리며 일어났다. 피는 토하지 않았지만 속이 울렁거리는 게 아무래도 수상쩍었다.

"흡!"

일어서서 자세를 취하자 명치 어림이 뜨끔했다. 말로 표현하기 어려운 이상한 기운이 배에서 올라와 가슴을 쳤다.

"하하하, 본좌의 오행지기(五行之氣)는 처음에는 미미한 고통을 주지만 결코 회복할 수 없는 치명상을 입히는 비기이지."

그는 얼굴을 찡그린 홍염을 보며 미친 듯이 웃어 젖혔다.

"제기랄……."

팔다리에 기운이 하나도 없다. 힘을 모으려 하면 예의 이상한 기운이 그를 괴롭혔다.

"하하, 그대로 죽을 테냐?"

괴인은 성큼성큼 걸어 홍염의 앞에 섰다.

"본좌는 결코 식언(食言)하지 않는다. 본좌의 삼 초를 받아낸다면 살려줄 것이나 그렇지 않으면 죽을 것이다. 지금 꼴을 보아하니 어느 쪽을 선택하든 죽을 것이 뻔하나 그래도 기회는 주마."

이렇게 어이없이 죽을 수는 없다.

홍염은 휘청거리려는 몸을 억지로 다잡고 전의(戰意)를 불태웠다.

"오호, 눈빛이 제법 매서운 녀석이구나."

괴인의 장(掌)이 허공을 갈랐다.

가만히 서 있는 홍염의 눈에 똑똑히 들어올 만큼 느린 동작이다.

하지만 지극히 느린 손놀림인데도 홍염은 그것을 피할 수 없었다. 몸이 말을 듣지 않는 것이다.

"멈춰!"

갑자기 들려온 목소리.

괴인의 장은 순식간에 지(指)로 변했다.

손가락으로 홍염의 혈도를 점한 그는 의아한 눈빛으로 중얼거렸다.

“생각보다 빨리 정신을 차렸네? 두 놈 다 제법이야.”

연진우가 서 있었다.

입가에 피를 잔뜩 묻힌 그는 곰의 머리통을 부숴 버린 도끼를 한 손에 부여잡고 있었다.

피식!

괴인의 입에서 웃음이 새어 나왔다.

“천하제일의 명검을 가지고 온다 해도 눈 하나 깜빡하지 않을 사람이 본좌다. 그런 무식한 무기를 하나 들었다고 나를……”

그의 눈이 차갑게 빛난다.

어조도 차갑게 가라앉아 있다.

아까의 정신 나간 모습은 온데간데없어 보인다.

홍염은 혼란스러움을 느끼며 연진우를 보았다.

곰의 피가 말라붙은 도끼.

도끼를 잡은 손은 팔을 통해 핏물이 얼룩진 몸통에 이어져 있다.

그 몸통의 가장 윗부분에는 살기 가득한 눈이 빛나고 있다.

“……”

연진우는 더 이상 아무 말도 하지 않고 야수 같은 눈빛을 빛내며 괴인을 쏘아보았다.

괴인 역시 차가운 눈으로 연진우를 보았다.

“……”

그들은 잠시 동안 그렇게 서로를 바라보며 가만히 서 있었다.

스윽—

먼저 움직인 것은 연진우였다. 연진우는 도끼를 땅 위로 질질 끌면서 천천히 괴인에게 다가갔다.

괴인은 그가 자기 앞에 오도록 가만히 놔두었다.

슥—

연진우의 발걸음이 조금 더 빨라졌다. 하지만 조금 전에 비해 상대적으로 빠르다는 것이지 결코 빠른 속도는 아니었다. 그저 조금 빨리 걷는 정도…….

"늑대군."

괴인의 입에서 나온 목소리는 작고 느린 것이었다. 바로 옆에 멍청하게 서 있는 홍염이 아니고는 누구도 들을 수 없는 목소리였다.

"피에 굶주려 있는 짐승이군."

샤악—

연진우의 도끼가 괴인의 목을 공격했다.

괴인은 피하지 않고 손을 들어 도끼날을 그대로 잡았다.

까앙!

금속과 금속이 부딪치는 소리가 난다. 홍염의 눈은 경악으로 물들었지만 연진우는 처음부터 도끼는 안중에도 없다는 듯이 자연스럽게 몸을 아래로 숙여 덜렁거리는 괴인의 양물(陽物)을 공격했다.

"크하하핫!"

미친 듯이 웃으며 엉덩이를 뒤로 빼는 괴인.

연진우는 쓰러지듯 땅 위로 누우며 괴인의 다리 사이로 미끄러졌다.

괴인은 황급히 고개를 돌렸지만 이미 연진우는 그의 뒤에 서서 목을 조르기 시작했다.

"……."

연진우의 이마와 팔뚝에 힘줄이 툭툭 불거졌다. 가슴의 상처는 벌어질 대로 벌어져 피가 하염없이 흘러내렸다.

"크윽!"

괴인은 시뻘게진 얼굴 바로 아래로 자신의 손을 가져갔다. 그리고는 목을 조르고 있는 연진우의 손을 잡아 그대로 벌렸다.

퍼억!

홍염은 눈을 질끈 감았다.

한손으로 연진우의 머리를 잡고 나머지 한 손으로 연진우의 배를 쳤다. 만약 자신이 당한 것과 같은 종류의 공력이 실려 있는 손속이라면 이제는 더 이상 가망이 없다.

툭!

축 늘어진 연진우가 바닥으로 떨어져 뒹굴었다.

"끅끅끅끅……."

쓰러진 연진우를 물끄러미 바라보던 괴인은 허리를 꺾으며 기괴한 웃음소리를 내었다.

"정말 오랜만이야. 새끼 늑대라도 과연 늑대는 늑대군."

잠시 회복했던 냉정은 어디로 사라지고 없는 것인지 괴인은 광기로 번들거리는 눈알을 부라리며 홍염에게 말했다.

"저 녀석 데리고 가라."

가슴팍이 뜨끔했다.

혈도가 풀린 것을 느낀 홍염은 자세를 가다듬으며 연진우의 상세를 살폈다. 숨은 붙어 있지만 피를 많이 흘리고 무리하게 기운을 쓴 탓에 지금 당장 숨이 끊어진다고 해도 이상할 게 없을 정도다.

갑자기 왜 보내주겠다고 하는지, 대체 그의 정체는 무엇인지…….

괴인에게 물어볼 것이 많았지만 일단 연진우를 데리고 이 자리를 피하는 것이 급선무였다. 홍염은 서둘러 연진우를 등에 업었다.

괴인을 등 뒤로 하고 발걸음을 옮기는 홍염은 말로 표현할 수 없는 수치심과 굴욕감을 느꼈다. 비록 정식으로 사람과 손을 섞어본 일이 그리 많지는 않았지만 유무용 아래서 십 년 가까이 무공을 익혀왔는데 지금 개처럼 도망치고 있는 꼴이라니…….

홍염의 얼굴 위로 뜨거운 눈물이 흘러내렸다.

분루(憤淚)였다.

뒤에서는 괴인의 목소리가 들리고 있다.

"애송아, 그 녀석을 조심해라. 무공으로는 네가 한 수 위인 것 같지만 목숨을 걸고 싸운다면 누구도 네가 이긴다고 장담하지 못할 것이다."

4. 강호 초출(江湖初出)

아직 해가 뜨지 않아 어둑어둑한 숲 속의 새벽이다.

빼곡하니 들어서 있는 나무 저편에 반짝이는 무엇인가가 있었다.

사냥감인가?

새벽부터 한 건 올리게 되었다. 아마 덫에 걸린 짐승의 눈인 듯하다.

그런데 저 정체 모를 살기는 무엇이란 말인가?

저편에서 반짝이던 그것이 모습을 드러내었다.

보통 짐승과는 차원이 다른 살기…….

대호(大虎)였다.

"허억!"

나는 자리에서 벌떡 일어났다. 머리맡이 축축하게 젖어 있었다.

"……."

몸을 일으키려 했지만 쉽지 않았다. 조금만 움직여도 가슴이 불에

덴 듯 화끈거렸다.

'그렇지, 곰에게 당했었지.'

나는 쓴웃음을 지으며 손을 들어 가슴팍을 쓰다듬어 보았다. 두툼하게 붕대가 감겨 있는 것이 느껴졌다.

'지난번에는 호랑이, 이번에는 곰……. 짐승들과 악연이 깊군.'

한숨을 길게 내쉬고는 양손으로 바닥을 짚었다.

"윽!"

가슴의 상처가 터질 듯이 아파왔지만 억지로 참고 비틀비틀 일어섰다.

나는 얼굴을 잔뜩 찡그린 채 침상에서 내려와 문을 열었다.

써걱써걱!

홍염은 짤막한 칼을 들고 나무를 깎고 있었다. 비슷비슷한 길이로 잘라 쌓아놓은 나무토막들의 끝을 뾰족하게 다듬고 있는 것이다.

칼을 휘두르는 것이라면 어느 정도 자신이 있으련만 나무를 깎는 일은 영 서툴렀다. 벌써 몇 번이나 베인 듯 그의 손은 상처투성이었다.

"……."

그는 등 뒤에서 느껴진 인기척에 고개를 돌렸다.

파리한 안색의 연진우가 서 있었다.

홍염은 깎고 있던 말뚝을 내려놓고 연진우를 보았다.

"좀 더 쉬지 않고 왜 나왔어?"

하지만 연진우는 대답 대신 그의 옆에 털썩 주저앉아 나무토막 하나를 집어 들었다.

"……."

홍염은 그를 잠시 보다가 고개를 설레설레 흔들며 말뚝을 깎기 시작
했다.

"늦다! 더 빨리 움직여!"

잠시의 쉴 틈도 없이 이어지는 한상욱의 불호령에 연진우는 비지땀
을 흘리며 몸을 움직였다.

"더 빨리! 더! 상체를 움직여! 상대가 공격할 여지를 주지 말고 계속
움직여! 눈까지 같이 움직이면 어떻게 해? 시선은 한곳에 고정시킨다
는 걸 잊지 마라! 멈춰! 자세가 그게 뭐야?"

한상욱은 연진우에게 다가가 그의 허벅지와 발을 걷어찼다.

잘못된 자세를 교정해 주기 위한 것이었지만 연진우는 몽둥이로 내
려치는 것보다 더한 고통을 느꼈다.

"자세가 나오지 않으면 다음은 없다. 바른 자세에서 공방이 일치된
바른 무공을 연마할 수 있다."

아픔에 겨워하는 연진우의 귓전에 사부의 음성이 들렸다.

곰 발톱에 긁힌(?) 상처에서는 연하게 핏물이 배어 나오고 있다.

옆에는 홍염이 연진우와 같은 자세를 하고 서 있었다. 두 소년은 땅
위에 박아놓은 말뚝 위에 서 있었다.

만신창이가 된 연진우를 업고 돌아온 홍염을 본 한상욱은 아무것도
묻지 않았다. 그저 안고 있던 새끼 곰의 머리를 쓰다듬으며 말뚝 만들
것을 지시했을 뿐이다.

연진우와 홍염이 목숨을 건 사투 끝에 구해온 나무로 깎은 말뚝을
땅에 박아놓고 그 위에서 수련을 하는 것이다.

두 눈을 가리고서…….

정확하게 투로를 따라 움직이지 않으면 말뚝 아래로 떨어지기 때문에 한 초식 한 초식을 신중하게 해야 했다. 그러나 한상욱은 그들의 움직임이 조금만 느려져도 호통을 치며 독려했다.

처음에는 떨어지기도 많이 떨어졌다.

두 사람 모두 이런 식의 수련은 처음이었기 때문에 적응하기가 무척 힘들었다. 하지만 사람의 능력이란 참으로 신비한 것이어서 홍염은 열흘, 연진우는 보름 만에 말뚝 위에서 한상욱이 원하는 만큼의 속도로 파옥권을 연무할 수 있었다.

그러자 한상욱은 어디서 가져왔는지 길이가 이 장(二丈:약 6.6m) 가까이 되는 대나무를 한 다발 가져와 말뚝 사이사이에 꽂았다. 말뚝 위에서 한다는 조건은 변하지 않았지만 그때부터는 대나무에 어깨를 부딪치지 않아야 했다.

시간은 화살과 같이 흘렀다.

머리로는 온갖 생각들이 오갔겠지만 두 사람의 몸은 한상욱이 시키는 대로 충실하게 움직였다.

연진우와 홍염은 한상욱이 시키는 대로 각자 수련에 열중했다.

처음 일 년간은 서로 비교해 보고 대련도 하곤 했다. 하지만 그 일 년이 지나자 홍염은 연진우가 도저히 상대할 수 없을 정도로 월등하게 강해져 버렸다. 비록 동일한 것을 배웠지만 원래 가지고 있던 기초가 달랐으니 당연한 일인지도 모른다. 그 뒤부터 이 년 동안 한상욱은 두 사람에게 다른 것을 지시했다.

비록 동일한 것을 배웠지만 원래 가지고 있던 기초가 달랐으니 당연한 일인지도 모른다.

그렇게 삼 년이 지난 지금 아직도 파옥권 하나만을 죽자고 파는 연진우와 달리 홍염은 한상욱에게 배운 권법의 이론을 가지고 창술을 가다듬는 시간이 더 많았다.

별채에 거하던 형량보는 잠시 잠깐 그런 그들의 모습을 지켜보다가 미소 지으며 다시 들어가곤 했다.

그리고 그날 회색 장삼의 사내가 찾아왔다.

"사부님……."

홍염은 그를 보자마자 털썩 소리가 나도록 무릎을 꿇었다.

"형 노사는 안녕하시냐?"

"예……."

두 사람이 몇 마디 주고받는 동안 연진우는 홍염이 사부라고 부르는 사람의 이모저모를 뜯어보았다.

입고 있는 옷은 낡고 더러웠지만 눈매가 날카로웠다.

그의 눈에서는 잘 갈린 칼날에서나 느낄 수 있는 예기(銳氣)가 풍겨졌다. 아니, 눈뿐만 아니라 몸 전체가 그랬다.

하지만 그 기운은 그저 날카롭기만 한 것은 아니어서 어찌 보면 심히 부드럽기도 하였고 따뜻하기도 하였다.

그리고 그의 오른손에는 장창이 들려 있었다.

"이 아이는 한 아우의 제자이냐?"

연진우를 본 사내가 물었다.

그와 눈을 마주친 연진우는 패도적이면서도 부드러운 그의 독특한 기도에 압도되어 아무 말도 하지 못했다.

"그렇습니다. 입문한 지……."

쉬익!

말을 못하고 있는 연진우를 대신하여 홍염이 뭐라고 말을 하려는 순간 사내의 창이 연진우를 향해 날아갔다.

연진우는 크게 당황하여 몸을 뒤로 빼려 했다. 하지만 사내의 창은 그를 집요하게 따라붙었다. 그저 창을 피하는 데 급급했던 연진우는 보지 못했지만 사내의 눈은 미미하게 웃고 있었다.

피해도 피해도 따라붙는 창 앞에서 마침내 정신이 돌아온 연진우는 파옥권의 진(進)자결을 사용하여 한 발짝 앞으로 나섰다.

사내의 눈에 이채(異彩)가 일었다.

그리고 그의 창이 묘하게 휘어지며 연진우의 상반신을 휘어감았다.

"으헉!"

어떻게 하면 곧고 긴 나무토막이 이리도 유연한 움직임을 보일 수 있을까? 연진우의 상반신은 창봉에 격타당할 수밖에 없는 상황에 놓였다.

"공력을 시험하다가 아이를 죽이겠소!"

갑자기 익숙한 목소리가 들려왔다.

어느새 연진우를 공격하려 들던 창은 사내의 오른손에 똑바로 쥐어진 채 세워져 있었다.

"오랜만이네."

사내는 만면에 미소를 띠며 한상욱에게 인사를 했다. 하지만 한상욱은 화난 얼굴로 대꾸했다.

"오랜만이신 분이 다짜고짜 남의 제자를 곤경에 빠뜨리신단 말씀이오?"

"하하하, 이 사람, 화가 단단히 났는가 보구만. 5년 만에 보자마자 하는 소리라니…….”

장창을 든 사내는 소리 내어 웃으며 말을 얼버무렸다. 하지만 한상욱은 여전히 심통난 얼굴로 그의 말을 받았다.

“누가 할 소리를 하고 있는 거요? 다른 사람한테 부탁해서 자기 제자를 툭 던지듯이 맡겨놓고 이제야 나타난 사람이 갓 얻은 내 제자를 핍박하는 광경을 그냥 보고만 있으란 말이오?”

“하하, 미안하이. 자네 제자의 공력을 시험해 본 것뿐인데 뭘 그러나. 그리고 자네가 염이에게 어떻게 했는지도 내가 모르는 바가 아닌데…….”

사내의 말이 떨어지자마자 한상욱은 홍염을 째려보았다. 홍염은 그의 시선을 슬그머니 외면했다.

“흠, 나는 유 선배가 무슨 소리를 하는 것인지 도통 못 알아듣겠소.”

“허허, 백수건달(百壽乾達) 한상욱 대협께서 무슨 소리를 하시는 건가? 내가 자네 성격을 모르는 바도 아니고…….”

“에잉, 그만 합시다. 내가 무슨 재주로 유 선배의 입담을 당해내겠소. 사내가 무공만 강하면 되었지 어찌 이빨까지 저리 강한지…….”

한상욱은 얼굴을 붉히며 투덜거렸다. 그리고 웃기 시작했다.

사내는 마주 웃으며 이야기했다.

“형 노사께서는 어떻게 지내시는가?”

“아직 저보다는 정정하시지요.”

심통이 완전히 가시지 않아서인지, 아니면 그렇게 말하는 것이 원래 말하는 방법인지 한상욱은 사내의 말에 가시 돋친 어조로 대답했다.

사내는 연진우를 슬쩍 보고는 웃으며 한상욱에게 물었다.

“그래, 그렇겠지. 그건 그렇고 제자를 잘 가르쳤더구만. 기초가 아주 튼실해. 입문한 지 얼마나 되었나? 한 사오 년 되었나?"

"웬 걸요. 이제 겨우 삼 년 됐습니다. 재주는 평범한데 가르쳐 주는 것은 넙죽넙죽 잘 받아먹으니 그나마 다행이지요."

"하하, 이 사람, 여전하구만."

두 사람은 크게 소리를 내어 웃었다. 하지만 사내의 눈은 연진우를 계속하여 보고 있었다.

"이런, 내 정신 좀 보게. 진우야, 인사드려라. 네 눈앞에 계신 분은 사해(四海)에 명성을 떨치고 계신 패왕창(覇王槍) 유무용 대협이시다. 염아의 스승님이시기도 하지."

한상욱의 말을 들은 연진우는 서둘러 허리를 숙이며 말했다.

"무림말학 연진우가 유무용 대협을 뵙습니다."

"끄응, 한 아우가 내 얼굴에 너무 금칠을 하는구만. 일어나거라. 대협이니 뭐니 해서 낯간지러운 소릴랑은 하지 말고 그냥 유 사백이라고 부르거라. 따지고 보면 나나 한 아우나 모두 형 노사의 문하생이나 다름없으니……."

"누가 내 문하생이란 말이냐?"

유무용이 몇 마디를 내뱉는 도중에 한줄기의 맑은 목소리가 끼어들었다.

한상욱과 유무용, 연진우와 홍염은 허리를 숙여 목소리의 주인공에게 예를 표했다.

"드디어 왔구먼. 들어들가지."

형량보는 걸음을 옮겨 별채를 향했다. 한상욱과 유무용은 그의 뒤를 따랐다.

"이제 가는 건가요?"

홍염과 더불어 남겨진 연진우는 낮은 목소리로 물었다. 홍염은 잠시 움찔한 듯하더니 한숨을 길게 내쉬며 고개를 끄덕였다.

"그래, 사부님과 형 노사가 약속했던 기한이 다 되었구나. 이제 사부님을 따라 나갈 때가 되었어."

"……."

"진우야!"

홍염은 자기보다 머리 하나는 더 큰 연진우의 얼굴을 물끄러미 바라보며 말했다.

"너도 언젠가는 강호에 나오겠지? 그때 다시 만나자."

"……."

연진우는 표정없는 얼굴로 홍염을 보았다.

그런 그의 얼굴을 보던 홍염은 다시 한숨을 내쉬며 짐을 꾸리러 방으로 들어갔다.

"노사님, 평안하십시오."

"그래, 잘 가거라."

"한 사범님도 안녕히 계십시오."

"흥!"

홍염은 떠났다. 유무용과 함께…….

사라지는 그들의 뒷모습을 보고 있던 연진우의 눈에는 아쉽고 분한 기색이 어렸다.

단 한 번도 이겨보지 못한 채 그냥 떠나보내는 것이 아쉬운 것일까?

홍염이 떠나자 한상욱은 연진우에게 짐을 꾸리라고 했다.

"제법 먼 길이 될 거야. 갈아입을 옷가지랑 건량(乾糧)을 넉넉하게 챙겨둬."

그들도 길을 떠났다.

"처음에는 누군가를 통해서 기술을 배우고 법도를 배우지. 하지만 배웠다고 해서 그것들의 원리를 모두가 다 알 수 있는 건 아니야. 비결을 터득해서 그것을 온전히 자기 것으로 만드는 사람은 더욱 드물지. 비결을 터득하고 온전히 자기 것으로 녹이는 것은 결국 자기 자신이야. 사부의 말이나 글로 적혀 있는 무공 비급만으로는 진짜 감각을 알 수 없어. 무공이든 사는 것이든 진짜배기를 알려면 직접 체험해 봐야 돼."

한 달을 걷고 달리기를 반복해 길을 가며 한상욱은 알 듯 모를 듯한 이야기들을 해주었다.

연진우는 그저 맞는 이야기일 거라는 생각만 들 뿐 도무지 무슨 소리인지 이해하지 못했다.

하지만 한상욱은 연진우가 이해하지 못하는 것에 크게 개의치 않고 많은 이야기들을 해주었다. 비록 지금 당장은 알아듣지 못한다 할지라도 언젠가는 지금 들려준 이야기들이 연진우가 더 높은 경지로 도약하는 데 도움이 될 것이라는 생각을 품으며…….

쏴아―

쏴아아―

연진우는 입을 딱 벌린 채 아무 말도 하지 못했다.

자그마한 산을 터전으로 살던 사냥꾼의 자식이었던 그가 언제 바다를 보았을까?

아무리 보아도 끝이 보이지 않는 거대한 바다 앞에 선 연진우는 난

생처음 보는 장관 앞에서 그대로 굳어버렸다.

끼룩— 끼룩—

코끝을 스칠 듯이 지나가는 한 마리의 새.

바닷가에서는 너무도 흔한 새였지만 산속에 살면서 갈매기를 본 적이 없었던 연진우에게는 그조차도 신선한 충격이었다.

찝찔한 바다 내음이 후각을 자극한다.

드넓게 펼쳐친 백사장에 선 연진우는 시뻘겋게 물든 하늘을 그대로 비추고 있는 바다를 바라보는 데 온 정신을 팔고 있었다.

"시작하자."

파도 소리와 함께 들려온 한상욱의 목소리에 퍼뜩 정신을 차렸다.

팔짱을 낀 채 자신을 물끄러미 바라보며 그 한마디를 던진 한상욱의 모습을 본 연진우는 조용히 파옥권의 보법을 밟아가기 시작했다.

파옥권의 초식을 하나하나 시전했다. 한 번의 시전을 마치고 호흡을 정리하자 한상욱은 다시 할 것을 지시했다.

그렇게 말하는 그는 그동안 한 번도 보지 못했던 눈빛을 하고 있었다. 드러나게 웃지는 않았지만 흡족한 마음이 가득 담긴 눈빛이었다.

그리고 연진우는 이미 그 말을 예상하고 있었다.

비록 맨땅에서 하는 것보다 몇 배로 움직이기 불편했지만 못할 일은 아니었다.

한상욱의 지독스런 강훈련에 익숙해져 있던 연진우는 이곳에서도 새벽에 일어나 갯벌을 달리고 파옥권의 투로를 연습했다.

시간이 얼마나 지났을까?

광활한 바다를 바라보며 생활한 몇 달이 꿈결같이 느껴진다.

얼굴을 스치고 지나가는 미지근한 바닷바람과 아침의 태양이 너무나도 자연스러운 것이 되었다.

"이 사부가 형 노사에게 은혜를 입어 무공을 전수받을 때 노사께서는 나를 바다로 이끌고 오셨지."

말없이 연진우의 수행을 바라만 보던 한상욱이 다가와 이야기를 시작했다.

"바다를 바라보며 노사의 혼원기공을 연마하던 나는 그간의 내가 얼마나 편협하고 옹졸한 사람이었는지를 깨닫게 되었다. 훗날에야 말씀하시더구나. 내 원래의 성품에 난폭함이 엿보여 우선 내 급한 성정(性情)을 바로잡을 요량으로 바다에 오신 것이라고⋯⋯. 그전에는 몰랐다. 나도 그제야 생전 처음으로 바다를 본 것이었으니까. 조그마한 고깃배를 모는 어부를 생각해 보면 그는 배라는 좁은 세계에 살고 나는 너른 땅 위에 산다고 생각했는데 그게 아니었던 거야."

한상욱은 다리를 쭉 뻗어 뻘에 원을 하나 그리더니 그 안에 들어가 섰다.

"우리는 모두 어떤 범위 속에 살고 있지. 그 범위가 넓고 좁고의 차이는 분명히 존재하지만 저 광활한 바다 앞에서는 그 차이가 오십 보 백 보이더구나. 그리고 정말 중요한 것은 뱃사람은 자기가 속해 있는 세계의 밖을 얼마든지 볼 수 있지만 육지에 사는 사람은 자기 세계의 밖을 도무지 볼 수 없는 우물 안 개구리가 되어버리기 쉬워. 형 노사는 그것을 가르쳐 주고자 하셨던 거지. 낙양 성내의 건달이었던 나를 택해 무공을 가르쳐 주셨을 뿐 아니라 삶을 가르쳐 주셨다."

연진우는 한상욱의 이야기를 가만히 듣고 있었다.

바다까지 오는 동안 많은 이야기를 해주기는 하였으나 지금처럼 한

번에 이렇게 많은 이야기를 한 것은 처음이었다.

한상욱의 이야기는 계속되었다.

"네가 내 문하에 들어온 지 벌써 삼 년이 넘었구나. 너에게 무공을 가르치기 시작했을 때 네게 있는 강한 호승심(好勝心)이 마음에 들었다. 암, 무인이라면 지는 것을 좋아해서는 안 되지. 게다가 처음에 생각했던 것보다는 네가 재주가 있어 벌써 좀 더 높은 수준의 수행을 해야 할 때가 됐다. 사부는 노사의 십 년 가르침을 받고 잠시 강호에 나가 몇 명의 벗을 사귀며 강호를 떠돈 적이 있다. 비록 특별한 사고를 겪지는 않았지만 풍진강호(風塵江湖)에서 그것이 얼마나 큰 요행이었는지는 누구보다도 내가 잘 알고 있다. 좀 더 수행을 쌓지 않고 성급하게 강호로 나간 것이 아직도 아쉽구나. 진우야, 앞으로의 수행은 지금까지의 그것보다 훨씬 힘들고 어려울 게다. 수련하는 무공 또한 무림의 그 누구도 행하지 않는 이 사부만의 방식으로 익힐 것이고……. 하지만 나를 믿고 따라온다면 내 너만은 기필코 강호 최고의 무인이 되도록 해주마. 호랑이를 잡는 것과는 비교도 되지 않을 강한 힘을 주마. 어떠냐, 할 수 있겠느냐?"

말을 마친 한상욱의 얼굴은 연진우를 보지 않고 있었다.

그는 바다를 보고 있었다.

태양이 수평선 위로 고개를 들고 갈매기가 날았다.

소금기 섞인 바람이 코끝을 간질였다.

파도는 모래를 가져갔다 다시 가져오기를 반복했다.

그리고 그는 다시 연진우를 보았다.

처음 만났을 때의 신광이 서린 눈이 아니었다.

한없이 익숙한 눈빛…….

분명히 본 적이 있는 눈빛이었다. 하지만 어디서 본 것인지가 생각나지 않았다.

연진우는 대체 저 눈빛을 어디서 본 것인지 고민하였다.

그의 눈을 뚫어지게 바라본 연진우는 한참을 고민한 끝에 알게 되었다.

그가 본 것은 따스한 부정(父情)이 담긴 눈빛이었다. 오래전에 잃어버린 아버지의.

"……."

"……."

두 사내는 끈끈한 눈빛을 나누었다.

길었던 한상욱의 말이 끝났음에도 불구하고 연진우는 아무 대답도 하지 않은 채 그를 보기만 했다.

한상욱은 그런 그를 탓하지 않았다.

그저 서로를 바라보며 눈빛을 나눌 뿐이었다.

*　　　　*　　　　*

바다까지 가는 데 한 달, 오는 데 한 달. 왕복해 꼬박 두 달이 걸렸다. 실제로 해변에 머문 기간은 오륙 개월 남짓 되었을까? 그리고 또 삼 년이 지났다.

연진우는 한상욱의 철저한 지도 아래 강훈련을 거듭했다.

팔다리에 쇠뭉치를 달고 물속에 들어가기도 했고 눈 덮인 산속에 빈손으로 던져진 채 봄이 오기를 기다린 적도 있었다.

그의 신체는 불순물투성이인 철광석이 도가니 속에서 정강(精鋼)이 되듯 칠 년간 하루도 거르지 않은 파옥권과 혼원기공을 통해 놀라울 정도로 변화되었다. 연진우의 파옥권은 이미 과거 한상욱이 보여주었던 모습에 거의 근접한 수준이었다.

바람을 가르는 소리를 내며 두 사람의 팔다리가 움직인다.

조그마한 오두막 앞의 공터에서 두 사람이 무공을 연습하고 있고 한 명의 노인이 그들의 무공 수련을 바라보며 흐뭇한 미소를 짓고 있다.

"아직도 멀었다. 생각하면서 움직이지 말고 움직이면서 생각하란 말이야."

삼십 대 후반에서 사십 대 초반 정도의 장년 사내가 스무 살을 갓 넘긴 듯한 청년에게 비아냥거리며 매서운 초식을 날리고 있었다.

사십 넘은 사람이 청년과 동등하게 대전한다는 것은 보통 어려운 일이 아니다. 하지만 사내는 무술의 비법을 수련해 육체의 노화를 미뤄 놓을 수 있었는지 청년을 능가하는 지구력과 힘을 자랑하면서 상대를 압박했다.

청년을 계속 밀어붙이던 그는 붕권(崩拳)으로 청년의 정면을 찔러 들어갔지만 청년은 재빨리 몸을 한 걸음 뒤로 빼낸 후 공중으로 뛰어올라 용도천문(龍跳天門)의 기세로 장년 사내를 내려찍었다.

그러나 이미 예상했다는 듯 장년 사내는 그 공격을 여유있게 피하며 응조공(鷹爪功)을 펼쳐 청년의 목덜미에 있는 부돌혈(扶突穴)을 공격했다.

청년은 다급히 목을 피했지만 이번에는 목 뒤편의 병풍혈(秉風穴)을 공격당했다.

"어떠냐, 이놈아? 이번에도 다른 말 않겠지?"

장년의 사내는 청년의 병풍혈을 움켜잡고 득의양양하게 호기를 부렸다.

응조공의 희생자가 된 청년은 식은땀만 흘리며 꼼짝도 하지 않고 있을 뿐 한마디도 할 수 없었다.

"이것 봐, 연 소협! 승자에 대한 축하의 말이라도 하는 게 무림인의 도리가 아닌가?"

장년인은 청년을 잡고 있는 손을 흔들며 말했다.

그에게 혈도를 잡힌 채 그 손놀림을 따라 움직이던 청년은 숨이 막히는 와중에도 간신히 한마디 뱉을 수 있었다.

"한 대협의 신위가 실로 괄목상대(刮目相對)할 만하여 하루하루의 공력이 다릅니다."

한상욱은 기분이 좋은지 조금 웃기는 했지만 쉽게 연진우를 놓아주진 않았다.

"진우야, 왜 오늘도 사부를 이기지 못했을까?"

한시 바삐 한상욱의 무지막지한 손에서 벗어나는 것이 급선무인지라 어지간하면 이런저런 말장난으로라도 위기를 모면할 터인데 그가 말하는 것을 들어보니 또 무공에 대해 한바탕 강론(講論)을 펼칠 모양이다.

"바로 서라."

한상욱은 연진우를 구속하고 있던 쇠갈고리 같은 다섯 개의 손가락을 풀며 말했다.

"지금까지는 기초를 닦았다. 당초 생각했던 기한은 십 년이었으나 칠 년 만에 익혀야 할 것들을 모두 몸에 익히고 머리에 담았으니 이제는 본격적인 상승무공의 수행에 들어가겠다."

연진우의 나이가 올해로 스물하나. 한상욱을 따라온 지 벌써 칠 년이 지났다.

홍염과 함께 있던 삼 년, 그리고 그 후에도 몇 개월 동안 파옥권만을 반복했다.

권법의 법문에 몸을 일치시키고 생각 이전에 몸이 움직이게 하기 위해서라는 이유 아래 연진우는 한상욱의 무자비한 교육 방식을 충실히 따랐다. 이 기간 동안 연진우는 권법의 법문에 몸을 일치시켰다. 그리고 그 결과로 생각 이전에 몸이 움직이게 되었다.

그리고 그 후 삼 년간은 천하각파의 무공을 조금씩 배웠다. 하지만 배우기는 하였으나 어디까지나 각 무공을 구성하는 원리를 중심으로 배웠다. 실제의 초식 운용은 해본다기보다 당해보았다고 할 수 있었다. 한상욱이 각 파의 무술을 사용하여 연진우를 공격했고 연진우는 오로지 파옥권만을 사용하여 그를 상대하였다.

또한 칠 년간 수련한 혼원기공은 생활의 일부분이 되어 있었다. 달리는 것, 걷는 것, 무공을 수련하는 것, 밥을 먹는 것, 측간에 가는 것까지 삶의 모든 순간에 공력을 운행하니 그 흐름이 지극히 자연스러우면서도 끊임이 없었다.

간간이 형량보가 던져 준 화두를 놓고 고민할 때도 있었다. 몇 날 며칠을 고민해도 풀리지 않던 의문은 한상욱과 비무를 하는 도중에 갑자기 해결되기도 했고 찬거리를 준비하기 위해 사슴을 쫓다가 해결되기도 했다.

연진우의 마음에는 자신이 얼마나 강해졌는지 확인하고 싶다는 생각이 가득했다. 한상욱과 대전하면 판판이 졌다. 상대가 워낙 강하니 도무지 비교가 되지 않는 경우였다.

스물한 살의 청년 연진우는 칠 년 전과는 비교할 수 없을 만큼 자란 힘과 지혜를 써보고 싶어 온몸이 근질거리고 있었다.

그러나 한상욱에게는 아직 그런 이야기를 하지 못했다.

괜히 잘못 말을 꺼냈다가 본전도 건지지 못하는 사태를 걱정한 것이 첫째 이유요, 십 년 연공을 하고도 준비없이 강호에 나간 것이 후회스럽다는 한상욱의 말이 귓전에 쟁쟁하게 울려서였다.

"이 녀석, 정신을 어디다 팔고 있는 거냐?"

쩌렁쩌렁한 목소리와 함께 한상욱의 손이 날아왔다. 연진우는 몸을 빙글 회전시켜 그의 강맹한 공격을 흩뜨리며 반격의 기회를 노렸다.

그날도 어김없이 수련에 열중하고 있었다.

새벽이 되면 누구보다 일찍 일어나 산길을 달린다.

산행을 마치고 내려와서는 칠 년째 연공하고 있는 권법을 반복, 그것을 마치고 나면 사부와 형 노사를 위한 식사를 준비한다. 물론 사부는 아직도 일어나지 않았다.

그럭저럭 먹을 만한 것을 만들어 두 사람에게 따로 올린다.

형 노사는 일찌감치 일어나 의관(衣冠)을 정제(整齊)하고 명상을 하고, 사부는 여전히 코를 골며 잠을 자고 있다.

먹는 것도 지극히 대조적이다.

형 노사는 어떤 음식이든 과식하는 법이 없다. 아니, 거의 먹지 않는다고 하는 편이 옳을지도 몰랐다. 그저 시간에 맞추어 하루에 세 번 약간의 곡물 가루나 과일 한두 조각을 먹고 그친다.

사부는 고기가 없으면 밥을 먹지 않는다. 무슨 수를 써서라도 고기를 장만해 와야 하는 것이다.

먹는 것도 장정 두세 사람이 먹을 만큼은 먹는다. 물론 내가 깨워야 아침을 먹는다.

아침 식사를 마치면 다시 수련을 시작한다.

상대는 사부이다.

처음에는 일방적으로 당하기만 했다.

하지만 이제는 조금 나아졌다. 사부가 열 번을 공격하면 일곱은 막을 수 있게 되었고 간간이 반격도 할 수 있게 되었다.

혼원기공과 파옥권만을 익히고 단련한 지가 벌써 칠 년.

청년의 혈기는 당장이라도 광활한 강호로 뛰쳐나가 군웅들을 호령하고 싶었지만 눈앞의 사부는 결코 그것을 허락하지 않았다. 아니, 말조차 꺼내보지 못했다.

바로 그날 그가 돌아왔다.

"형……."

연진우는 기운차게 움직이던 손을 멈췄다. 그의 시선이 닿은 곳에 한 남자가 들어와 있었다.

짙은 빛깔의 회색 장삼, 단정하게 묶은 긴 머리, 광채가 안으로 깊숙하게 갈무리된 눈빛, 그리고 오른손에 단단히 거머쥔 한 자루의 장창…….

"키가 많이 컸네요?"

아닌 게 아니라 연진우보다 더 커 보였다.

홍염은 쑥스러운 표정으로 연진우를 보며 이야기를 계속했다.

"사부님께서 전하라고 하신 말씀이 있어서 왔다."

"형의 사부님께서요?"

연진우의 반문에 홍염은 미소 띤 얼굴로 고개를 끄덕였다. 정말 오래간만에 보는 홍염의 미소였다.

그때 연무장을 가로지르는 한 사람의 목소리가 들렸다.

"네가 여기엔 웬일이냐?"

어찌 들으면 심술궂게 들릴 수도 있는 목소리였다. 아니, 말투 자체가 심술궂은 말투였다.

홍염은 목소리의 주인을 향해 공손하게 허리를 숙였다.

"홍염이 한 사범님을 뵙습니다."

모습을 드러낸 한상욱은 홍염의 위아래를 쓰윽 훑어보았다. 그리고는 여전히 심술궂은 말투로 말했다.

"아이구, 강호에 명성이 자자하신 소패왕(小霸王)께서 어찌 나 같은 무명소졸에게 허리를 숙이시는 게요? 감당할 수 없소이다, 감당할 수 없소이다."

감당할 수 없다는 말을 연거푸 내뱉은 한상욱은 팽 소리가 나도록 몸을 돌려 홍염을 등지고 섰다.

"하하, 한 사범님, 그간 연락드리지 못해 죄송합니다. 용서해 주십시오."

홍염이 뭐라고 하든 말든 한상욱은 콧방귀만 연신 뀔 뿐 홍염의 말에는 도통 대꾸조차 하지 않았다.

"사부님의 전언(傳言)이 있는데 그것조차 듣지 않으시렵니까?"

이번의 말은 확실히 효과가 있었다. 한상욱은 슬쩍 고개를 뒤로 돌렸다.

"유 선배가?"

"그렇습니다."

하지만 그뿐이었다. 한상욱은 곧바로 고개를 되돌려 앞을 보며 중얼거렸다.

"그러면 그렇지, 네 녀석 따위가 안부를 묻자고 찾아온 것은 아닐 테지……."

궁시렁거리는 한상욱의 뒤에 선 두 청년, 홍염과 연진우는 서로의 얼굴을 마주 보며 빙긋이 웃고 말았다.

한상욱의 성격을 누구보다 잘 아는 그들이었기에 지금 그가 홍염을 반가워하고 있다는 것을 눈치 챈 것이었다.

연진우가 한 발짝 앞으로 나서며 이야기했다.

"사부님, 그러지 말고 이야기를 들어보시죠? 형도 그 이야기를 전하느라 먼 길을……."

· 핑!

"시끄럽다."

연진우는 코끝을 스치고 지나가는 한상욱의 팔꿈치를 아슬아슬하게 피했다. 정통으로 맞았으면 얼굴이 박살났을지도 모를 위력이었다.

하지만 연진우는 여전히 웃음기 서린 목소리로 한상욱에게 이야기했다.

"아무리 그래도 천리 길을 달려온 손님을 이렇게 홀대(忽待)해서야……."

"누가 손님이란 말이냐?"

한상욱의 공격은 점점 속도를 더해가고 있었다.

반면에 연진우는 느릿하게 움직이고 있었다. 근자에 깨닫기 시작한 정중동(靜中動)의 이치를 시험해 보고 싶은 생각이 든 것이다.

"이 녀석이 어디서 재주를 부리는 게냐?"

한상욱은 두 눈알을 부라리며 손발을 날렸다.

이미 그들에게 홍염은 안중에도 없는 듯 요란하게 공방을 교환하고 있었다.

하지만 애초부터 결과는 싸움이 되지 않는 상대를 만난 연진우의 패배로 예정된 것이었다. 처음에는 느릿하게 움직이는 듯싶던 연진우의 움직임이 점점 어지러워지고 있었다.

한상욱은 왼손을 갈퀴처럼 만들어 연진우의 정수리를 공격했다. 연진우가 재빨리 그것을 방어하자 한상욱은 기다렸다는 듯이 오른손을 날렸다.

퍼억!

복부를 강타당한 연진우는 이어지는 한상욱의 공격에 속수무책으로 서 있었다. 날아오는 손을 막을 수는 있지만 그 다음 수를 막을 자신이 없었던 것이다.

"왼쪽 무릎!"

연진우는 홍염의 목소리를 듣자마자 한상욱이 지금 공격하려고 하는 심장 부근과 오른쪽 무릎을 동시에 방어했다.

한상욱은 홍염의 방해로 자신의 다음 공격이 가로막히자 화난 표정을 지으며 더욱 매서운 공격을 퍼부었다.

"어디 이것도 막아봐랏!"

휙!

번개 같은 일장이 연진우를 향해 뻗어 나갔다.

연진우는 허겁지겁 피하려 했으나 그 일장은 기이한 잔상을 남기며 그의 가슴팍을 강타했다. 홍염이 미처 소리칠 겨를도 없었다.

"윽!"

한상욱은 연진우가 신음 소리를 내뱉으며 비틀거리는 것을 보면서도 숨 쉴 틈 없이 연이어 공격을 퍼부었다.

사정이라고는 눈곱만큼도 없었다. 제자를 가르치기 위한 것이라고
보기에는 너무 과한 것이었다.

"아직 멀었다."

연진우가 바닥으로 나동그라지려는 찰나 한상욱은 발로 그를 걸어
차 올리며 소리쳤다.

휙!

발길질이 바람을 가르는 소리가 날카로웠다.

바로 그 순간 연진우의 오른손이 바닥을 짚었다. 그리고 바닥을 짚
은 그 손에 의지해 허공을 향해 힘차게 발을 내뻗었다.

투칵!

"좋다!"

홍염은 자기도 모르게 손뼉을 치며 크게 소리쳤다. 연진우가 한상욱
의 턱을 멋지게 날려 버린 것이다.

하지만 홍염은 이내 자신이 무슨 짓을 해버린 것인지 알게 되었다.

"흐흐, 머시라?"

그 정도로 강렬한 공격에 정통으로 당했다면 턱이 부서지는 것이 당
연할 테지만 한상욱은 멀쩡한 얼굴로 홍염을 보고 있었다. 발이 턱에
닿는 순간에 손을 넣어 아슬아슬하게 방어한 것이었다.

반면에 공격을 성공한 연진우는 기진맥진한 상태에서 마지막 공격을
한 터라 체력이 고갈되어 바닥에 쓰러진 채 거친 숨을 내쉬고 있었다.

"좋긴 뭐가 좋아?!"

한상욱이 버럭 고함을 치며 홍염을 쏘아보았다.

홍염은 강호에서 일반적으로 느끼는 긴장감과는 전혀 다른 종류의
긴장감이 온몸을 휩싸는 것을 느꼈다.

이것이 몇 년 만이던가?

홍염은 크게 소리 내어 웃었다.

"하하하!"

그러자 당황한 쪽은 한상욱이었다. 분명 처음에는 자신에게 위축된 모습을 보여주었던 녀석이 난데없이 웃음을 터뜨린 것이다.

"뭐야? 갑자기 돌아버리기라도 한 거냐?"

"아닙니다, 너무 오랜만에 정겨운 광경을 보아서 그럽니다."

그러면서도 홍염은 연신 웃고 있었다.

한상욱은 기가 막힌지 혀를 끌끌 차면서 중얼거렸다.

"강호에서 칼밥을 좀 먹더니 간덩이가 부어도 이만저만 부은 게 아닌 모양이구나."

"하하, 그런가 봅니다."

시원스러운 홍염의 모습과 바닥에 쓰러진 채 기절해 있는 연진우의 모습을 번갈아 바라본 한상욱은 입맛을 쩝쩝 다시며 이야기했다.

"무슨 말을 전하러 온 거냐?"

"형 노사께서는 잘 지내십니까?"

홍염은 한상욱의 질문에는 대답하지 않고 형량보의 안부를 슬쩍 물어보며 말을 돌렸다.

"이 녀석이……."

한상욱이 주먹을 불끈 쥐자 홍염은 다시 소리 내어 웃으며 이야기했다.

"하하하, 성격은 여전하십니다."

"이 자식이 그래도……."

홍염은 계속 웃고 있었지만 한상욱의 인상이 딱딱해지는 것을 놓치지 않고 보고 있었다.

한상욱은 홍염을 한참 보다가 마침내 고개를 가로저었다.

"끄응, 그래, 내 앞에서는 이야기하지 않겠다는 거지? 알겠다. 가자."

의외로 선선한 한상욱의 반응에 놀란 것은 홍염이었다.

홍염의 놀란 표정은 본체만체하여 한상욱은 바닥에 쓰러져 있는 연진우 쪽을 보며 말했다.

"야, 임마. 기절 안 한 거 알고 있으니까 빨리 일어나!"

"홍염이 형 노사를 뵙습니다."

홍염은 형량보에게 허리를 깊이 숙이며 인사했다. 옆에 서 있던 한상욱과 연진우는 그가 진정으로 형량보를 존경하고 있다는 걸 느낄 수 있었다.

"그래, 강호에서 고생이 많았지?"

형량보의 눈과 말은 따뜻한 기운으로 가득했다.

그가 홍염을 보는 눈은 친손자를 보는 할아비의 눈이었고, 그가 말하는 것은 수십 년 전에 헤어진 친구를 대하듯 하였다.

"고생이라고 할 만한 것이 무에가 있겠습니까. 노사와 한 사범의 가르침으로 험난한 강호에서 큰 어려움을 겪지 않았습니다."

홍염이 저렇게 말을 하고 있지만 강호가 어떤 곳인지 너무도 잘 알고 있는 두 사람은 홍염이 어떤 생활을 했을지 충분히 미루어 짐작할 수 있었다.

한상욱은 홍염의 모습을 애써 외면하면서 애꿎은 연진우의 뒤통수를 탁탁 쳤다.

연진우는 차마 형량보 앞에서 적극적으로 대응할 수 없어 가만히 서서 그가 하는 대로 내버려 두고 있었다.

형량보는 그런 그들을 보고 미소를 지으며 홍염에게 물었다.

"그래, 전할 말이란 것은 뭐냐?"

홍염은 자세를 바로하고 한 글자 한 글자 힘주어 말했다.

"이번에 제 스승께서 문호를 여시고 개파축연(開派祝宴)을 가지게 되었습니다. 본래는 당신이 직접 오셔서 사정을 아뢰고 초청하는 것이 예의(禮義)에 걸맞는 것이라 하셨지만 창문(創門)에 관련된 일이 너무도 복잡하고 다양해 저를 보내시었습니다. 노사를 뵙거든 꼭 이 말씀을 아뢰어 양해를 구하라 하셨습니다."

형량보는 고개를 끄덕이며 홍염의 말을 받았다.

"일문지주(一門之主)의 일이 얼마나 다망(多忙)한 자리인데 시골의 늙은이에게 신경을 쓰겠는가. 그 마음 씀씀이만 받아도 충분하지. 그럼 문파의 이름은 무어라고 정했는고?"

질문을 받은 홍염은 자신감 가득한 어조로 이름을 말했다.

"신창문(神槍門)입니다."

"하하하!"

형량보는 크게 소리 내어 웃는 한상욱을 쳐다보았다. 한상욱은 그 즉시 웃음을 멈추었다.

그러나 웃음은 참아도 입이 근질거리는 것은 어쩔 수 없었는지 기어코 한마디 하고 말았다.

"신창문이라……. 과연 유 선배답게 광오한 이름을 짓기는 했는데 후진들이 그 이름을 제대로 유지시킬 수 있을까?"

홍염의 얼굴이 붉어졌다.

만약 다른 사람이 저런 이야기를 하였으면 무공과 신분의 고하를 막론하고 달려들어 사생결단을 내려 했을 것이다.

그러나 이야기를 한 사람이 악의를 가지고 그런 말을 할 사람이 아니라는 것을 잘 알고 있었기에 얼굴이 붉어지는 것에서 마무리되었다.

"상욱이!"

형량보의 목소리가 들렸다.

"말씀하십시오."

"소림 사람들도 여럿 참석할 테지?"

한상욱은 형량보의 난데없는 질문에 잠시 미간을 찌푸렸다가 홍염을 한번 바라보고는 대답했다.

"아마도 그럴 것입니다."

그 말을 들은 형량보는 들릴락 말락 하게 한숨을 내쉬며 그에게 이야기했다.

"그렇겠지. 무용의 얼굴을 보아 아니 갈 수도 없으니 자네가 내 대신 이야기를 전해주게. 시간이 지나고 조금 여유가 생기면 그때 내가 직접 들르겠다고 말이야."

"예, 알겠습니다."

한상욱에게 그리 말한 형량보는 홍염을 불렀다.

"그리고, 염아야!"

"예, 노사님."

"너는 네 사부에게 가서 섭섭하게 생각지 말라고 하여라. 노부가 소림의 사람들과 만나게 되어 껄끄러운 일이 생기면 정작 힘들어질 사람은 다름 아닌 네 사부이니 내 꼭 따로 시간을 내어 가겠다고 잘 말하거라."

"예, 노사님. 반드시 그렇게 전하겠습니다."

굳이 설명하지 않아도 대충의 일을 알고 있는지 홍염은 기운차게 대답했다. 연진우만이 무슨 이야기인지를 모른 채 두 눈을 꿈뻑거리고 있었다.

형량보는 그제야 활짝 웃으며 이야기했다.

"온 김에 며칠 쉬어갈 수 있겠느냐? 무용이 다른 일을 맡겼다면 가야겠지만 특별한 일이 없거든 잠시 쉬어가거라."

홍염은 웃음 띤 얼굴로 형량보의 말을 받았다.

"개파축연의 일로 사문의 모든 사람들이 정신없이 바쁜데 어찌 저 한 사람만 편히 쉬겠습니까. 하루도 지체하지 말고 바로 돌아오라는 영이 있었습니다."

"허허, 역시 그 사람답구먼. 그렇지 않은가?"

한상욱은 심술궂게 홍염을 한번 보고는 씨익 웃으며 형량보의 말에 대답했다.

"뭐, 저 녀석에게는 이 정도도 부족한 감이 있습니다."

연진우는 한상욱의 그 말을 들으며 웃음이 터져 나오려는 것을 간신히 참았다.

그가 억지로 웃음 참는 것을 본 한상욱은 크게 웃으며 팔을 휘둘렀다.

우연인 것마냥 그 팔은 홍염의 뒤통수를 강하게 때렸다.

홍염은 얼굴을 찡그리곤 품 안에서 무엇인가를 꺼내며 말했다.

"이것은 스승께서 형 노사에게 드리는 예물입니다."

"흘흘, 산속에 처박혀 사는 늙은이에게 무슨 예물이 필요하다고……"

형량보는 손사래를 치며 사양하였지만 이미 홍염은 품에서 목갑을 꺼내어 그에게 내밀고 있었다.

"그리 대단한 것은 아니니 그저 받아주시는 것으로 족하다고 하셨습니다.”

“받아보십시오. 어디 얼마나 대단한 것을 가져왔는지 저도 한번 구경해 보고 싶습니다.”

옆에서 보고 있던 한상욱이 큰 목소리로 말하자 형량보는 겸연쩍은 표정을 지으며 목갑을 받아 들었다.

“열어보십시오.”

홍염의 공손한 말과 목갑을 바라보는 한상욱의 불타는 눈빛을 대한 형량보는 슬쩍 웃으며 목갑을 열었다.

한상욱과 연진우의 눈이 열린 목갑을 향했다.

“……!”

바로 옆에 서 있던 한상욱과는 달리 약간 떨어져 있던 연진우는 목갑 속에 무엇이 들어 있는지 정확하게 보지 못했다. 하지만 그의 눈에도 일곱 색깔의 영롱한 광채만은 보였다.

뚜껑 열린 목갑 위로 뿜어져 나오는 빛을 본 형량보는 한숨을 쉬며 말했다.

“이 칠채보원주(七彩補元珠)가 대단치 않은 것이라면 강호에 보물, 귀물이라 할 만한 것은 아무것도 없겠구나.”

순간 연진우의 눈이 커졌다.

비록 무림의 일을 직접 체험해 아는 것이 거의 없는 연진우였지만 한상욱을 통해 이런저런 이야기를 들은 것은 제법 되었다.

지금 형량보가 받아 든 것이 진짜 칠채보원주라면 유무용은 황금을 산처럼 쌓아도 구할 수 없는 보물을 선물한 것이었다.

몸에 지니고 있으면 백 가지 독의 침범을 막을 수 있고 아무리 극악한 독에 중독된 사람도 해독할 수 있는 절세의 보물이 바로 칠채보원주였다.

또한 이것이 독물에 관해서만 효능이 있는 것이 아니라는 이야기도 있다.

무림인이 지니고 있으면 공력의 순환을 도와주고 불순한 기운을 정화하는 데 큰 도움을 주며 무공을 모르는 일반인들도 이것을 가지고 있으면 잔병치레를 하지 않는다고 한다.

물론 어디까지가 사실인지는 정확히 알 길이 없으나 다른 것은 다 차치하고라도 독물에 관한 것만은 확실히 입증된 것이니 그것만으로도 충분히 무림의 기보(奇寶)라 할 만했다.

탁!

"받을 수가 없구먼."

형량보는 목갑을 닫으며 다시 홍염에게로 내밀었다.

그러나 홍염은 목갑을 받지 않고 허리를 숙였다.

"노사께서 받지 않으시리라는 것은 이미 알고 있었습니다. 그러나 노사께서 직접 버리시는 한이 있어도 제가 다시 받아오는 일은 없도록 하라는 스승의 말씀이 있었습니다."

형량보는 고개를 설레설레 흔들었다.

"그래도 이것은 내가 받을 수 없다."

"하지만……."

홍염은 급히 말을 하려 했다.

하지만 그의 말은 형량보에 의해 가로막혔다. 형량보는 집게손가락을 자신의 입술에 가져다 대며 홍염의 말을 멈추게 했다.

"네가 직접 가지고 돌아가게 하지는 않겠다."

"네?"

홍염은 의아한 표정을 지으며 말했다.

“그것이 무슨 말씀이십니까?”

“네가 다시 받아서 가지고 가지 않도록 할 것이니 걱정하지 말거라.”

그제야 이해하였는지 홍염의 안색이 밝아졌다.

홍염의 귀에 형량보의 목소리가 들려왔다.

“상욱이, 신창문에 갈 때에 이것도 함께 가지고 가게.”

“예, 노사!”

형량보에게서 물러난 세 사람, 아니, 한상욱이 행장을 꾸리라며 먼저 보낸 연진우를 제외한 두 사람은 두런두런 이야기를 하며 밖으로 나왔다.

바로 길을 떠나야 한다기에 한상욱이 직접 홍염을 배웅하고 있었다.

“노사께서 많이 쇠약해지신 것 같습니다.”

걱정스럽다는 듯한 홍염의 말에 한상욱은 쾌활하게 대답하였다.

“나이를 먹으면 육체는 당연히 쇠약해지지. 하지만 어르신의 공부(功夫)는 날이 갈수록 깊어지셔서 너와 내가 합공을 하더라도 삼백 초 안에 이기실 수 있을 게다. 노익장(老益壯)이라는 말이 괜한 것이 아니야.”

홍염은 조금 밝은 표정을 지으며 말했다.

“그도 그렇군요. 워낙에 일신의 무공이 대단한 분이시니 어찌 저와 같은 범인의 잣대로 그분을 재겠습니까. 진우의 공력에는 진보가 많이 있었습니까?”

“진우라… 많이 늘었지. 남들이 십 년 연공해야 이를 수 있는 경지를 이미 뛰어넘었으니까. 물론 너에 비하면 아직 멀었지만 내 아래서 한 칠팔 년만 더 부지런히 연공하면 어디에 내놔도 손색없는 무인이 될 수 있을 거야.”

홍염은 밝은 안색으로 한상욱의 말에 질문을 더했다.

"진우의 성취가 벌써 그 정도입니까? 처음에는 재능이 평범하다고 하지 않으셨습니까?"

"내가 그랬나?"

한상욱은 멋쩍게 웃으며 말을 이었다.

"재능은 평범했지. 그런데 녀석에게는 지독한 호승심(好勝心)이 있었거든. 천성이 지는 걸 싫어하는 녀석이더라구. 그래서 그걸 자극하는 쪽으로 계속 맹훈련을 시켰지. 녀석도 뭔가 계기가 있었는지 더 열심히 했고……. 노력하는 승부사형이라고 할 수 있을까? 하여튼 그러다 보니 나도 놀랄 정도로 실력이 부쩍부쩍 늘더군. 가르치는 나도 재미가 나서 더 열성적이었는지도 모르고……."

홍염은 한상욱의 표정을 보고는 소리없이 웃었다.

그것을 본 한상욱은 홍염의 웃음을 비웃음으로 여기고는 그를 쏘아보며 한마디 던졌다.

"왜 웃어? 내가 제자 자랑이나 하는 팔불출로 보여?"

홍염은 잠시 더 웃더니 대답했다.

"제가 이곳에 머물면서 사범님을 모실 때 사범님이 좋아하신 것이라고는 오로지 무공을 단련하는 것과 술을 드시는 것뿐이라고 알았습니다."

홍염의 말에 한상욱은 고개를 크게 주억거렸다.

"그런데 지금 말씀하시는 것을 보니 진우 가르치는 일을 그보다 더 좋아하신다는 것을 알 수 있습니다."

속내를 들킨 한상욱은 홍염과 함께 소리 내어 웃었다.

홍염은 복래산에서의 삼 년의 시간이 꿈이 아니었다는 것을 확인했다.

온갖 술수와 위험이 도처에 널려 있는 강호에서는 맛볼 수 없는 평온함이 존재하는 곳이 이곳이었다. 지위와 배분의 고하로 모든 것을 엄격하게 따지는 이도 없고 앞에 선 사람의 한마디 속에 무슨 음모와 흉계가 숨어 있는지 고민할 필요가 없는 곳이 이곳이었다.

'사제들에게도 이곳의 평화로움을 맛보게 해줄 수 있다면 좋을 텐데……'

멍하니 생각에 잠긴 채로 서 있는 홍염을 본 한상욱은 손을 들어 그의 등을 소리나게 팡팡 두드렸다.

"무슨 생각이 이렇게 긴 거냐? 숨겨놓은 아가씨 생각이라도 하는 거냐?"

홍염은 고개를 좌우로 흔들며 쓴웃음을 지으며 이어지는 한상욱의 말에 귀를 기울였다.

"네 사형제들이 모두 몇이라고 했지?"

"여섯 명의 사제가 있습니다."

한상욱은 앞으로 한 발짝 걸어나갔다. 그리고 고개를 끄덕이며 홍염에게 말했다.

"과연 대단한 사람이구만. 나는 한 명 가르치기도 힘든데 일곱이나 가르치다니……. 그것도 그 짧은 시간에 말이야."

하지만 홍염은 한상욱이 무슨 말을 하는지 알 수 있었다.

자질이 뛰어난 소년들을 발견하면 제자로 거두기는 했으나 직접 데리고 키운 제자는 별로 없고 친분이 있는 무림명숙들에게 맡기는 일이 많았던 것을 비꼬고 있는 것이다.

그러나 지금은…….

"이제는 사부님께서도 한곳에 자리 잡기로 마음을 굳히셨습니다."

강한 확신이 실려 있는 홍염의 말.

한상욱은 그를 물끄러미 바라보며 슬쩍 말을 돌렸다.

"유 선배가 강호를 떠돌며 얻은 심득이 적지 않을 테지?"

무슨 말을 하고자 하는 것인지……. 홍염은 잠시 그의 의중을 파악하느라 대답하기를 주저했다.

"일곱이나 되는 제자에게 전수할 만할 무언가를 가지고 돌아온 것이 겠지?"

홍염은 힘차게 고개를 끄덕이며 대답했다.

"물론입니다. 최근 수년간 개개인의 무공뿐만 아니라 연수(聯手), 합격(合擊)에 이르기까지 모든 것을 새롭게 정리하고 가르치셨습니다."

"그래, 어째 네 기도가 예전에 비해 훨씬 차분해지고 안으로 잘 갈무리되었다는 느낌이 들더라. 소패왕다운 면모를 보여주더라구."

칭찬을 들은 홍염은 뒤통수를 긁적거리며 쑥스러운 표정으로 이야기했다.

"무슨 말씀을……. 그거야 다 남의 이야기 하기를 좋아하는 사람들이 지어낸 이야기지요."

"흐흐, 강호의 호사가(好事家)들이 퍼뜨리는 소문에 황당무계한 이야기들이 많기는 하지만 그것마저도 다 어느 정도의 근거가 있어서 하는 이야기이지. 설마 얼마 전에 공동삼협의 한 사람을 꺾은 것마저 헛소문이라고 할 거냐?"

홍염은 얼굴을 붉히며 간신히 한마디를 내뱉었다.

"운이 좋았을 뿐입니다."

"흐, 물론 승패에는 운이 아주 중요하지. 하지만 운만으로 공동삼협의 막내를 꺾을 수 있다고 한다면 아무도 믿지 않을 거야."

한상욱은 마치 자기의 이야기인 양 기분 좋게 이야기했다. 하지만 이야기를 듣던 홍염은 더욱 얼굴을 붉히며 힘없이 대꾸하였다.

"함차(咸侘) 도장의 성격이 급하고 후배들을 우습게 여기는 탓에 그 틈을 타고 이긴 것뿐입니다."

홍염의 말에는 순수하게 무공으로 이기지 못했다는 아쉬움이 깊이 배어 있었다.

그러나 한상욱은 더욱 크게 웃으며 홍염의 어깨를 두드렸다.

"이 녀석아, 그것조차도 다 실력이야. 나이가 서른이 넘도록 아직 상대를 알아보지 못하고 업신여기는 사람을 진정한 고수라고 할 수 있겠냐?"

홍염은 약간 인상을 폈다. 그리고는 의문이 서린 표정으로 한상욱을 보며 물었다.

"그런데 그것을 어디서 들으셨습니까? 당시 자리에 있던 사람도 얼마 되지 않았는데……."

"역시 아직도 자신의 가치를 모르는구만. 강호 일에 관심있는 사람 치고 그 이야기를 모르는 사람이 없다. 오죽하면 산속에 조용히 웅크리고 있는 나한테까지 소식이 들려오겠냐?"

그제야 홍염은 다시 미소를 되찾았다.

"그만 하시지요. 감당할 수 없는 칭찬을 자꾸 들으니 자칫하다간 교만해질까 두렵습니다."

"그런데 혹시……."

한상욱은 고개를 갸우뚱거렸다.

갑자기 그가 왜 그러는 것인지…….

궁금해진 홍염이 한상욱을 불렀다.

"혹시라니요? 뭐 말씀이십니까?"

자신을 부르는 소리를 듣고도 한상욱은 손가락으로 턱을 쓰다듬을 뿐 대답하지는 않았다.

달아오른 것은 홍염이었다.

"한 사범님, 대체 무엇을 말씀하시는 겁니까?"

한상욱의 손은 턱을 쓰다듬다가 코를 만졌다.

그는 어떤 깊은 생각에 빠질 때면 코를 만지는 습관이 있었다.

그것을 익히 알고 있던 홍염은 입을 다물고 조용히 그의 이야기를 기다렸다.

한참이 지난 후 마침내 한상욱이 말문을 열었다.

"너와 상대한 사람이 함차라고 했었지?"

"예."

무슨 이야기를 하려는 것이길래 그것을 다시 묻는단 말인가?

"검을 사용했지?"

"예, 공동파의 복마검법(伏魔劍法) 역시 무림의 절기이지 않습니까?"

"흐음… 그게 아니라……."

한상욱은 다시 코를 만지작거렸다.

"검법을 주(主)로 익힌 것 같더냐?"

홍염은 얼굴을 찡그리며 생각에 잠겼다.

그날의 비무를 되돌려 생각해 보았다.

검법, 검법, 검법…….

신속하기로는 해남파의 쾌검술에 비교할 수 있었고 현묘하기로는 무당의 검술에 비교할 수 있는 탁월한 검술이었다.

지금 생각해 보면 어떻게 이겼는지 의아할 정도로 대단한 검술을 구사하고 있었다.

그런데 검법을 주로 익혔냐니?

홍염은 고개를 좌우로 흔들었다.

"다른 무공을 주로 익히고 검법을 종(從)으로 익혀서 그만한 경지에 다다를 사람으로는 보이지 않았습니다."

이야기를 하면서도 한상욱의 기색을 살폈다.

대체 무슨 의도로 그런 것을 물어보았는지…….

하지만 한상욱은 언제 그런 것을 물어보았냐는 듯 평소의 표정을 회복하곤 큰 소리로 떠들었다.

"먼 길을 왔는데 술 한잔 못 먹여 보낸다니 너무 아쉽구나."

홍염은 한상욱에게서 무언가를 알아내는 것을 포기했다. 일단 저렇게 한번 입을 다물면 어떤 이야기도 들을 수 없었다.

"그러게 말입니다. 황산(黃山)에 오르시면 제가 한잔 꼭 올리겠습니다."

"그래그래, 그 약속 잊으면 안 돼!"

한상욱은 기분 좋게 웃으며 홍염의 엉덩이를 두드렸다.

"이만 들어가십시오. 사범님께서도 길 떠날 준비를 하셔야죠."

"그건 걱정하지 마라. 착한 진우가 다 알아서 할 것이니……."

착해서인지 사부가 두려워서인지 여하간에 연진우는 짐을 꾸리고 있었다.

상기된 표정이다.

강호행을 기대하는 것일까?

5. 반갑지 않은 만남

형문의 아래에서도 편히 쉴 수 있네.

衡門之下 可以棲遲

샘물이 아래로 졸졸 흘려도 주린 배를 채워 즐거울 수 있어.

泌之洋洋 可以樂飢

어찌 고기를 먹음에 반드시 황하의 방어만 고집하며

豈其食魚 必河之

어찌 아내를 얻음에 반드시 제나라의 강씨 딸만 기약할까.

豈其取妻 必齊之姜

어찌 고기를 먹음에 반드시 황하의 잉어만 고집하며

豈其食魚 必河之鯉

어찌 아내를 얻음에 반드시 송나라의 자씨 딸만 기약할까.

豈其取妻 必宋之子

강호에 나가보고 싶었던 사람은 연진우만이 아니었던 것 같다.

유무용의 초청으로 황산(黃山)으로 가는 한상욱은 무엇이 그리 즐거운지 연신 콧노래를 불렀다.

시경(詩經)의 시구에 멋대로 곡조를 붙여 흥얼거리는 노래를 듣던 연진우는 사뭇 감탄하는 눈빛으로 그를 바라보았다.

생전 가야 매일 우악스러운 언행을 일삼던 사부에게 이런 면이 있을 줄 누가 알았겠는가?

따지고 들자면 한상욱이 대단한 학문을 지닌 것은 절대 아니었으나 이름이나 겨우 쓸 줄 알다가 무공 비결을 가지고 글자를 배우기 시작한 연진우로서는 감탄스러울 뿐이었다.

제자의 존경스러운 눈빛을 눈치 챘는지 한상욱은 어깨를 으쓱거리며 기분 좋게 이야기했다.

"황산은 경치가 좋기로 유명한 곳이지. 멸문되었지만 아직도 황산파의 옛터가 고스란히 남아 있는 그곳에 자리를 잡다니, 유 선배도 집터 하나는 잘 골랐단 말이야."

한상욱은 연진우를 돌아보며 말을 이었다.

"너, 황산의 경치가 얼마나 좋은지 알고나 있냐?"

당연히 알 턱이 없었다.

연진우의 생각으로 산이란 경치가 좋아봤자 그저 나무가 몇 그루 있고 자잘한 짐승들이 사는 곳이었다.

그가 자라온 배경을 대충 아는 한상욱도 대답을 기대하지 않았는지 혼자 떠들고 있었다.

"자연 경관을 보며 풍류를 즐기던 한량들 사이에는 황산과 구화산을 돌아보는 데만 일주일이 아깝지 않다는 말이 있었지. 그만큼 아름다운 곳이야. 비록 우리가 험한 생활을 하는 강호무부(江湖武夫)이지만 아름다움을 숭상하는 시인묵객(詩人墨客)들의 본을 받아 한번쯤 절경을 보며 흥에 겨워하는 것도 나쁘지는 않겠지?"

한상욱의 입은 쉴 틈 없이 움직였다.

수년 전에 바다를 보고 처음으로 떠나는 길이라 연진우의 마음도 들떠 있었다.

여행도 수련의 연장이라며 숨 가쁘게 달리다가 힘들면 잠시 쉬었다가는 그런 길과는 달리 이번에는 쟁쟁한 무림의 명숙들을 만나볼 수 있는 기회였다.

강호에 나가보기를 그렇게 소망하던 스물한 살 청년의 소원이 현실이 되고 있는 것이다.

"사부님……."

"응?"

갑자기 자신을 부르는 연진우의 말에 한상욱의 콧노래가 멈추었다.

"왜, 뭣 때문에 그러냐?"

혼자서 제법 많이 고민한 듯 연진우는 생각하고 있던 것을 쏟아내었다.

"홍염 형의 스승이신 유무용 대협은 어떤 분이십니까?"

"유 선배? 갑자기 그건 왜?"

대답은 않고 오히려 되물어오는 한상욱의 얼굴을 본 연진우는 다시 한 번 생각을 정리하며 입을 열었다.

"형에게 잠시 들은 이야기로는 자기 말고도 사제들이 더 있다고 하던데 모두 다른 분 아래에서 수업을 쌓았다고 하였습니다."

"응, 그래서?"

한상욱은 고개를 끄덕이며 그의 말을 들었다.

"어떻게 보면 강호를 떠도는 낭인무사와 별반 다르지 않는 모습인데 어떻게 문파를 창설하게 되었을까요?"

"인석아, 강호의 대종사들치고 강호를 떠도는 생활을 하지 않았던 사람이 몇 없는데 그게 무슨 말이냐?"

연진우를 무시하는 듯하면서도 한상욱은 눈을 반짝였다. 연진우가 무슨 이야기를 더 할지 기대하는 눈초리였다.

"그게 아니라… 문호를 열려면 사람도 사람이지만 자금도 뒷받침을 해주어야 하고, 더군다나 황산파가 있던 곳에 자리를 잡으려면 명문대파와 어느 정도 협의(協議)도 되어야 하는 것이……."

언뜻 들으면 책망하는 것처럼 여겨지는 한상욱의 말 탓에 연진우는 이야기를 똑바로 하지 못한 채 갈팡질팡하고 있었다.

그런데 한상욱이 웃으며 그의 어깨를 탁 소리나게 쳤다.

"네 말도 옳다. 그런데 뭐가 궁금하다는 말이냐?"

"그, 그게… 형의 이야기대로라면 유무용 대협은 순수하게 자신의 창법을 갈고닦기 위해 강호를 떠돌며 비무를 하였을 텐데 언제 인맥을 만들고 언제 자금을 모았을까요?"

한상욱은 만족스럽다는 표정을 지었다. 연진우가 중요한 점을 지적한 것이다.

"흐… 이제는 제법 머리가 여물었구나. 글쎄다, 인맥이야 강호를 떠돌다 보면 만나는 것이 사람이니 그렇다 치고 자금은 나도 잘 모르겠구나."

이야기는 그렇게 하였지만 사실 한상욱은 유무용의 자금원이 어느 곳인지 대충은 알고 있었다.

비록 형량보가 강호의 일에서 물러났다곤 하나 여전히 강호의 정세는 파악하고 있었다.

그리고 실제로 그 일을 맡아서 하는 사람이 한상욱이었다.

"앞으로 강호 출입을 하려면 너도 알아야겠지만……."

한상욱은 이야기를 하며 걸음의 속도를 조금씩 빠르게 했다.

"일전에 현 무림을 양분하고 있는 두 개의 세력에 대해서는 이야기했었지?"

"정의맹(正義盟)과 전륜궁(轉輪宮) 말씀이십니까?"

"그래, 당금의 무림은 그 두 세력이 서로를 견제하고 있는 가운데 어색한 평화를 누리고 있지. 하지만 이제는 그것도 끝날 것 같구나."

"예?"

강호의 평화가 끝난다는 것이 무슨 말인가?

산속에서 무공을 닦고 가끔씩 강호에 출입하던 사람의 입에서 나온 이야기치고는 지나치게 중대한 이야기였다.

"이미 소소한 분쟁은 여러 건 있었지만 최근 이삼 년간 양쪽의 움직임이 심상치 않은 것 같더구나."

"……?"

한상욱이 말하는 최근의 심상치 않은 움직임에 대해서는 이미 연진우도 들은 바가 있었다. 언젠가 강호로 나갈 것을 대비하여 틈틈이 자신이 아는 바를 가르쳐 준 한상욱이기 때문이었다.

전륜궁은 고위 직의 구성원이나 총단의 위치는 물론 그들이 표방하는 것이 정확히 정(正)인지 사(邪)인지조차도 알려지지 않았다.

하지만 전륜궁에서 관장하는 것으로 알려진 전장(錢莊)과 주루(酒樓) 따위의 사업은 보통의 문파에서 상상하기 어려울 정도로 거대하였다.

외부로 알려진 부분이 그러했으니 실제로 드러나지 않은 부분까지 포함한다면 범인들의 생각하는 범위를 뛰어넘는 것이리라는 것은 말하지 않아도 자명한 것이었다.

재물이 모이자면 그것을 지키기 위한 역사(力士)와 무인(武人)들이 당연히 필요한 것이고, 그런 이들이 모이면 하나의 세력이 된다.

대부분의 사람들이 전륜궁의 기원을 그렇게 생각하였다.

또 어디서 흘러나온 이야기인지 확인할 길은 없으나 전륜궁주의 무공이 초절한 경지에 도달했다는 이야기가 파다했다. 여러모로 감추어진 부분이 많은 단체였다.

반면에 정의맹은 시작부터가 구파일방이 자파의 제자들을 중심으로 정파를 자처하는 강호의 대소문파를 규합하여 이룬 단체였다.

어찌 생각해 보면 굳이 서로를 적대시하지 않아도 아무 문제가 될 게 없는 것 같기도 하였다.

본래 무림인들이 하나의 맹을 결성할 때는 몇 개 문파의 힘만으로는 도저히 상대할 수 없을 정도로 거대한 적이 나타나 무림을 혼란스럽게 하고 갖은 악을 끼칠 터인데 전륜궁이 무림을 일통하여 강호를 독패하려 한다는 징후는 전혀 없었기 때문이다.

그러나 구파일방은 전륜궁을 견제하기 위해 정의맹을 결성하였고, 그 와중에 전륜궁의 사람을 여럿 해쳤다.

대부분의 무림인들은 거대한 폭풍을 예견하며 전륜궁을 경계의 눈빛으로 바라보았지만 의외로 수년간 강호는 평온하였다.

그런데 그 균형이 깨어지기 시작한 것이다.

문제는 돈 때문에 시작되었다.

재물이 모이면 사람이 모일 수도 있겠지만 반대로 사람이 모인 곳에 재물이 없으면 모임을 지속할 수가 없다.

처음에는 각 파에서 일부를 부담하는 방식으로 재정을 유지하였으나 점점 맹의 규모가 커지면서 그것만으로는 부족하게 되었다.

다행히 중원의 큰 표국을 대부분 구대문파 출신의 속가제자들이 운영하고 있어서 급한 대로 운영에 꼭 필요한 자금은 융통할 수 있었다.

하나 전륜궁과 대치 상태를 유지한 채 별반 하는 일도 없는 정의맹에 몇 년간 돈줄을 대는 것도 쉬운 일이 아니었다.

결국 맹의 수뇌부는 전륜궁에서 거의 독점하다시피 하고 있는 전장과 주루 사업에 뛰어들 것을 결정하였다.

어떻게 보면 싸움이 시작된 것이나 마찬가지였다.

무인(武人)의 싸움이 아니라 상인(商人)의 싸움이 시작되었다. 그리고 그 싸움은 이내 무인의 싸움으로 확산될 조짐을 보였다.

상대적으로 경험이 많고 기반이 든든한 전륜궁의 사람들에게 장사로 상대가 되지 않는 정의맹이 무력을 동원하기 시작한 것이다.

아니, 어쩌면 처음부터 싸움을 걸어도 피하려는 전륜궁을 도발하기 위한 목적으로 전장과 주루의 사업을 시작한 것인지도 몰랐다.

해질 무렵, 사방이 어둑어둑해지고 있었다.

이야기를 하며 길을 걷던 두 사람, 한상욱과 연진우는 객점을 찾아 들어갔다.

객점 안에는 한눈에 보아도 무림인이라는 것이 표나는 인물들이 여럿 눈에 띄었다.

헝겊이나 가죽 따위로 싸매거나 봇짐 속에 쑤셔 넣어 일부분만 비죽이 튀어나오는 병기를 지니고 있는 사람도 있었고 당당하게 허리에 검을 차거나 등에 짊어지고 있는 사람도 있었다.

한상욱 사제가 들어서자 잠시 사람들의 시선이 그들에게 모아졌다. 그러나 그것도 잠시, 두 사람에게 관심을 표시하는 사람은 주문을 받으러 온 점소이뿐이었다.

"회과육(回鍋肉:돼지고기 요리의 일종) 이 인분과 백건아(白乾兒) 한 병 주시오."

한상욱은 점소이가 뭐라고 말하기도 전에 간단하게 주문을 해버리고 손짓을 해서 점소이를 쫓아냈다.

그는 좌우를 둘러보며 연진우에게 말했다.

"유 선배의 개파대연에 가는 사람들인가 보구나. 유 선배도 제법 발이 넓어졌나 본데?"

그러자 맞은편 탁자에서 식사를 하고 있던 도사(道師) 차림의 남자 세 명이 일어나 다가왔다. 그리고는 그들 중 한 사람이 포권하며 말을 걸었다.

"말씀 중에 끼어들어 죄송하게 되었습니다. 본의 아니게 하시던 말씀을 듣게 되었는데 신창문의 유 장문과 아는 사이십니까?"

한상욱은 갑자기 다가온 도사를 보며 다소 떨떠름한 표정을 지었다.

본래 강호에서는 누가 적이고 누가 친구인지를 구별하기가 쉽지 않았기 때문에 함부로 본색을 드러내지 않는 것이 상식이다. 간혹 부득이하게 남에게 물어볼 때는 먼저 자신의 신분을 드러내는 것이 예의인데 이들은 그것을 무시하고 일방적으로 한상욱의 답변을 요구하는 것이다.

“죄송하게 됐지만 귀하께서 누구인지도 모르는 마당에 제가 대답을 하기가 좀 그렇습니다. 먼저 귀하의 신분을 밝혀주시는 것이 좋을 듯한데……”

한상욱은 말끝을 흐리며 앞에 선 세 사람을 하나씩 뜯어보았다.

처음에 말을 건 도사는 호리호리한 체격에 키가 아주 컸다. 인상이 좋고 피부가 깨끗하여 은은한 광택이 나는 것이 필시 도가 계열의 무공을 익혀 경지에 다다른 사람이 분명했다.

그들의 행색을 살핀 한상욱은 몇 사람의 이름을 떠올려 보았다. 삼십 대 정도로 보이는 도사 세 명이라면 딱히 짐작 가는 바가 없지도 않았다.

“아니, 이 작자가 공동삼협을 몰라본단 말이야? 사형, 아무래도 수상쩍은 자입니다. 아마도 유 장문의 행사에 끼어들어 일을 망치려 하는 자임에 틀림이 없습니다.”

키는 처음에 말을 한 사람만큼이나 크면서도 풍채가 아주 좋은 도사가 흥분하여 소리쳤다.

사부를 모욕하는 말에 연진우가 뛰쳐나가 손을 쓰려 했지만 한상욱은 손을 들어 연진우를 제지하고 말했다.

“우리 사제(師弟)는 산중에 은거한 지 오래되어 강호의 영웅호걸들을 그리 잘 알지 못하고 있습니다. 말씀을 들으니 공동파 분들이신 것 같은데 촌사람의 안목없음을 탓하지 마시고 삼협의 존성대명을 알려주십시오.”

주위의 시선이 일제히 중심의 두 사람에게 집중되었다.

정의맹의 핵심이 되는 문파가 공동파였다. 공동의 장문인인 창궁 진인(蒼穹眞人)은 정의맹의 이인자로 실질적인 주도권을 쥐고 있었다.

무림인들은 강호를 양분하고 있는 세력의 핵심 인물에 대하여 관심이 아주 많았다. 그리고 그의 세 제자들에 대해서도 여러 가지 소문들이 떠돌고 있었다.

그중에도 가장 유명한 소문은 공동삼협의 막내인 함차가 근래에 혜성처럼 등장한 신진 고수와 공개적인 비무를 하여 박살이 났다는 것이었다.

덩치 큰 도사 함차는 얼굴을 붉혔다. 자신을 조롱하는 뜻에서 그런 이야기를 하는 것이란 생각이 든 것이다.

어디를 가나, 어떤 사람들을 만나나 그들이 모두 자신을 비웃을 것이라는 피해 의식 속에 사로잡혀 있던 함차였다.

누군지, 어디에서 무엇을 하는 사람인지도 모르는 무지렁이가 자신을 조롱한다 생각하니 정신이 없을 지경이다.

"이, 이자가……!"

함차는 시뻘게진 얼굴을 앞으로 내밀며 입을 열었다.

솥뚜껑 같은 손이 꽉 쥐어졌다.

"제 사제가 성질이 급해 노형에게 실례를 범했습니다. 저희는 공동파의 창궁 진인을 스승으로 모시고 있는 공동파의 세 제자입니다. 저는 대제자인 함진(咸進)이고 저 뒤편의 사람은 둘째인 함건(咸腱)이며 노형께 실례를 한 사람은 막내사제인 함차(咸侘)입니다. 노형의 이름은 어찌 되시는지요?"

처음에 말을 걸었던 도사가 급히 함차를 막아섰다.

한상욱은 상대가 정중하게 나오는 것을 보고 만면에 미소를 지으며 그의 말을 받았다.

"견문에 밝지 못하던 터라 공동삼협을 알아보지 못한 저의 실수가 큽니다. 저는 한상욱이라는 사람으로 백수건달(百壽乾達)이라는 별호를 가지고 있습니다."

유들유들한 한상욱의 말에 또 함차가 끼어들었다.

"흥, 백수건달이라니! 그런 황당하기 짝이 없는 외호를 사용하는 사람이 강호에 있었단 말이오? 유 장문과의 짧은 인연을 빌미로 맹에서 한자리 잡기 원하는 사람은 당신 말고도 널려 있으니 이쯤에서 돌아가시오."

사형이 앞을 막지 않았다면 주변의 눈 때문이라도 모욕을 참지 못할 함차였다. 그는 상기된 인상으로 한상욱의 말에 토를 달았다.

연진우는 그 말에 몹시 분개하였다. 하지만 이번에도 한상욱은 손짓으로 그의 행동을 제지하였다.

'저 덩치 큰 사람은 도사의 소양을 갖추지 못한 사람이구나. 친한 사이에라도 말을 저리 함부로 해서는 안 될 일인데 어찌 처음 보는 사람에게 저리도 함부로 입을 놀린단 말인가? 또 사부님은 왜 저런 소리를 듣고도 참고 있으시단 말인가?

한상욱은 함차의 말을 듣고도 웃으며 말했다.

"산중에 은거하던 촌부(村夫)에게 무슨 그런 야망이 있겠습니까. 유 선배와는 단지 젊은 시절 잠시 같은 스승 아래서 무공을 배운 인연이 있어 이번에 선배의 좋은 일을 축하해 주러 가는 것일 뿐입니다."

함진은 한상욱의 말에 의아해하며 말했다.

"그렇다면 한 노형께서는 유 장문과 동문 사형제지간이십니까?"

"그럴 리가 없습니다, 사형. 패왕창 유 장문인은 특정한 사문 없이 유랑하며 각파각가의 무공을 배워 일가를 이루지 않았습니까? 이자는 지금 위기를 모면하려고 말을 둘러대고 있는 것입니다."

계속해서 떠들어대는 함차의 말에 연진우는 더 이상 참지 못하고 한 걸음 앞으로 나섰다.

"사제는 그 입을 다물라."

여태껏 아무 말도 하지 않고 있던 함건이 입을 열었다. 함건의 한마디에 함차는 입을 다물고 뒤로 물러났다.

'이 사람은 둘째인데 오히려 그 인물됨은 첫째보다 낫구나. 첫째 함진은 막내사제가 낯선 사람을 모욕하는 데도 제지하지 않고 오히려 그것을 더 부추기는 듯하더니 둘째인 이 함건이 그것을 제지하는구나. 이 사람의 풍채는 자기의 사형, 사제만 못하지만 성품은 그렇지 않은 모양이다.'

머쓱해진 함진이 한상욱에게 말했다.

"한 노형, 우리 막내사제의 말에 개의치 마시오. 비록 사제가 말은 저리 하나 성품이 악해서 그런 것이 아니니 너그럽게 이해하시오."

진우는 그 말을 듣고 또 이상한 생각이 들었다.

'성품이 악하지 않다? 그렇다면 그의 말은 자기 사제가 틀린 말을 한 것은 아니라는 말이지 않나? 대사형이라는 작자가 이러니 공동파의 미래도 밝지만은 않겠구나.'

"제가 이해하고 자시고 할 것이 무엇이 있겠습니까. 이름 높으신 공동삼협께서 그리 말씀하시니 감사할 따름입니다."

도사들은 원래의 자리로 돌아갔다.

어색한 만남이었다.

"사부님, 왜 그 녀석들에게 그렇게 굽히신 것입니까?"

연진우는 정말 화가 난 표정으로 말했다. 사부에게 몇 대 맞을 수도 있지만 그만큼 사부의 행동은 정말 이해하기 힘든 것이었다.

"이 녀석아, 기분이 나쁘다고 항상 힘으로 해결하려 든다면 뒷골목의 불량배와 무엇이 다르겠느냐? 그리고 우리 모습이 영락없는 시골뜨기가 아니고 뭐냐?"

평소 같으면 벌써 몇 대 패고 말았을 만한 연진우의 말에 빙그레 웃으며 대답하는 한상욱이다. 연진우로서는 더욱 이해가 가지 않았다.

"하지만 오늘 사부님의 모습은 사부님의 평소 언행과는 전혀 다른 것이었습니다."

"다르지. 암. 그리고 달라야 하고……."

한상욱은 웃으며 말을 계속했다.

"강호의 일은 아홉은 머리, 하나는 무공으로 해결하는 것이다. 간혹 젊은 나이에 신공(神功)을 얻어 무공으로 모든 것을 해결하려는 사람이 없는 것은 아니나 그런 사람의 끝은 대개가 좋지 못한 법이야. 내가 그들을 무공으로 제압하여 얻을 수 있는 것이 뭐가 있었지?"

웃으며 질문을 던지는 한상욱의 말에 연진우는 짧게 내뱉었다.

"그렇다고 조롱당하는 것을 참고만 있어야 합니까?"

한상욱은 여전히 웃으며 되물었다.

"그렇다면 너는 대여섯 살배기 아이가 네게 손찌검을 했다고 그 아이를 상대로 무공을 쓰겠느냐?"

"하지만 그것과는 이야기가 다르지 않습니까?"

"형 노사를 만나기 전의 나였다면 틀림없이 네 말과 같이 생각하였을 것이지만 지금은 아니구나. 이 녀석아, 바다에 갔을 때를 생각해 보거라."

한상욱은 그렇게 말하고는 불을 끄고 침상에 누웠다. 두 사람이 든

방은 침상이 하나밖에 없는 방이었다. 여비를 아끼기 위한 한상욱의 생각이었던 것이다.

연진우는 바닥에 누워 잠을 청하려 했지만 조금 전의 일이 머리에서 떠나지 않아 분한 마음에 잠을 이루지 못했다.

다음날, 아침 일찍 일어나 길을 나섰다.

"사부님, 어제 그 세 도사는 어떤 사람입니까?"

진우의 질문에 한상욱은 간단하게 대답했다.

"모두 다르지."

"……."

그제야 한상욱은 웃으며 자기가 본 공동삼협을 이야기해 주었다.

"첫째인 함진은 사람 됨됨이가 음흉하고 그 속내를 알기 힘든 사람이더구나. 아마 너도 눈치 챘으니 물어보는 것이겠지? 함차가 나를 모욕하는 것을 내버려 두면서 은근히 자기는 예의 바른 사람인 것을 드러내려 했으니 헛되이 협명(俠名) 떨치기를 즐겨 하며 사람들을 핍박하기를 꺼리지 않는 사람이야. 막내인 함차는 자기 문파의 위명과 공동삼협이라는 그들의 명호에 지나친 자부심을 가지고 있는 사람이라 명문의 자제가 아니면 상대하려 하지 않는 그런 부류의 사람이고……."

한상욱이 잠시 말을 멈추자 연진우는 슬며시 끼어들었다.

"둘째인 함건은 어떤 사람입니까?"

"글쎄, 그야말로 쉽게 평하기 힘든 사람이구나. 자기 사형제들의 행동에 동조하지 않고 묵묵히 그들의 언행을 지켜보기만 하는 모양으로, 보아하니 함진도 둘째 사제인 그에게는 함부로 하지 못하는 것이 분명한데……."

"그는 선인(善人)입니까, 악인(惡人)입니까?"

한상욱은 생각을 하느라고 찌푸렸던 얼굴을 활짝 펴며 말했다.

"강호에서는 그 외모나 행동만을 보고 선인지 악인지 분별하는 것을 삼가야 한다. 진정한 그 사람의 됨됨이는 시간을 충분히 두고 가까이에서 사귀어보아야 알 수 있는 거지."

잠시 말을 멈춘 그는 연진우를 바라보며 이야기를 계속했다.

"함건은 그 세 사형제들 가운데서 가장 중심이 뚜렷한 사람인 것 같더구나. 한편일 때는 말없이 끝까지 함께할 가장 든든한 조력자가 되어줄 사람이고 적이 되면 마지막까지 안심할 수 없도록 만드는 가장 무서운 적이 될 그런 사람이야."

시간이 흘러 그들은 어느덧 황산에 이르렀다. 황산에서 신창문으로 가는 입구에는 열일곱쯤 되어 보이는 소년이 사람들의 신분과 명호를 확인하고 산으로 올려 보내고 있었다.

"초청장은 가지고 오셨습니까?"

강렬한 눈빛이 돋보이는 소년이다.

연진우는 그를 보며 수년 전에 홍염을 데리고 간 유무용의 눈빛과 흡사하다는 느낌을 받았다.

"여기 있네."

붉은색의 초청장을 건네준 한상욱도 비슷한 생각을 했는지 소년을 보며 웃음을 지었다.

"백… 복래산의 한 대협이시군요."

소년은 초청장을 보고는 잠시 놀라더니 한상욱에게 말했다. 아마도 그의 '백…' 은 백수건달을 말하기가 껄끄러워서였을 것이다. 백수건달(白手乾達)이 아니라 백수건달(百壽乾達)인 것을……

"내가 백수건달 한상욱일세. 뭐, 잘못된 것이라도 있는가?"

"한 대협께서 오시거든 특별히 모시라는 사부님의 분부가 계셨습니다."

"원, 유 선배도 민망스럽게……."

"옆에 계신 분이 연진우 대형이십니까?"

연진우는 대형이라는 호칭에 갑자기 얼굴이 달아올랐다.

"말씀을 거두시지요. 저는……."

"됐네. 이 길로 쭉 올라가면 되는가?"

한상욱이 연진우의 말을 끊으며 소년에게 묻자 소년은 고개를 저으며 말했다.

"제자가 모시겠습니다."

"자네는 이곳에서 손님들을 맞아야 하지 않는가?"

"그 일은 다른 사람이 해도 무방한 일입니다. 제가 여기 온 것은 한 사범님을 기다리기 위해서였습니다."

"그런가? 할 수 없지. 그럼 가세나. 험험."

진우는 사부의 모습을 보고 웃음을 참느라 무진 애를 썼다. 한상욱도 이런 분위기에는 익숙하지 않은 듯했다.

"자네의 이름은 무언가?"

"제자는 노산(蘆霰)이라고 하옵니다."

"음… 그래, 노산, 자네는 유 선배의 몇 번째 제자인가?"

"제 위로 여섯 명의 사형이 있습니다."

잘 정리된 길이기는 했지만 상당히 가팔랐다. 걸어가고 있는 것이기는 하지만 달리는 것이나 진배없는 속도였다.

많은 사람들이 길을 오르고 있었지만 그들만큼 빠르고 안정된 걸음

걸이로 걷는 사람들은 드물었다.

비탈길을 걷던 연진우는 얼굴이 따끔거리는 느낌을 받았다. 누군가가 자신을 바라보고 있는 것 같았다.

옆을 바라본 그는 어렵지 않게 시선의 주인을 발견했다.

자신과 사부를 안내하고 있는 소년이었다.

'왜 자꾸 나를 바라보는 거지?'

의문은 그리 오래 가지 않았다. 소년이 시선을 거두었기 때문이다.

'나를 본 적이 있나?'

있을 턱이 없었다.

아버지와 함께 살 때를 포함해서 연진우의 인간 관계는 지극히 좁은 범위에서 이루어졌다.

가끔씩 물건을 사러 마을에 갈 때를 제외하고는 늘 얼굴을 마주하는 형량보, 한상욱이 그가 상대하는 사람의 전부였다.

얼마나 지났을까? 연진우는 자신을 바라보던 노산의 시선 탓에 온갖 생각을 하며 길을 걸었다.

세 사람은 신창문(神槍門)이라는 현판이 붙어 있는 목조 건물에 도착했다.

현판은 새것이었지만 건물 자체는 상당히 오래된 것 같았다. 하지만 오래되었다고 해서 낡고 허름한 느낌을 주는 것은 아니었다. 오히려 오래되어 더욱 격조있게 느껴지는 건물이었다.

마치 형량보를 대할 때 느끼는 그런 느낌이 건물에서 전해졌다.

'건물에서도 이런 느낌을 받을 수 있나?'

연진우는 혼자 고개를 갸웃거렸다. 그의 속내를 짐작하였는지 한상욱이 진지하게 말했다.

"황산파의 옛 건물을 수리해서 쓰는군. 일부러 새로 짓지 않은 건 가?"

"사부님이 억지로 꾸미는 것을 싫어하시어……."

한상욱은 노산의 말에 고개를 끄덕였다.

그때 앞에서 한 사람의 사내가 바쁜 걸음으로 지나가는 것을 본 노산이 그를 불러 세웠다.

"삼사형, 복래산에서 오신 한상욱 대협이십니다."

노산의 말에 한창 바쁘게 움직이던 청년이 반색을 하였다.

키는 별로 크지 않았지만 헐렁한 도포 자락 위로도 충분히 알 수 있을 만큼 발달된 상체의 근육을 가진 사내였다.

"존성대명은 익히 들었습니다. 저는 사부님의 세 번째 제자인 심승지(審勝地)입니다. 이렇게 뵙게 되니 영광입니다."

"뭐, 영광이랄 것까지야……."

한상욱이 우물쭈물하고 있는 동안 심승지는 연진우를 보며 물었다.

"그럼 이분은 연진우 소협이십니까?"

"감당할 수 없습니다."

대형에 이어 소협이라는 말을 들은 연진우는 다시 얼굴을 붉히며 고개를 숙여 인사했다. 그 탓에 그는 심승지가 자신을 보는 눈초리가 심상치 않다는 것을 느끼지 못하였다.

"그럼 편히 쉬십시오. 저는 다른 일이 있어서 이만……."

그는 바쁜 일이 있는지 고개를 숙여 다시 인사하고는 바쁘게 사라졌다.

"내일 모레가 잔치라서 사형들이 많이 바쁩니다."

노산은 심승지가 사라진 자리를 보며 어색하게 대신 변명하였다. 하지만 한상욱은 너털웃음을 터뜨리며 말했다.

"그거야 당연한 일이 아닌가. 지금 우리가 자네의 시간을 이렇게 뺏는 것도 미안할 지경이네."

"그리 말씀해 주시니 감사합니다. 어서 가시지요."

노산은 조용히 미소 띤 얼굴로 대답하며 발걸음을 옮겼다.

한상욱과 함께 그를 따라 걷기 시작한 연진우는 그의 옆모습을 보며 속으로 다른 생각을 하고 있었다.

'저 소년의 나이가 열일곱여덟 정도밖에 되지 않은 것 같은데 상당히 노련해 보이는구나. 그에 비하면 나는…….'

연진우가 그런 생각을 하고 있는 동안에도 그들은 계속 걸었다. 얼마 지나지 않아 그들은 한 채의 건물 앞에 도착했다.

영빈관(迎賓館).

단아한 필체의 글자가 새겨진 현판이 달려 있었다.

과거 황산파의 위세는 대단한 것이어서 소림, 무당파와 함께 삼대문파로까지 불렸었다.

비록 지금은 몰락하여 다른 문파가 그 자리에 들어섰지만 지금 한상욱과 연진우가 서 있는 영빈관은 과거의 웅장한 위세를 상상하게 할 만큼 거대하였다.

"이곳은……."

한상욱이 입을 열었다.

"큰 잔치 손님을 맞기에 딱 좋군. 유 장문인을 위해 딱 준비된 곳인 것 같아."

노산은 더 이상 아무 말도 하지 않은 채 그들을 지객당 안으로 안내했다. 이미 상당한 숫자의 사람들이 영빈관의 여기저기에 자리를 잡고

있었다. 노산은 그들에게 일일이 포권해 보이면서 두 사람을 숙소로
안내했다.

한상욱 사제를 숙소로 안내한 노산은 물러가지 않고 자리에 계속 서
있었다. 무언가 하고 싶은 말이 있는 듯했지만 참고 있는 것 같았다.

그의 눈은 연진우를 향하고 있었다.

한상욱이 말했다.

"할 말이 있는가?"

노산의 눈빛이 흔들렸다.

그는 입을 열려다가 멈추었다.

연진우는 그가 아랫입술을 꽉 깨물고 있는 것을 볼 수 있었다.

결국 연진우가 입을 열었다.

"제게 할 말이 있는 것입니까?"

연진우가 말하자 노산은 고개를 끄덕이며 말했다.

"손님에게 이런 청을 드리는 것이 죄송한 일이지만……."

노산은 잠시 숨을 들이마시고 내쉬기를 반복했다. 무슨 말을 하려는
것인지…….

"연 대형과 비무(比武)를 하고 싶습니다."

"으응?"

놀란 쪽은 연진우가 아닌 한상욱이었다.

처음부터 노산이 자신을 곱지 않은 눈으로 치켜보았다는 것을 알고
있던 연진우는 이미 어느 정도 마음의 준비를 하고 있었던 것이다.

"흠……."

한상욱은 연진우를 보았다.

아무 말도 하지 않았지만 '네 의향은 어떠냐?' 하고 묻는 것 같은 눈

빛을 하며 바라보았다.

"좋습니다."

무슨 의도에서 요청한 것인지는 모르나 걸어오는 싸움을 피할 생각은 없었다.

그렇지 않아도 공동삼협이라는 작자들과 만난 것 때문에 불쾌한 기억이 남아 있었는데 산을 오르며 자기를 째려보는 것이 기분 좋을 리 없었다.

'자신이 있는 모양이지?'

연진우는 노산을 보았다.

노산의 눈은 차가운 빛을 발하고 있었다.

처음에 느꼈던 날카로운 안광이 다시 빛나고 있었다.

유무용을 닮은 눈빛인 줄 알았다. 하지만 조금 달랐다.

연진우는 홍염을 데리러 온 그가 자신을 시험해 보기 위해 창을 휘둘렀던 것을 생각하였다.

홍염이 창술을 수련하던 모습도 떠올려 보았다.

'피하지 않겠다!'

그렇게 잠시 서로를 응시하는 시간이 지나자 노산은 착 가라앉은 목소리로 입을 열었다.

"지객당의 뒤뜰이 비무를 하기에 적당합니다. 저를 따라오십시오."

쉬익!

노산은 창을 슬쩍 내밀었다.

성진창(星辰槍) 제일식 유성만리(流星萬里)였다.

평범한 찌르기로 보이는 저 초식이 얼마나 무서운 초식인지 잘 아는 연진우였다.

그는 바람과 같이 뒤로 물러났다.

노산의 눈에 놀라움이 그려졌다.

순간적으로 포착된 허점을 완벽한 수법으로 공략했는데도 손쉽게 피해 버린 것이다.

하지만 노산은 차가운 안광을 흘리며 처음보다 더욱 빠르게 창을 찔러왔다.

그의 창은 살아 있는 뱀처럼 부드럽게 휘청거린다.

딱딱하고 곧았던 창은 구불구불하게 움직이며 연진우의 코앞에 도착했다.

'하, 이 정도야……'

연진우는 속으로 소리치며 재빨리 손을 흔들었다.

파앙!

"윽!"

노산은 창을 놓칠 뻔하였다.

순식간에 접근해 창을 쥐고 있는 손을 공격한 것이다.

장병기의 약점이 근거리에서의 박투(搏鬪)라는 것은 삼척동자도 아는 사실이었다. 적수공권(赤手空拳)인 연진우를 상대하려 했을 때부터 예상했던 일이다. 거리를 주지 않기 위한 방책도 준비해 두었었다.

하지만 너무도 어이없이 거리가 좁혀진 것이다.

"치잇!"

노산은 거친 숨을 내뱉으며 뒤로 물러섰다.

그러나 연진우는 그것을 그냥 내버려 두는 듯했다.

둘 사이가 어느 정도 떨어져 창을 쓰기 적당한 만큼이 되었을 때 노산의 시야에서 연진우의 모습이 갑자기 사라졌다.

"그만!"

한상욱의 걸직한 목소리가 크게 울렸다.

노산은 그제야 정신을 차리고 똑똑히 볼 수 있었다.

날카로운 관수(貫手:꼿꼿이 모아 편 손가락)가 자신의 목줄기 바로 앞에 멈춰져 있었다. 또한 연진우의 나머지 한 손은 창을 가로채 잡고 있었다.

"……."

망연자실(茫然自失)!

다른 말이 필요없었다. 노산은 멍청한 눈으로 연진우의 손만을 바라보았다.

연진우는 그의 눈을 슬쩍 보며 손을 거두었다. 비무 전의 차가운 눈빛은 사라지고 흥분과 당황한 기색이 섞인 눈빛이 자리했다.

"아우의 무공이 대단하군. 내 나이 열일곱 때는 상상도 하지 못할 수준이야."

연진우의 입에서 나온 것은 의례적으로 할 수 있는 인사이기는 했다. 하지만 결코 거짓말은 아니었다.

노산의 무공은 대단했다. 다만 연진우는 더 강했을 뿐이다.

"어린 녀석이 철없이 까분 것을 용서해 주십시오."

노산은 두 사람에게 인사하고는 걸음을 옮겼다.

"흠……."

한상욱은 코를 매만졌다.

"저 아이……."

"예?"

호흡을 정리한 연진우는 한상욱이 뭐라고 중얼거리는 것을 미처 듣지 못해 물어보았다.

"아니다."

한상욱은 더 이상 말을 하지 않고 배정받은 숙소로 향했다.

그가 하려다 만 말의 의미가 무엇인지…….

연진우는 혼자서 이런저런 생각을 해보았다. 처음부터 노산은 무언가 의도를 가지고 자신을 지켜보고 있었다.

그것이 비무를 하기 위한 것이었는지 아닌지는 확실치 않았다. 하지만 적어도 그의 눈이 자신을 반기는 눈이 아니었다는 것만은 확신할 수 있었다.

잠시 생각에 잠긴 사이에 한상욱의 모습은 사라지고 없었다.

혼자 남겨진 것을 뒤늦게 깨달은 연진우는 영빈관 안으로 황급히 뛰어들어 갔다.

건물 안으로 들어가서 복도를 지날 때 갑자기 옆의 문이 왈칵 열렸다. 어깨에 부딪치기는 했지만 아프거나 하지는 않아서 그냥 가려 했다.

"너는?"

갑자기 뒤에서 들려온 소리가 있었다.

연진우는 휙 소리가 나도록 고개를 돌렸다.

갑작스럽게 누굴 만날 때면 전혀 반갑지 않은 사람을 더 자주 만나게 되는 것은 왜일까?

"백수건달이라는 사람의 제자군. 네 사부는 어디 가고 혼자 있느냐?"

전혀 반갑지 않은 사람, 공동삼협의 막내 함차였다.

그를 상대하고 싶은 마음이 전혀 없었던 연진우는 고개를 다시 돌리고 숙소를 향해 걸음을 떼었다.

그러자 뒤에서 고함 소리가 들려왔다.

"이놈! 내 말이 들리지 않는 거냐?"

하지만 연진우는 절대 뒤를 돌아보지 않았다. 그저 앞을 보고 걸었다.

휘잉!

바람 소리가 났다.

연진우는 본능적으로 상체를 숙였다. 함차의 장(掌)은 헛되이 허공을 갈랐다.

"이 녀석, 그나마 한가닥 재주는 가진 촌놈이었구나."

이야기를 하는 함차의 얼굴은 시뻘겋게 달아올라 있었다.

대충 상대의 실력을 짐작해서 성의없이 날린 일격이기는 했지만 너무도 쉽게 피해 버리자 자존심이 상한 것이다.

"그래, 과연 너희 사제가 우리 공동파를 무시할 만한 자격이 있는지 내가 직접 알아보아야겠다."

"무슨 소리를 하는 거요? 내가 언제 공동파를……."

함차가 씩씩거리며 이야기하자 기가 막힌 연진우는 손을 내저으며 이야기하려 했다. 하나 함차의 손속은 연진우의 말보다 훨씬 빨랐다.

쒜액!

처음보다 훨씬 빠르고 강한 바람 소리였다.

연진우도 이번의 공격이 처음의 그것과는 차원이 다르다는 것을 알고는 신중하게 방어했다.

일 초, 이 초, 삼 초…….

함차의 얼굴은 더욱 붉게 달아올랐다.

처음부터 그는 한상욱 정도는 안중에도 두지 않았었다. 그런데 지금 한상욱 본인도 아닌 그의 제자 하나를 제압하지 못해 쩔쩔매고 있는 것이다.

본래의 장기가 장법은 아니었지만 그렇다고 해서 이름없는 애송이에게 검법을 쓸 수도 없는 노릇이었다.

연진우는 연진우대로 고민이었다.

자기나 함차나 모두 신창문의 개파를 축하해 주기 위한 손님으로 온 것인데 기쁜 일을 앞두고 싸움판을 벌일 수는 없는 것이다.

물론 그렇다고 저항하지 않고 그냥 맞아주고 싶지도 않았다.

결국 문제는 함차의 경우없는 태도였다.

"이잇!"

함차의 장(掌)이 조(爪)로 바뀌었다.

공동파의 절기 중의 하나인 개천풍운조(開天風雲爪)를 구사하기 시작한 것이다.

윙윙!

갈쿠리 같은 손가락이 허공을 가를 때마다 바람이 비명을 질렀다.

처음에는 그의 공세를 착실하게 잘 방어해 내던 연진우는 점차 손발이 어지러워지며 그의 공격을 막아내지 못하였다.

"윽!"

함차의 손가락에 중부혈(中府穴)을 얻어맞은 연진우는 비명을 지를 뻔한 것을 억지로 참았다.

"하하하! 애송이 녀석, 제법 대가 세구나. 어디 그대로 네 사부에게 가보려므나."

가슴이 뛰었다. 입술이 바짝바짝 말랐다.

"……."

팔, 손목까지 저리기 시작했다.

하지만 연진우는 굽히지 않고 함차를 노려보았다.

"이놈이……!"

기분이 나빠진 함차는 손을 들어 연진우의 뺨을 때렸다.

"어디서 그런 무례한 눈을 하는 거야?"

철썩! 철썩! 철썩!

연거푸 세 대를 때린 후 그는 다시 말했다.

"이제는 이 어른이 눈에 보이냐?"

"퉤!"

연진우는 대답 대신 침을 내뱉었다. 함차는 고개를 슬쩍 기울여 그 것을 피한 후 다시 뺨을 석 대 때렸다.

"더러운 놈, 누구에게 그런 더러운 짓거리를 배운 거냐?"

하지만 연진우는 여전히 그의 눈을 똑바로 바라보았다.

'오냐, 네놈이 사부님께 앙심을 품고 나를 핍박하는 것이구나. 그래, 내 비록 힘은 없으나 결코 네게 굽히지 않을 것이다.'

조금도 숙일 줄 모르는 연진우의 단호한 표정을 본 함차는 살기가 스멀스멀 치밀어 올라오는 것을 느꼈다.

하지만 이미 그의 고함 소리를 듣고 통로로 나와보기 시작한 사람들 이 몇 있었다. 공동삼협이라는 이름을 생각해서라도 더 이상 손을 쓰 기는 어려웠다.

함차는 손가락을 튕겨 연진우의 막힌 혈도를 풀어주며 매몰차게 소 리쳤다.

"이놈아, 썩 꺼져라! 한 번만 더 내 눈앞에 나타나면 가만두지 않을
테다!"

그제야 움직일 수 있게 된 연진우는 힘겹게 발걸음을 옮겼다.

등 너머로 함차의 목소리가 계속 들려오는 것 같았다.

"콰드득!"

연진우는 이를 악물었다.

그의 입가로 핏물이 흘러나왔다.

6. 누가 당신을 괴롭히거든…

"사범님, 안에 계십니까?"

바깥에서 누군가가 한상욱을 불렀다.

한상욱은 목소리의 주인이 누군지 알고는 퉁명스러운 목소리로 대답했다.

"있는 줄 다 알고 있으면서 뭘 물어봐?"

삐걱거리는 소리와 함께 문이 열렸다.

한상욱은 문 쪽을 보지 않고 일부러 방 안쪽을 응시하였다.

"나도 왔네."

등 너머에서 들린 목소리에 한상욱은 급히 고개를 돌렸다.

그의 시선이 닿는 곳에는 유무용과 홍염이 서 있었다.

"흥! 신수가 아주 훤해지셨구려. 이젠 정말 일파의 장문인다운 자세가 나오는구랴."

"원, 이 사람도……."

유무용은 어색하게 웃으며 손짓을 했다. 손짓을 본 홍염은 가지고 들어온 쟁반을 탁자 위에 올려놓았다.

슬쩍 그것을 본 한상욱의 입가에 희미하게 미소가 걸린다.

"이게 뭐유?"

"다 알고 있으면서 뭘 물어보나?"

그의 미소를 본 것인지 유무용은 기분 좋게 되물었다. 옆에서 그들을 보고 있던 홍염의 입가에도 미소가 걸렸다.

"한잔하세. 내 비록 아주 바쁜 몸이지만 염이가 간청하여 이 자리를 만든 것이네."

한상욱은 유무용의 이야기를 들으며 입을 삐죽거렸다.

"흐… 나 때문이 아니라 수제자 때문에 억지로 오신 거라는 소리로 들리는데……."

"하하, 그럴 리야 있겠는가? 내가 어찌 백수건달 한상욱 대협을 희롱하겠는가? 어서 잔이나 받게."

호탕하게 웃으며 술병을 집어 든 유무용은 한상욱이 잔을 쥐기를 기다려 시원스럽게 병을 기울였다.

"호……."

호박색의 액체가 병의 기다란 주둥이를 통과하며 기분 좋은 소리를 내었다. 그리고 그 액체가 잔에 따라졌을 때쯤 실내는 독특한 향기로 가득 찼다.

"이렇게 구하기 힘든 걸……."

한상욱의 눈이 미미하게 떨리고 있었다.

그가 술이라면 사족을 못 쓰는 인물이라는 것을 알고 있는 두 사람은 소리없이 웃었다.

"곤옥향(崑玉香)이네. 자네 때문에 일부러 한 병 구해왔지."

한상욱의 기뻐하는 기색을 본 유무용은 그가 한 잔 비우는 것을 기다려 슬며시 술의 이름을 알려주었다.

자세한 제조법은 알려져 있지 않지만 곤옥(崑玉)으로 만든 단지에 담아 숙성시킨다는 이유로 곤옥향이라는 이름을 가진 술이었다.

물론 술을 좋아하는 한상욱이 술의 이름을 모를 리 없었다. 유무용은 다시 한 번 한상욱이 그것을 확인하며 즐거워하기를 바란 것이었다.

"흐… 젊을 때 딱 한 번 냄새만 맡아본 적이 있는 녀석인데……."

무엇이 그리 좋은지 한상욱은 연신 싱글벙글이다. 앞에 앉은 유무용에게 잔을 권하는 것은 이미 잊어버린 지 오래였다.

그의 모습을 본 유무용은 어깨를 으쓱하며 홍염에게 눈짓을 하였다.

홍염은 황급히 앞으로 나서 술병을 잡았다.

"제가 한잔 올리겠습니다."

하지만 한상욱은 고개를 가로저었다.

"됐다."

"예?"

"이렇게 좋은 술을 한 번에 다 먹어 없앨 수는 없지. 내가 알아서 천천히 아껴 먹을 테니 그냥 두어라."

홍염은 조심스럽게 유무용을 바라보았다. 유무용은 웃는 얼굴로 고개를 끄덕이고 있었다.

"알겠습니다. 그럼 제 잔은 받은 걸로 하시는 겁니까?"

술병을 쓰다듬으며 즐거워하던 한상욱의 행동이 갑자기 멈춰졌다.

"이잉! 그건 아니구… 다른 걸로 한 잔 올리는 게 어때?"

"와하하! 한 잔 더 받아라!"

신난 사람은 한상욱뿐이었다.

유무용은 한상욱이 술을 본격적으로 먹기 시작하자 다른 곳에서 손님이 찾아왔다는 핑계를 대며 슬쩍 자리를 떴다.

남은 사람은 한상욱과 홍염이었다. 사부의 명령으로 한상욱을 접대(?)하고 있는 홍염은 자리를 비우고 싶어도 그럴 수 없었다.

"야, 나 잠깐만 나갔다 올게."

"어딜 가신단 말씀이십니까?"

"으응, 볼일 좀 보려구."

홍염은 화장실을 간다고 나선 한상욱의 뒤를 따라 일어섰다.

"임마, 넌 왜 따라오는 거야?"

술 취한 한상욱이 눈알을 부라리자 홍염은 슬쩍 고개를 돌리며 능청스럽게 대답했다.

"괜히 엉뚱한 사람이 사범님의 술버릇을 감당해야 될까 봐 그럽니다."

"응, 그래? 뭐? 이놈의 자슥이……!"

손을 들어 올린 한상욱은 이내 고개를 좌우로 흔들었다.

"올 테면 와. 딸꾹!"

한상욱은 비틀거리며 방을 나섰다. 평소 그의 지론이 '술은 취하기 위해 마시는 것이다' 였다. 당연히 내공을 써서 술기운을 몰아내고 하는 일 따위는 하지 않았다.

"아이구, 좋은 것! 형 노사랑 있을 때는 이 좋은 걸 못한단 말이야. 이구구, 그나저나 내 하나뿐인 제자 녀석은 어딜 갔는고?"

혀 꼬부라진 소리로 알아듣기 힘든 말을 내뱉으며 허리춤의 끈을 푼
한상욱은 홍염 쪽으로 고개를 휙 돌렸다.

"야!"

"예?"

"너도 눌래?"

"그래도 되겠습니까? 그럼……."

홍염은 능청스럽게 대답하며 한상욱의 옆에 바싹 붙어 섰다. 그러자
오히려 말을 꺼낸 한상욱이 똥 씹은 표정으로 말했다.

"임마, 저리가! 어디 어른이랑 같은 자리를 쓰려고……."

쏴아!

무슨 소리인지…….

뒤에 선 홍염에게 들으라는 것인지 노래까지 불렀다.

"으, 시원하다."

몸을 부르르 떨며 뒤를 돌아본 한상욱은 홍염을 보며 한마디 던졌
다.

"니 사제들은 다 그놈처럼 막무가내냐?"

"예?"

홍염은 난데없는 한상욱의 말에 당황한 눈치였다.

"그, 그게 무슨 말씀이십니까?"

"오늘 나랑 진우가 산에 올라올 때 안내한 녀석 있잖아, 그 뭐라더
라? 막내라고 하던데……."

한상욱은 얼굴을 잔뜩 찡그리며 미간을 좁혔다.

그들을 안내한 사람이 누구인지는 알고 있었지만 대체 무슨 일이 있

었는지는 전혀 모르는 홍염이었다. 이래저래 갈피를 못 잡기는 매한가
지였다.

"노산 말씀이십니까?"

"그래, 그놈!"

"산이가 무슨 무례를 범했습니까?"

한상욱은 대답은 하지 않고 홍염을 뚫어져라 쳐다보았다. 마주 보고
있는 홍염이 민망하게 느낄 정도로 집요한 시선이었다.

그리고는 갑자기 킬킬거리며 웃기 시작했다. 무엇이 그리 좋은 것인
지…….

"그 녀석이 다짜고짜 진우에게 비무를 청해오더군. 그래서 박살 내
주었지."

"사범님이 말씀이십니까?"

홍염은 다급하게 물었다. 하지만 돌아오는 것은 웃음을 멈춘 한상욱
의 호통이었다.

"떼! 아무리 그래도 그렇지, 내가 그런 새파란 애송이 녀석한테까지
손을 쓸까?"

그리고는 다시 킬킬거리며 웃기 시작했다.

아무래도 술이 덜 깬 모양이었다.

홍염은 속으로 그런 새파란 애송이가 아니라 그보다 더 어린 녀석이
라도 거침없이 손을 쓸 사람이 무슨 소리를 하는 거냐는 생각을 했다.
물론 생각은 생각일 뿐 입 밖으로 꺼내지는 않았다.

"사부님의 말씀이 그 아이를 자극했던 모양이군요."

"응?"

이번에는 한상욱이 동요했다.

홍염은 내심 쾌재를 부르며 능글맞은 미소를 지었다.

“사부님께서는 우리들을 모아놓고 수시로 진우의 칭찬을 하셨지요.”

“이잉? 유 선배가?”

한상욱은 콧구멍까지 벌름거리고 있었다. 상당히 흥미로운 이야기로 들렸던 모양이다.

“천하를 둘러보아도 후기지수(後起之秀)들 중에서 우리를 쓰러뜨릴 만한 준비를 하고 있는 사람은 진우밖에 없다는 이야기를 자주 하셨지요.”

“헐……”

홍염이 말을 마치자마자 한상욱은 크게 한숨을 내쉬었다.

“그런데 다른 녀석들은 그걸 인정하지 않고 있다가 이번에 한번 시험해 보려고 한 거냐?”

“그렇겠지요.”

“에잉! 유 선배는 쓸데없는 소리를 해가지구설랑 사람을 성가시게 만든단 말이야.”

한상욱은 투덜거리면서 비틀비틀 숙소로 향했다.

뒤를 따르던 홍염이 그의 뒤통수에다 대고 한마디를 더했다.

“제 바로 밑의 사제가 산이의 가형(家兄)입니다. 순수한 무공 실력으로는 저보다 한 수 위인……”

더 이상 듣기 싫다는 듯 한상욱은 손을 휘휘 저으며 걸었다.

그때 그를 막아서는 한 사람이 있었다.

“오랜만이오, 한 시주.”

그의 목소리가 들리는 순간 한상욱은 못 박힌 듯 그 자리에 멈춰

섰다.

큰 키에 사람 좋은 미소를 하고 있는 남자였다.

회색 장삼을 입고 붉은 가사를 걸친 사내였다. 물론 머리털은 없었
다.

한상욱은 천천히 입을 열었다.

"일공(一空) 대사가 아니시오?"

취기는 어느새 말끔하게 사라지고 없었다.

＊　　　＊　　　＊

연진우는 길을 걷고 있었다.

익숙하지 않은 길이었지만 그런 것을 신경 쓸 겨를이 없었다.

잠시나마 노산을 이겼다고 기뻐하였던 자신이 한없이 부끄러워졌
다.

휘잉!

저녁 시간의 찬바람이 얼굴을 만져 왔다.

퉁퉁 붓고 뜨겁게 달아오른 뺨을 시원하게 만져 주었다.

"퉤!"

무엇을 뱉은 것인지……. 바닥에 떨어진 것은 시뻘건 색깔의 핏덩어
리였다.

"제기랄!"

완벽한 패배였다.

명분이 있고 없고는 문제가 아니었다.

힘이 없었기 때문에 그렇게 맞고만 있었던 것이다.

"제길……."

다시 한 번 자신을 향해 욕설을 퍼부은 연진우는 한상욱을 처음 만났을 때의 기억을 되새겨 보았다.

죽은 아버지의 모습…….

거대한 호랑이…….

그리고 하늘에서 내려온 신장(神將)과 같은 위세로 호랑이를 때려잡은 한상욱…….

무엇을 위해 그렇게 열심히 무공을 배웠던가?

아버지를 죽인 호랑이…….

이성을 잃고 악전고투를 벌여보기도 했지만 전혀 승산이 없는 싸움이었다. 도무지 맨손의 인간으로서는 어찌 할 방도가 없는 압도적인 존재였다.

그런 막강한 존재를 한 방에 때려눕힌 한상욱의 위세를 머리 속에 담고 지금껏 무공을 수련해 왔던 것이 아니었던가?

연진우의 머리 속에 객잔에서 본 함차의 얼굴이 떠올랐다.

교만한 언행이 몸에 배어 있어서 다른 사람을 전혀 배려하지 않는 자였다. 하지만 그의 사형을 제외하고는 누구도 그런 것을 두고 뭐라 말하지 않았다.

그 자리에 그보다 나이가 많은 사람도 여럿 있었다. 그러나 그중 누구도 함차의 언행을 가지고 문제 삼지 않았다. 아니, 이야기 자체를 꺼내지 못했다.

그에게는 힘이 있었다.

개인의 무공…

그리고 공동파라는 거대한 배경이 그렇게 만들어주었다.

그에게는 연진우가 그렇게 갈망하던 힘이 있었던 것이다.

웅! 웅!

정신없이 걷고 있던 연진우는 갑자기 들려온 소리에 퍼뜩 정신을 차렸다.

'……!'

소리의 주인은 행동을 멈추고 갑자기 찾아온 불청객을 빤히 바라보았다.

많은 설명은 필요없었다.

들려온 소리, 그리고 그가 들고 있는 것을 본 연진우는 즉시 상대가 무엇을 하고 있는지를 알게 되었다.

"죄송하게 되었습니다. 저는 사부님을 모시고 개문(開門)을 축하드리기 위해 찾아온……."

휘잉!

연진우는 입을 다물었다.

사내의 창끝이 목을 겨누고 있었기 때문이다.

하지만 갑작스런 상황이 닥치자 연진우는 오히려 침착해졌다.

연진우는 천천히, 그리고 공손하게 입을 열었다.

"수련하시는 것을 훔쳐보려고 한 것이 아니었습니다. 그저 밤길을 산책하던 중에……."

갑자기 말이 끊어졌다.

상대의 온몸에서 흘러나오는 날카로운 기운이 느껴졌다.

살기(殺氣)였다.

흠칫!

상대를 찬찬히 뜯어본 연진우는 놀랐다.

윗도리를 벗어 던진 상체는 땀으로 번질거렸다. 낮에 본 심승지의 근육에는 미치지 못할 듯했지만 상당히 잘 잡힌 근육이었다.

그러나 연진우가 놀란 것은 그의 벗은 상체 때문이 아니었다.

임금 왕(王)자가 뚜렷이 드러나는 탄탄한 하복부.

지나치게 튀어나오지는 않았지만 터질 것같이 팽팽한 긴장감을 주는 가슴.

한눈에 강인함이 느껴지는 굵고 곧은 목.

그 위에는 헝클어진 머리카락으로 가리워진 얼굴이 있었다.

차갑다 못해 보는 사람의 심장이 얼어붙을 것만 같은 차가운 눈알이 머리칼 사이로 빛을 발하고 있었다.

그 눈이 연진우를 놀라게 하고 있었다.

'어디선가 본 듯한 눈빛……'

다행히 길게 생각하지 않아도 되었다. 오래전에 본 것이 아니라 불과 한두 시진 전에 본 눈과 흡사했기 때문이다.

'노산? 아니야, 분명히 다른 사람이야. 눈빛도 비슷하기는 하지만 달라. 이 사람은 더……'

목줄기에 창이 겨눠진 채 온갖 생각에 잠겨 있던 연진우를 깨운 것은 금속성의 카랑카랑한 목소리였다.

"연진우… 인가?"

"그렇소만… 어떻게 나를 아시오?"

슈욱!

기이한 일이었다.

빠른 속도로 창을 움직여서 바람을 가르는 소리가 나는 것은 당연한 일이다. 하지만 느리게 움직여서 그런 소리가 나는 경우는 지극히 드물다.

그런데 아무렇지도 않은 동작으로 사내가 창을 거두자 바람을 가르는 소리가 난 것이다.

"겨루자!"

금속성의 목소리가 짧게 들렸다. 연진우는 어안이 벙벙해 아무 말도 하지 못했다.

'보는 사람마다 시비를 걸어오는 날이구나. 강호의 인심이라는 것이 원래 이런 것인가?'

생각할 시간은 길지 않았다. 사내의 창이 다시 바람 소리를 내고 있었다.

"좋소, 하지만 댁은 나를 아는데 나는 당신의 정체를 모르니……."

"노광(蘆匡)! 노산의 형이다."

끼익!

귀를 괴롭히는 소리가 들렸다.

똑같은 초식이라도 이런 사내의 손에서 펼쳐지는 것과 노산이 펼치는 것의 위력이 천양지차라는 것은 자명한 일이다.

슈우욱!

두 사람은 한바탕 어우러지기 시작했다.

사위(四圍)는 점차 어둠에 둘러싸였다.

그 어둠 속에 무엇인가 묘한 움직임이 있다.

넓다면 넓고 좁다면 좁은 공터다. 어두운 공터 가운데에서 인영 둘이 매우 빠른 속도로 움직이고 있었다.

사방은 어두워져 상대의 얼굴을 분간하기조차 힘든 지경이었지만 움직이고 있는 두 사람은 약속이라도 한 듯 쉴 새 없이 빠른 속도로 딱 딱 맞는 움직임을 보여주었다.

그중 한 사람의 손에는 기다란 막대기가 들려 있었다. 어둠 속에서 도 막대기의 끝에 반짝거리는 쇠붙이가 붙어 있는 것을 볼 수 있었다.

또 한 사람은 맨손이었다. 하지만 맨손임에도 불구하고 창을 쥔 상 대와 부족함없이 어우러져서 절묘한 광경을 연출하고 있었다.

하지만 그것도 그리 오래 가지는 않았다.

'약하군.'

웃통을 벗은 사내의 눈에 권태로움이 떠올랐다.

그는 공격을 멈추었다. 이것을 기회라고 판단하였는지 연진우의 발 차기가 날아왔다.

'약해.'

사내의 창끝이 원호(圓弧)를 그렸다.

아무런 소리도 나지 않았다.

하지만 연진우는 바닥에 쓰러져 있었다.

연진우의 눈은 경악하고 있었다.

"아, 아니, 어떻게……?"

분명 상대와 호각지세(互角之勢)로 겨루고 있었다. 누구도 어느 한쪽 이 우세하다고 말하기 힘들 정도로 팽팽한 접전이었다.

그렇다면 이유는 단 한 가지…….

"본실력을 감추고 있었던 거요?"

노광은 창을 잡지 않은 왼손을 들어 머리칼을 쓸어 올렸다.

차갑디차가운 안광은 사라지고 권태로운 표정이 얼굴에 가득했다.

"생각보다 훨씬 약하군. 사부님께서 칭찬하신 이유를 모르겠어."

그러고는 바닥에 놓여 있던 웃옷을 집어 들고 뒤로 돌아서서 가버렸다.

"이것 보시오! 잠시 내 말을……."

연진우가 아무리 목청껏 불러도 노광은 결코 뒤를 돌아보지 않고 걸어갔다.

그의 모습이 시야에서 사라지자 연진우는 바닥에 주저앉은 채로 허탈한 웃음을 터뜨렸다.

"허허, 나는 이것밖에 안 되는 존재였구나. 그런데도 그렇게 강호로 나가고 싶어했다니……."

자신이 너무 한심하게 여겨지는 연진우였다.

하루 저녁에 연속으로 두 사람에게 일방적인 패배를 당하였다. 두 번 모두 처음에는 그럴듯하게 겨루는 듯하다가 나중에 압도적인 힘의 차이로 지고 말았다.

운이 따르지 않았다는 변명도 할 수 없었다.

운이 따르기를 바라기에 앞서 최소한의 실력을 가지고 있어야 했다. 연진우에게는 그 최소한의 실력조차 없었다.

하지만 연진우가 간과한 부분이 있었다.

그가 두 번째로 싸웠던 함차를 포함한 공동삼협은 무공으로 천하에 이름을 떨친 지가 이미 수년이 넘은 사람들이었다. 강호 초출의 풋내기인 연진우가 그들 중 한 사람을 이긴다면 오히려 더 놀라운 이야기인 것이다.

그리고 또 한 가지, 그런 함차를 이미 꺾은 사람이 있었으니 다름 아닌 홍염이었다.

그 홍염이 자신보다 뛰어난 무재(武才)를 가졌다고 인정하는 사람과 싸운 것이었다. 어찌 보면 연진우가 하루 저녁에 겪은 두 번의 패배는 너무도 당연한 것이었다.

"제길……."

한 손으로 땅을 짚고 일어섰다.

비틀거리며 숙소로 걸어가면서도 한 가지 걱정을 하는 연진우였다.

"젠장, 다른 데야 그렇다 치고 이 부어오른 뺨은 뭐라고 변명하지?"

이튿날 아침.

오랜 습관을 따라 새벽에 일어난 연진우는 달리기 위해 지객당을 벗어났다. 시원한 공기와 지저귀는 산새 소리가 가슴속을 맑게 해주는 듯했다.

전날의 찜찜한 기억을 털어버리기라도 하려는 듯 그는 시작부터 속도를 냈다.

늦도록 혼자서 돌아다닌 것 때문에라도 분명히 한소리 들을 것을 각오하고 들어갔는데 한상욱은 아무 말도 하지 않았다.

탁자 위에 어지럽게 흩어져 있는 술잔과 술병을 보아서 상당히 마신 것 같은데 이상하게도 한상욱은 멀쩡했다.

아니, 처음에는 연진우가 들어온 줄도 모르고 열심히 코를 만지고 있었다.

연진우가 다녀왔다는 인사를 하자 성의없이 인사를 받았다.

퉁퉁 부은 얼굴을 보고서도 아무 말도 하지 않았다. 그저 코만 열심히 만지고 있었다.

무언가 이상하다는 생각이 들기는 했지만 연진우도 나름대로 고민이 많았던 터라 아무 말도 하지 않고 먼저 침상에 누웠다.

억울했던 기분, 약한 자신에 대한 원통함 등을 하나씩 곱씹으며 잠자리에 들었다. 그리고 다음날 아침이 되자 본능적으로 일어나 달렸다.

한참을 말없이 달리던 연진우는 달리는 속도를 늦추었다.

뭔가 이상한 소리가 들려왔다.

그는 소리가 들리는 방향으로 발걸음을 옮겼다.

'수련을 하는 건가? 한 사람 소리는 아닌 것 같은데…….'

연진우는 조심스럽게 소리가 나는 곳을 향했다.

'……!'

일곱 명의 사람이 서 있었다.

체격이나 표정은 가지각색이었지만 뚜렷이 눈에 띄는 공통점이 있었다. 그들은 모두 장창을 쥐고 있었다.

'신창문의 칠대제자군.'

멀찍이 떨어져 숨을 죽인 채 그들을 본 연진우는 그저 어림짐작으로 그렇게 판단했다.

홍염까지 포함하면 일곱 명 중에 이미 네 명을 보았으니 가까이 가서 보면 정확히 알 수 있는 사실이었지만 그럴 엄두를 내지 못하고 그냥 멀찌감치 바라보고 있었다.

'진법(陣法)인가? 아니면 연수(聯手)?'

일곱 명은 천천히 움직였다.

하지만 연진우는 그 느릿한 움직임 속에 꿈틀거리고 있는 막강한 힘을 느낄 수 있었다.

그들이 보여주는 것은 최근 들어 조금씩 알기 시작한 정중동(靜中

動), 동중정(動中靜)의 묘미가 깃들어 있는 움직임이었다.

그리고 그 움직임은 어젯밤 연진우에게 쓰라린 패배를 안겨주었다.

'역시 머리로 아는 것과 몸으로 할 줄 아는 것은 다르군.'

일곱 명의 사내들은 원을 만들어 창을 휘두르기도 하고 줄을 지어 한 줄로 움직이기도 하였다. 또 두 패, 혹은 세 패로 나누어 다른 곳에서 한 지점을 누르고[壓] 찔렀다[刺].

연진우는 암암리에 탄식했다.

개개인의 무공 수준은 말할 것도 없거니와 함께 움직이는 것은 대단히 놀라운 경지에 이르러 있었다.

비록 그가 노산을 이기기는 했으나 일곱 사람 중에 가장 어리고 약한 이를 상대로 이긴 것이니 어디 가서 자랑할 것도 되지 못했다.

더군다나 노산의 무공은 어제 연진우 자신이 말했던 대로 연진우가 그 나이일 때는 상상도 하지 못했을 경지였다. 어린 나이에 벌써 그 경지에 이르렀으니 나이가 들수록 얼마나 더 진보할지 알 수 없는 일이었다.

'멀었구나, 멀었어.'

연진우는 어젯밤보다 더한 절망감을 느꼈다.

그러나 그는 먼 거리에서 겨우 그 정도의 짧은 시간만을 보고도 그들의 뛰어난 수준을 알아차릴 수 있는 안목을 가졌음은 전혀 자각하지 못했다.

그는 다시 천천히 발걸음을 옮겼다.

다른 일이야 어찌 되었든 아침의 달리기는 연진우의 일상에서 빼놓을 수 없는 부분이 되어버린 것이다.

하지만 다시 뛰기 시작한 연진우는 얼마 더 뛰지 못하고 그 자리에 멈춰 서야 했다.

별안간 튀어나온 한 쌍의 눈동자 때문이었다.

동그란 얼굴에 붙어 있는 눈동자는 생글생글 웃고 있었다. 아니, 얼굴 전체가 생글거리고 있었다.

착 달라붙는 녹의(綠衣)를 입은 소녀.

대충 열여덟쯤 되었을까?

연진우는 갑자기 나타나 웃고 있는 소녀를 보며 아무 말도 하지 못한 채 가만히 서 있었다.

"안녕하세요?"

기분 좋은 목소리이다. 당황스런 만남이긴 했지만 불쾌했던 마음이 갑자기 밝아지는 것 같은 느낌이 들었다.

"그대는 누구시오?"

당황한 연진우는 머뭇거리며 말했다.

일 년에 한두 번쯤 쓸 것들을 사러 시장에 나갈 때가 아니면 여자를 볼 기회가 없었다. 그나마도 그때 만나는 여자들은 모두 삶에 찌들 대로 찌든 중년의 아낙들뿐이었다.

갑자기 나타난 이 여인, 아니, 소녀와 같은 또래의 여자와 이야기를 해본 적이 없던 연진우였다.

녹의소녀는 꺄르르 웃음을 터뜨리며 말했다.

"당신, 너무 약해요."

그녀는 물어본 말에는 대답하지 않고 엉뚱한 이야기를 했다. 그것도 연진우가 가장 거려할 만한 이야기를 직설적으로 해버렸다.

연진우는 이야기를 듣자마자 속에서 무언가가 울컥하고 치밀어 올랐다.

'하룻밤 사이에 어린 소녀에게까지 약하다고 놀림을 받는 신세가 되어버렸구나. 연진우야, 이렇게 멍청하게 살아서 어떻게 하겠느냐.'

소녀는 연진우가 아무 말도 하지 않고 얼굴을 붉히고만 서 있자 다시 말을 걸었다.

"내 말이 기분 나빠요?"

연진우는 대답을 하지 않고 있다가 퉁명스럽게 내뱉었다.

"기분 나쁠 것이 뭐가 있겠소. 내가 약한 것이 사실인데."

하지만 소녀는 그가 대답을 한 것만으로도 기분이 좋은지 다시 웃으며 말했다.

"나랑 한번 겨뤄봐요."

연진우는 억지로 진정시킨 노기(怒氣)가 다시 치밀어 오르는 것을 느꼈다.

하지만 한상욱 아래서 성질을 죽이고 비위를 맞추며 생활한 시간들은 결코 헛되지 않았다. 그는 불문의 고승에 버금가는 인내심을 발휘하여 소녀의 말에 흥분하지 않으려 했다.

"흥! 갑자기 어디서 조그만 계집애가 나타나 시비를 건다고 생각하고 있는 거죠? 하지만 난 당신이 생각하는 것보다 훨씬 강하다구요."

소녀는 눈꼬리를 올리며 순식간에 말을 내뱉었다. 그리고 말을 하자마자 손바닥을 들어 기이한 자세를 취했다.

"당신이 내 십 초를 받아낼 수 없다면 나를 사부로 모셔야 해요."

연진우는 소녀를 무시하고 지객당으로 돌아가려 했다. 하지만 소녀가 손바닥을 내밀 때 나는 바람 소리가 예사롭지 않았다.

"아니!"

그는 급히 몸을 돌려 소녀의 손바닥을 막았다.

'내가 잘못 안 거였나?'

처음의 심상치 않았던 바람 소리와는 달리 소녀의 장세는 부드럽기 그지없었다. 손바닥을 맞대어 공격을 막아내려 했던 연진우는 부지중에 힘을 조금 뺐다.

텅!

"으윽……!"

힘을 빼는 순간 엄청난 힘이 밀려들어 와 연진우를 공격했다. 어린 소녀의 것이라고는 믿기 힘들 정도의 막강한 힘이었다.

"이 무슨 사술(邪術)을……."

힘겹게 내뱉은 연진우의 말에 소녀는 크게 웃으며 대꾸했다.

"호호호, 사술이라니요? 이건 이화접목(移花接木)의 단순한 응용에 지나지 않아요. 당신을 공격한 건 내가 아니라 당신이 거두어들인 힘이라구요."

"그, 그런……."

연진우는 말을 맺지 못했다.

소녀는 단순한 응용이라고 하나 방금과 같은 것은 상당히 오랜 시간 동안 기를 단련하고 연습한 사람들이 아니고는 시전하기 어려운 공격이었다.

상대가 힘을 거두어들일 때 자신의 공력을 살짝 얹어서 상대에게 큰 타격을 주는 것. 말로는 쉽지만 미묘한 힘의 균형을 경험으로 파악하고 있지 않고는 불가능했다.

"호호, 나이도 어린것이 어떻게 그런 걸 하느냐는 표정이군요. 내가 분명히 이야기하지 않았나요? 내 십 초를 막아내지 못하면 나를 사부로 모셔야 한다고 말이에요."

"나는 거기에 동의한 적이……."

연진우가 뭐라고 말하려 하자 소녀는 다시 몸을 날렸다.

소녀의 손바닥이 기묘하게 뒤집혔다.

생전 처음 보는 초식으로 자신을 공격해 오는 소녀를 맞은 연진우는 조금 전과 마찬가지로 장을 내밀어 맞상대했다.

소녀는 깔깔거리며 손목을 꺾었다. 그녀의 장세가 다시 기이하게 변화했다.

"당신은 참 어리석군요. 방금 장력을 겨루어 내게 패하고도 다시 똑같은 방법을 쓰다니요."

하지만 소녀가 무어라고 하든 연진우는 연신 장을 휘둘렀다.

소녀는 계속 웃으며 기이한 초식으로 연진우를 공격했다.

다시 장이 날아오는 순간 연진우는 우직스럽게 장을 내밀어 소녀의 장과 정면으로 부딪쳤… 아니, 연진우의 장(掌)이 순식간에 지(指)로 변해 소녀의 노궁혈을 노렸다.

그러나 소녀는 그것마저도 예상한 듯 즐겁게 웃으며 손을 흔들었다.

"헉!"

연진우는 외마디 비명을 질렀다.

연진우의 손가락은 갈 곳을 찾지 못한 채 꼴사납게 허공을 찌르고 있었고 소녀의 장은 수도(手刀)로 변하여 그의 목덜미를 쓸듯이 내려치고 있었다.

톡!

소녀는 연진우의 목을 건드리듯 가볍게 쳤다.

"호호호, 십 초 안에 당신을 제압했으니 당신은 나를 사부로 모셔야 해요."

연진우는 이글거리는 눈빛으로 소녀를 보며 소리쳤다.

"네가 나를 이렇게 핍박하고 모욕하는 이유가 뭐냐?"

"모욕? 핍박? 어머머, 그게 무슨 소리예요? 이건 약속이라구요, 약속!"

"나는 약속한 적 없다. 그리고 나는 이미 한 분 사부님을 모시고 있는데 어찌 다른 사람을 사부로 모신단 말이냐?"

가뜩이나 가슴이 답답하고 자기 자신을 한심하게 생각하고 있었는데 그 찰나에 나타난 소녀는 연진우를 완전히 흥분하게 만들어 버렸다.

"너는 누구냐?"

연진우는 주먹을 말아 쥐고 내질렀다.

주먹뿐 아니라 그의 몸 전체가 파옥권의 벽(劈)자결을 따라 움직였다.

쉬익!

소녀의 몸이 잠시 꿈틀거리는 듯하더니 순식간에 연진우의 눈에서 사라져 버렸다.

"이것 봐요."

콰앙!

등 뒤에서 소녀의 목소리가 들리는 순간 연진우는 재빨리 몸을 회전시켜 일장을 휘둘렀다.

소녀는 급히 손을 내밀어 연진우의 장을 막았다.

처음처럼 쉽게 힘을 거두지 않을 것이라 생각한 연진우는 혼원기공의 기운을 집중해 소녀를 밀어붙이려 했다.

그러나 그것 또한 생각대로 쉽게 되지 않았다.

시간이 지날수록 소녀의 표정은 여유만만해지는 반면 연진우의 얼굴은 검붉게 변해가고 있었던 것이다.

투둑!

연진우는 힘없이 팔을 내렸다.

소녀의 내공이 자기보다 깊고 두텁다는 것을 깨닫는 순간 소녀에게서 뿜어져 나오는 기운이 거둬진 것을 느꼈기 때문이다.

다른 때라면 그녀가 기운을 거둔 것을 기회 삼아 더욱 강한 공격을 퍼부었겠지만 연진우는 그렇게 하지 못했다.

조금 전에 보여준 이화접목의 묘기가 머리 속에서 떠나지 않고 있었던 것이 첫째 이유였고, 나이 어린 소녀를 내공 대결로도 이기지 못하는 무력한 자신에 대한 자괴감이 든 것이 둘째 이유였다.

"호호호호!"

소녀는 낭랑하게 웃으며 연진우에게 말했다.

"이래도 나를 사부로 모시지 않을 것인가요?"

"너는 대체 누구냐?"

연진우가 원망 어린 눈을 하고 나직하게 물어도 소녀는 여전히 깔깔거렸다.

"너라니요? 사부에게 그게 할 말인가요?"

"무슨 이유로 나를 이렇게 희롱하는 것인지는 모르겠지만 이제 그만해라."

한마디씩 내뱉는 연진우의 말에서 짙은 살기가 배어 나왔다. 연이은 패배가 그를 점점 분노하게 만들고 있었다.

소녀도 그것을 눈치 챘는지 웃음을 멈추었다.

"흐응! 난 그저 당신에게 좋은 걸 하나 알려주려고 한 것뿐인데……."

하지만 연진우는 소녀의 말에 코웃음 쳤다.

"좋은 의도를 가지고 나타난 사람이 상대를 희롱하고 못살게 군단 말이냐? 할 말이 다 끝났으면 나는 가겠다.”

말을 마친 연진우는 휙 소리가 나도록 세차게 돌아서서 발걸음을 옮겼다.

그가 몇 걸음을 내딛자 소녀가 낭랑한 목소리로 말해 왔다.

“멈추지 않으면 죽일 거예요.”

흠칫!

연진우의 어깨가 미미하게 떨렸다. 어린 소녀의 입에서 나오는 말치고는 지나치게 잔혹한 말이었다. 하지만 멈칫거린 것도 잠시, 그는 이내 다시 발걸음을 옮기기 시작했다.

“죽인다고 말했어요.”

약간은 다급한 목소리였다.

연진우는 뒤도 돌아보지 않고 말했다.

“네 무공이 나보다 뛰어나니 원한다면 그렇게 할 수 있겠지. 하지만 대장부는 죽는 한이 있어도 모욕은 받지 않으니 죽일 테면 죽이거라.”

휘익!

바람 소리가 나며 소녀의 모습이 사라졌다.

소녀는 어느새 연진우 앞에 나타나 있었다.

“…….”

코앞에 바싹 붙은 소녀의 얼굴을 본 연진우는 억지로 태연한 표정을 지어 보였다.

말을 그렇게 하기는 했지만 순간적으로 긴장되는 것은 어쩔 수 없었던 모양이다.

“흠, 이제 보니 제법 잘생긴 얼굴이군요.”

갑작스런 소녀의 말에 연진우는 얼굴이 빨개졌다.

소녀는 붉어진 연진우의 얼굴을 보고는 다시 깔깔거렸다.

“호호호, 부끄러움도 타네요? 어머, 귀여워라.”

장력을 겨루어 졌을 때보다 더한 수치심을 느낀 연진우는 소리 버럭 질렀다.

“그만 해라!”

하지만 소녀는 얼굴을 더욱 바싹 갖다 붙였다.

“당신 여자랑 이야기해 본 게 이번이 처음이죠?”

“……”

연진우는 아무 말도 하지 않았다.

그의 머리 속에는 이 괴상한 소녀로부터 빨리 벗어나야 한다는 생각 밖에 없었다.

하지만 이상하게도 소녀의 얼굴에서 풍겨지는 향내가 아주 기분 좋게 느껴졌다.

“왜 말이 없죠?”

소녀는 계속해서 생글거리며 연진우의 얼굴에 자기 얼굴을 가까이 가져갔다.

귀로 상대의 숨소리를 들을 수 있고 코끝이 스칠락 말락 할 만큼 소녀가 가까이 오자 그는 더 이상 참지 못하고 소녀을 와락 밀쳐내었다.

“아얏!”

소녀는 날카로운 비명 소리를 내며 바닥에 쓰러졌다. 그리고 원망스러운 눈으로 연진우를 바라보았다.

연진우는 적지 않게 당황했다.

상당한 수준의 무공을 익힌, 아니, 최소한 자기보다는 강한 여인이 그렇게 가벼운 손짓 한 번에 나가떨어질 줄은 생각도 하지 못했던 것이었다.

"그냥 보고만 있을 건가요?"

당황하여 어쩔 줄 모르고 있던 연진우에게 소녀는 낭랑하게 소리쳤다.

연진우는 급히 손을 내밀어 소녀를 일으켜 세우려 했다.

뜨끔!

허리를 숙여 손을 내민 순간 연진우는 자신의 상반신이 마비되는 것을 느꼈다.

"호호호!"

소녀는 날카로운 웃음소리를 내며 바닥에서 튕겨 올라섰다.

"당신은 정말로 어리석군요. 내가 정말 당신의 힘에 밀려서 바닥에 쓰러진 줄 알았어요?"

분노한 연진우는 입을 열어 그녀를 욕하려 했지만 아무 말도 할 수 없었다. 어느새 아혈(啞穴)마저 마비되어 있었던 것이다.

툭!

"당신도 나처럼 거기 누워 있어요."

소녀는 연진우를 가볍게 걷어찼다.

굳어 있던 연진우의 신체는 소녀의 힘없는 발길질에 밀려 바닥에 나동그라졌다.

바닥에 누운 꼴이 된 연진우는 노한 눈빛으로 소녀를 응시했다. 하지만 소녀는 그의 눈을 보면서도 여전히 즐겁게 이야기했다.

"당신이 나를 사부로 모시기로 한 이상 한 가지 재간을 전수하지 않을 도리가 없군요. 상승의 절기를 가르쳐 주고 싶기는 한데 둔한 당신이 익힐 수 없을지도 모르고 하니 우선 간단한 무공을 하나 알려주죠."

말을 마친 소녀는 한 가지 장법을 펼쳐 보였다. 연진우를 공격했던
그 장법이었다.

그러나 연진우는 두 눈을 꼭 감고 소녀를 보지 않았다.

소녀는 다시 깔깔거리며 연진우의 머리를 매만졌다.

"당신은 보기 싫어도 봐야 해요."

눈을 감고 있던 연진우는 안면 근육이 마비되는 것을 느꼈다. 그리
고 소녀가 자신의 눈을 억지로 뜨게 하는 것도 느꼈다. 보기 싫어도 볼
수밖에 없는 상황이 된 것이다.

휙휙!

소녀는 삼 초의 장법을 아주 느리게 펼쳐 보였다.

누운 채로 그것을 본 연진우의 눈에 경탄의 빛이 떠올랐다. 비록 소
녀에게 수모를 당하고 있기는 하나 확실히 그 장법은 묘한 부분이 적
지 않았던 것이다.

"당신이 배우고 있는 무공은 정종(正宗)의 것이라서 배우는 속도가
너무 오래 걸려요. 내가 새로 가르쳐 준 이 무공은 당장이라도 몇 번만
연습해 보면 쓸 수 있는 것이니 당신의 것과는 비교할 수도 없죠."

소녀의 말은 반은 맞고 반은 틀린 것이었다.

형량보는 본래 소림의 제자여서 그가 만든 혼원기공과 파옥권은 불
문정종무학(佛門正宗武學)에 뿌리를 두고 있는 것이 사실이었다.

하지만 그는 그 뒤로 천하를 떠돌며 각파각가의 무공을 고루 배우고
익혔다.

그 후로도 무학의 연구에 힘쓴 그는 기존의 정파 무공보다 배우는
속도가 빠르면서도 익히면 익힐수록 진보의 폭이 두터운 절세의 신공
을 만들었다.

바로 걷고, 달리고, 밥 먹고, 잠자면서도 내외공을 동시에 단련할 수 있는 혼원기공과 무변(無變)으로 천변(千變)을 제압하는 파옥권을 만든 것이다.

또한 연진우가 연이은 패배를 겪은 것은 본신의 수행이 부족한 까닭도 있었지만 장기적인 안목으로 연진우를 가르치려 한 한상욱이 실용의 법문을 가르치지 않고 기본기만을 반복시켰기 때문이기도 했다.

하나 이러한 까닭을 모르던 연진우는 내심 소녀의 말에 마음이 동했다.

언뜻 보아도 소녀의 장법은 쉽게 배울 수 있을 듯하면서도 오묘한 이치를 담고 있었던 것이다.

그러나 연진우는 즉시 그런 생각을 했던 자신을 책망했다.

'이것이 무슨 생각이란 말인가? 천하제일의 무공이 따로 있지 않고 천하제일의 공(功)이 있을 뿐이라던 노사의 말씀을 벌써 잊었단 말이냐? 저런 소녀의 말에 현혹되어 사부님을 업신여기려 하다니… 너는 무인의 자존심도 없다는 말이더냐?

연진우의 머리 속에 온갖 생각이 오가는 것을 알지 못한 소녀는 생글생글 웃으며 그에게 다가와 그의 몸을 뒤집어 바닥에 엎드리게 만들었다.

"내 제자가 되었으니 한 가지 표식을 남겨주죠."

사악!

소녀는 비수를 뽑아 들었다.

비수는 연진우의 상의에서 팔과 몸통을 꿰맨 부분의 실밥을 깔끔하게 잘라내었다.

슈슈슛!

어깨가 화끈거렸다.

보이지는 않았지만 뭔가 예리한 물체로 연이어 어깨를 찌르는 것이 느껴졌다.

"다 됐어요."

소녀는 다시 연진우를 똑바로 눕혔다.

그녀의 손에서 반짝거리는 것은 쇠 털처럼 가느다란 금침(金針)이었다. 연진우는 금침 끝에 방울방울 맺혀 있는 핏방울을 볼 수 있었다.

"먹물도 넣었어요."

연진우의 눈이 금침을 보고 있다는 것을 본 소녀는 기분 좋게 웃었다.

연진우의 눈에는 핏발이 섰다.

단순히 상처를 낸 것이 아니라 문신까지 새긴 것이었다.

소녀는 재미있다는 듯이 연진우의 표정을 보다가 휙 하고 몸을 날려 사라져 버렸다.

연진우의 시야에서 소녀가 사라진 지 얼마가 지나서 그녀의 목소리가 들려왔다.

"누가 당신을 괴롭히거든 어깨의 문신을 보여주며 호접랑(胡蝶娘)의 제자라고 말해요."

소녀의 목소리는 점점 멀어져 갔다.

"혈도는 조금 있으면 저절로 풀릴 거예요. 그리고 얼굴의 상처는 덤으로 치료해 줬어요."

7. 거짓말

끼익!

문 열리는 소리가 났다.

"왔냐?"

한상욱은 쳐다보지도 않고 말했다.

"예."

연진우는 기운없이 대답하며 한상욱을 보았다. 길을 떠난 이후로 예전보다 조금 일찍 일어나기는 했지만 이만큼 이른 시간에 일어나 있는 것을 본 적이 거의 없었다.

'그러고 보니 일찍도 아니군.'

쓴웃음을 짓는 연진우였다.

난데없이 나타난 어떤 소녀에게 봉변을 당하고 돌아왔으니 시간이 제법 지났을 것이다. 하지만 한상욱이 늦게 온 것에 대해 아무 말도 하지 않았기 때문에 늦은 것을 잠시 잊은 것이었다.

'사부님이 아침부터 왜 이렇게 심각하시지?'

한상욱은 침상 위에 가부좌를 틀고 앉아서 무슨 생각에 잠겨 있었다. 일부러 헛기침을 해보아도 반응하지 않았다.

그 모습을 본 연진우는 온갖 생각을 다 하였다.

어젯밤 함차에게 수모당한 것을 알고 있는 건 아닐까?

노광에게 패배한 것까지 알고 있는 걸까?

알고 있다면 왜 어젯밤에는 아무 말도 하지 않았던 것일까?

아니, 다른 것은 다 집어치우고 오늘 아침에 그 소녀에게 당한 봉변을 알고 있는 것은 아닐까?

하지만 연진우의 생각은 그리 길게 이어지지 않았다. 한상욱이 눈을 떴기 때문이다.

똑똑!

문 두드리는 소리가 났다.

연진우는 얼른 문 쪽으로 가려 했지만 그의 발보다 한상욱의 말이 더 빨랐다.

"누구요?"

"노산입니다. 아침 식사를 가져왔습니다."

"들어오게."

문이 열리며 노산의 얼굴이 나타났다. 그는 종이를 덮은 쟁반을 들고 들어왔다.

"편히 주무셨습니까?"

노산은 쟁반을 탁자 위에 내려놓으며 공손하게 말했다.

"음, 덕분에 잘 잤네."

"편히 쉬셨다면 다행입니다."

그는 한상욱과 의례적인 인사를 몇 마디 나누었다.

"연 대형께서도 편히 쉬셨습니까?"

"아, 저……."

연진우는 바로 대답하지 못하고 우물쭈물했다.

착각이었을까?

그의 눈에 비친 노산은 입가에 비웃음을 걸치고 있었다.

"식은 정오부터 시작됩니다. 그때 다시 오겠습니다."

노산은 한상욱을 향해 공손하게 말을 했다. 그리고 그는 허리를 숙여 인사한 후 방을 빠져나갔다.

그가 나간 후 방 안의 두 사람은 아무도 입을 열지 않았다.

평소와는 달리 한상욱의 표정은 매우 심각했다.

"사부님!"

"……."

"사부님!"

"응?"

그는 연진우가 두 번을 연거푸 불러야 대답을 할 정도로 깊은 생각에 빠져 있었다.

"음식이 식습니다."

"음……."

한상욱은 조그맣게 신음 소리를 흘리며 젓가락을 들었다.

그는 평소와 다름없이 왕성한 식욕을 과시했지만 뭔가 이상했다. 손으로는 음식을 먹고 있었지만 눈은 허공을 향하고 있었다.

"……."

그의 무거운 분위기에 동화되어서인지 연진우도 아무 말 없이 음식을 입에 넣었다.

한상욱 사제는 노산을 따라 길을 걸었다.

많은 사람들이 분주히 움직이고 있었다.

제자 일곱을 데리고 막 시작한 문파의 행사치고는 상당히 거대한 규모였다.

"잠시 뒤에 다시 뵙겠습니다."

유무용이 하늘에 제를 지내기 위해 마련한 제단(祭壇)까지 한상욱 사제를 안내한 노산은 여전히 공손하게 인사하고는 발을 돌려 총총 걸어갔다.

제단 아래에는 수많은 군웅들이 모여 있었다.

"불초 유무용은 이 자리에서 일문(一門)을 여는 것을 천지신명(天地神明)께 고합니다."

제단 위로부터 유무용의 낭랑한 목소리가 울려 퍼졌다.

맑은 날씨라서 그런지 백의를 입은 그의 모습이 더없이 빛나 보였다.

"참신(參神)!"

자색의 득라의(得羅衣)를 입고 자양건(紫陽巾)을 쓴 노도사가 구성진 목소리로 말했다.

유무용을 비롯한 군웅들은 모두 제단을 향해 절을 했다.

이런 자리가 처음인 연진우는 대충 옆 사람이 하는 것을 보고 따라서 두 번 절했다.

"진찬(進饌)!"

도사가 다시 말하자 홍염과 노광이 각각 백의 차림에 소반을 들고 제단으로 올라갔다.

유무용은 그들이 가져온 제물을 받아 제단에 올렸다.

"초헌(初獻)!"

도사의 구령에 따라 제사는 일사천리로 진행되었다.

하지만 진행은 일사천리로 되었으나 순서가 지나치게 복잡하고 길었다. 그리고 태양 빛이 너무 뜨거웠다.

제사는 거의 한 시진을 넘기고서야 끝났다.

유무용의 백의에는 땀이 흠뻑 배어 나와 있었다.

내공이 상승의 경지에 다다른 그가 단지 날씨 때문에 땀을 그렇게 흘리지는 않았을 것이다. 아마도 개파에 따른 절차를 엄숙하게 수행하면서 심신이 모두 피로할 정도로 긴장해서였을 것이다.

그와 함께 제단을 내려온 홍염, 노광도 마찬가지로 땀투성이가 되어 있었다.

"사부님……."

제단 아래서 그들을 기다리고 있던 심승지가 물에 적신 수건을 가져다 바쳤다.

유무용은 아무 말 없이 수건을 받아 얼굴을 가볍게 훔치고는 군웅들을 향해 외쳤다.

"객청(客廳)에 잔칫상을 보아났으니 손님들은 모두 그리로 가서서 식사를 하십시다."

그의 말이 끝나자 그제야 운집해 있던 군웅들이 움직이기 시작했다. 엄숙한 예식이 진행될 동안 입이 근질거렸던 것인지 저마다 한마디씩 내뱉으며 움직이느라 매우 소란스러워졌다.

하지만 유무용은 그런 소란조차도 흥겨운지 기분 좋은 표정을 지어 보였다.

"한 대협!"

주변의 분위기와는 상관없이 무표정하게 서 있던 한상욱에게 등 뒤에서 누군가가 말했다.

"……?"

등 뒤를 돌아본 한상욱은 희미하게 미소를 지었다. 노산이 돌아와 그를 부른 것이었다.

"또 안내하러 왔는가? 이러지 않아도 되는데……."

"사부님의 명이시니 부담 가지실 필요 없습니다."

노산은 그렇게 말하며 그들을 객청으로 안내했다.

한상욱 사제는 잔치가 배설(排設)된 자리로 갔다.

온갖 산해진미와 명주가 가득하게 차려져 있었고 술과 고기를 가까이 하지 않는 승려들을 위한 차(茶)와 떡, 과자 따위도 있었다.

"아니, 이곳은……. 이렇게 상석에 앉을 순 없네."

한상욱은 당황스런 음성으로 자리를 권하는 노산에게 거절의 의사를 표시했다. 노산이 앉으라고 한 자리는 손님 중 최고 어른들이 앉는 자리였기 때문이다.

"상석의 자리 배정은 사부님께서 손수 하신 것입니다. 앉으시지요."

노산을 상대로는 아무리 말을 해도 먹히지 않을 것이라고 생각한 한상욱은 포기하고 상석에 앉았다. 연진우는 한상욱의 바로 뒤에 자리를 잡고 섰다.

한상욱이 막 자리에 앉을 때쯤 사람들이 한꺼번에 들이닥쳤다. 그중에는 공동삼협도 있었는데 한상욱이 상석에 앉아 있는 것을 보고는 막내 함차가 큰 소리로 말했다.

"아니, 저자가 왜 상석에 앉아 있는 겁니까?"

"……."

함진도 적이 놀란 표정을 지었지만 이내 정색하고 함자에게 조용히 하라고 했다.

잠시 후 상석의 빈자리에 앉을 사람들이 들어왔다.

한상욱은 더욱 불편한 표정을 지어 보였다.

그의 좌우로 앉는 이들이 정의맹의 집법장로이자 소림 방장의 사제인 혜철(慧哲) 선사와 무당파의 장로인 우봉(羽奉) 도장이었으니 더욱 그럴 것이다.

연진우는 공동삼협 쪽을 슬쩍 보았다.

공동삼협은 혜철, 우봉과 같은 자리에 앉지 못하였다고 불평할 처지는 아니었다. 적어도 그들의 스승인 창궁 진인이 직접 오지 않고서는 저들과 배분으로나 강호에서 차지하고 있는 위치로나 결코 비교할 수 없는 입장이었기 때문이다.

하지만 그들은 한상욱이 소림, 무당의 원로들과 동급으로 대접받는 것은 도무지 이해하지 못하는 눈치였다.

특히 함차는 불쾌한 기색을 감추지 않고 있었다.

"오늘 본 문의 개파를 축하해 주시기 위해 모여주신 여러 영웅호걸들에게 감사의 말씀을 드립니다."

유무용이 들어와 일어선 채로 술잔을 들고 입을 열었다.

"우선 제가 한 잔 마시겠으니 모쪼록 여러 영웅들께서는 사양하지 마시고 마음껏 드시고 편히 쉬시다 가십시오."

말을 마친 유무용은 술잔을 들어 입에 털어넣었다.

군웅들은 유쾌하게 술잔을 들어 유무용에게 답례하며 잔을 기울였다.

유무용에게 나와 술을 권하는 사람도 적지 않았지만 앉아 있는 사람들끼리 서로 담소를 나누며 술을 마시느라 좌중은 금세 시끌벅적하게 되었다.

한창 분위기가 무르익자 유무용이 다시 일어섰다.

"흥겨운 잔칫상 앞에서 무희(舞姬)들의 가무(歌舞)를 보는 것도 좋으나 불문과 도문에 몸을 담고 계신 어른들이 여러 분 있으시니 우선은 소생의 제자들이 군무(群舞)를 추어 좌중에 흥취를 더하겠습니다."

유무용은 말을 마치며 손뼉을 두 번 쳤다.

그러자 그의 일곱 제자들이 각기 창을 들고 줄지어 나왔다.

장내에 있던 군웅들은 위명이 쟁쟁한 패왕창의 일곱 제자를 보며 수군거렸다.

이윽고 일곱 사람이 자리를 잡고 서자 객청 안에 음악이 울려 퍼지기 시작했다.

그들은 원을 지어 돌며 각기 재주를 뽐내었다.

음악이 바뀌자 그들도 모였다가 흩어지기를 반복하며 음악에 맞추어 서로 창을 겨누어 겨루기도 하고 북두칠성의 모양으로 늘어져서 진세(陣勢)를 형성하기도 하였다.

군웅들은 유무용의 무위가 대단할 뿐 아니라 그의 제자들 역시 대단하여 일곱 사람 중 한 사람 한 사람이 고수가 아닌 자가 없고, 진법 또한 변화무쌍한 것을 보며 감탄을 금하지 못했다.

공동삼협의 놀라움은 다른 이들보다 더했다.

그들의 스승인 창궁 진인은 수년 전에 유무용과 비무한 적이 있었다.

그때 두 사람은 천여 초 이상을 다투다가 유무용이 일 초 반식의 차이로 가까스로 승리하고 서로에게 탄복하였었다.

그래서 그들은 비록 스승이 지기는 하였으나 그것을 진정한 패배라고 여기지 않고 유무용의 젊은 제자들을 안중에도 두지 않고 있었다. 그런데 근래에 함차가 홍염을 만나 낭패를 당한 적이 있었던 것이다.

하지만 그때는 분명히 함차가 방심하였었고 일곱 사람 중 첫째가 공동삼협의 막내를 누른 것이니 그리 대단할 것이 없다고 억지로 자위하고 있었다.

하나 오늘 보니 홍염의 무공은 그날에 비해 더욱 진보한 것 같았고 다른 몇몇도 그에 못지않은 듯하여 매우 당황스러웠다.

그리고 또 한 사람이 일곱 제자의 군무를 각별한 눈으로 바라보고 있었다.

바로 연진우였다.

이미 아침에 그들이 연습하고 있는 것을 보아 기가 죽었었는데 지금 펼치는 것은 아침의 것보다 훨씬 더 뛰어난 수준이었다.

비슷한 연배의 청년들이 군웅들 앞에서 저 정도의 무위(武威)를 자랑할 수 있다는 것이 부럽기도 하였고, 그런 수준에 미치지 못하는 자기 자신이 부끄럽게 여겨지기도 했다.

이윽고 군무가 끝나고 음악이 멈추었다.

장내에는 박수갈채가 쏟아졌다.

사람들은 유무용에게 저마다 한마디씩 하였다. 치사를 들은 유무용은 흐뭇한 표정으로 겸양의 말을 했다.

"어제의 강호에 공동파에 삼협(三俠)이 있었다면 오늘의 강호에는 신창칠성(新槍七星)이 있구려."

군웅들 중 한 사람이 그렇게 소리치자 다른 이들이 좋다며 박수를 쳤다.

공동삼협은 그 말을 듣는 즉시 고개를 돌려 그쪽을 보았지만 많은 사람이 어울려 먹고 마시는 터라 그 말을 한 사람은 찾을 수 없었다.

"끄응……."

함차의 얼굴이 붉으락푸르락했다.

물론 그의 두 사형들의 표정도 편안한 인상은 아니었지만 함차의 그 것만하지는 않았다.

그도 그럴 것이, 그렇지 않아도 홍염에게 패한 것이 수치스러워 죽을 지경인데 이렇게 뭇 사람들이 공동삼협과 더불어 일곱 명의 애송이를 칭찬하니 배알이 꼴리는 것이었다.

"으윽!"

흥분한 함차는 눈을 부라리며 아까의 목소리가 들려온 쪽으로 가려 하다가 고개를 돌렸다.

누군가가 자신의 어깨를 잡은 까닭이었다.

"사형……."

함차는 어깨를 잡은 사람이 함건인 것을 보고는 고개를 푹 수그렸다.

"함부로 나설 생각 하지 마라."

"예."

그토록 거만하고 거칠던 함차였지만 함건의 말에는 꼼짝도 하지 못했다.

함진은 함건이 막내사제를 진정시키는 것을 보고는 술잔을 들고 유무용에게 다가갔다.

"공동파의 함진이 유 장문께 한 잔 올리겠습니다."

"고맙소. 진인께도 안부 전해주시오."

자신이 주는 잔을 홍겹게 받던 유무용에게 함진은 조심스레 물었다.

"그런데 장문인, 상석에 앉아 계신 저분은 어떤 분이신지 매우 궁금합니다."

좌중의 인물들은 함진의 말을 듣고 시선이 일제히 한상욱을 향했다.

무당파의 우봉 도장도 그에 한몫 거들었다.

"장문인, 빈도도 이 시주의 내력이 궁금하던 차였소."

유무용은 웃음을 터뜨리며 대답하였다.

"하핫, 제가 다른 생각을 하느라 미처 소개를 하지 못하였군요. 상욱 아우, 일어서게."

한상욱은 멋쩍게 웃으며 자리에서 일어났다.

"이 사람은 저와는 사형제나 다름없는 사이로 한상욱이라고 합니다. 외호는 백수건달(百壽乾達)이라고 하며 십사 년 전에 장강사귀(長江四鬼)를 단신으로 격살하고 홀연히 사라진 사람이 이 친구입니다. 이 사람아, 뭐 하나? 어서 인사드리지 않고."

술에 취해서일까?

붉어진 얼굴의 한상욱이 아무 말 없이 고개를 숙여 좌중을 향해 인사를 하자 박수갈채가 쏟아졌다. 신창칠성에게 쏟아진 그것 이상의 박수였다.

연진우는 입을 한상욱의 귀에 살짝 가져다 대며 말했다.

"사부님, 사부님이 그렇게 유명한 사람이었나요?"

한상욱은 연진우의 말에 대답하지 못했다. 우봉 도장의 술잔이 그를 기다리고 있기 때문이었다.

"그렇지 않아도 그 흉악하기 짝이 없는 네 악인들을 응징한 영웅이 누구인가 늘 궁금한 차였는데 귀하께서 바로 그분이시구려. 빈도의 잔을 하나 받으시오."

한상욱의 얼굴은 더욱 붉어졌다.

"감당할 수 없습니다. 영웅이라니요. 저는 단지 여행 중에 그들이 악행을 저지르는 것을 보다 못해……."

"아미타불, 그들의 악행을 저지하기 위해 장강으로 갔다가 불귀의 객이 된 명가의 자제들이 적지 않은데 한 시주의 무공이 실로 절륜하였나 보구려. 유유상종이라고 하더니 역시 유 장문의 벗 가운데 이리도 훌륭한 인물이 있었구려."

혜철 선사도 우봉에 이어 칭찬을 던졌다.

한상욱은 혜철 선사를 물끄러미 바라보다가 감사하다는 표정을 지으며 고개를 숙였다.

"과찬이십니다."

두 사람의 말이 끝나자 여러 사람들이 한상욱에게 술을 권했다.

한상욱은 처음에는 몹시 어색해했지만 본래 술을 몹시 좋아하고 주량이 보통을 넘는지라 권하는 술을 모두 받아 마셨다.

군웅들은 그가 매우 많은 양의 술을 마시고도 행동거지가 변함이 없고 오히려 안정되는 것을 보자 다시 한 번 감탄했다.

"역시 한 대협은 영웅이십니다. 자고로 영웅치고 술을 좋아하지 않는 사람이 없고 주량이 인간의 한계를 넘어서지 않는 사람이 없지요."

누군가의 말에 장내에 폭소가 터졌다. 유무용은 자기의 잔치에서 한상욱이 칭송을 받았지만 오히려 더욱 즐거워했다.

이래저래 불편해진 사람은 공동삼협이었다.

특히나 객점에서 한상욱을 시골뜨기 취급하며 면박을 주었던 함진과 함차는 어쩔 줄을 몰라 했다.

"한 대협의 무공이 그리도 절륜하시다니 빈도도 이 자리에서 견식하고 싶습니다."

사람들은 일제히 소리가 난 곳을 바라보았다.

함차의 목소리였다.

그의 옆에서는 함건이 고개를 가로젓고 있었다.

다른 사람들은 알지 못했지만 연진우는 그의 말에서 '운이 좋아 수적 몇 놈을 이긴 주제에 대협 행세를 하는구나' 하는 비아냥을 읽어낼 수 있었다.

한상욱은 정중하게 사양하려 하였다.

하지만 좌중의 눈빛이 모두 그의 무공을 견식하고 싶어하는 눈빛이어서 유무용을 살짝 바라보았다.

유무용이 미소를 지으며 고개를 끄덕였다.

한상욱은 한숨을 쉬며 자기 앞에 놓여 있던 술잔을 들어 단숨에 들이켰다.

"여러 영웅들이 원하시니 불초가 약간의 재주를 부려보겠습니다. 부디 불초의 재간이 보잘것없다고 흉보지나 말아주십시오."

잔을 비운 즉시 말을 한 한상욱은 신창문의 제자들이 무예를 뽐내던 공터로 나아갔다.

사람들은 그가 보여줄 신공을 잔뜩 기대하였다.

하지만 한상욱은 공터에서 똑바로 서서 주먹을 내지르고 거두기를 반복했다.

군웅들은 조용히 있었다.

뭔가 엄청난 것을 보여줄 것이라고 생각한 그들의 눈은 기대에 가득 차 있었다.

하지만 한상욱은 그 이상 무엇을 하지 않고 고개 숙여 인사한 후 자리로 돌아왔다.

군웅들은 멍하니 있었다.

그들이 아무 말도 하지 못하고 있을 때 혜철 선사의 목소리가 들려왔다.

"아미타불, 한 시주의 공력이 실로 인세에 보기 드문 신공이구려."

사람들은 한상욱과 혜철 선사를 번갈아가며 바라보았다.

불법보다 무도를 좋아해서 그의 스승인 은각(慇刻) 대사로부터 '소림의 껍질에 취해 소림의 심장을 구하지 않는구나' 라는 소리를 들었던 혜철이 그렇게 말하는 것이었다.

하지만 대부분의 사람들은 한상욱의 동작에서 어떤 신묘한 것도 발견하지 못하였다.

반면에 혜철 선사와 함께 상석에 앉아 있던 우봉 도장을 비롯한 몇몇 노강호들의 얼굴에는 감탄의 기색이 어려 있었다.

함진 또한 그의 몸짓에는 감탄하지 않을 수 없었다. 한상욱이 보여준 것은 무공을 연마하는 사람들 중에서도 극히 일부만 도달하는 '무변으로 천변을 제압하는 경지' 였던 것이다.

함진은 작은 소리로 중얼거렸다.

"사부님께서도 얼마 전에야 간신히 도달하신 경지라 하셨다. 그런데 저자는 어디에서 저토록 대단한 무공을 닦았단 말인가?"

멍한 표정으로 중얼거리던 함진은 잠시 유무용과 눈이 마주쳤다. 왠지 유무용이 웃고 있는 것같이 느껴졌다.

유무용은 의미있는 미소를 지으며 함진에게 말했다.

"공동삼협께서는 또 다른 청이 있으십니까?"

군웅들의 시선은 다시 공동삼협을 향했다.

처음에는 함진이 부드러운 말로 한상욱의 정체를 물었고 다음에는 함차가 거칠게 그의 실력을 물었다. 누가 보더라도 공동삼협이 한상욱을 석연치 않게 생각하는 것이 틀림없었다.

장내에는 긴장이 감돌았다.

그들이 또 무슨 말을 할지가 궁금해서였다.

아니, 정의맹의 주축인 공동파와 떠오르는 신창문과의 대결을 보고 싶어하는 마음인지도 모른다.

"대체 저것이 뭐란 말이오? 저런 손놀림을 어디다 쓴다고……."

갑자기 장내가 조용해졌다.

함차의 저 말은 한상욱을 사형제나 다름없다고 소개한 유무용에 대한 명백한 도전이었다. 명성이 천하에 가득한 공동삼협의 막내 함차가 내뱉은 말이니 쉽게 거둘 수 없는 말이었다.

"사제는 이제 그만 하라."

둘째 함건의 말에 함차는 입을 다물었지만 그의 얼굴에는 불만이 가득하였다.

함건은 함진과 함차를 뒤로하고 한상욱에게 술잔을 주며 말했다.

"빈도의 사제가 대협에게 다시 실례를 하였습니다. 대협께서는 너그러이 용서하여 주십시오."

한상욱은 씁쓸한 미소를 지었다.

군웅들은 긴장한 표정으로 그가 술잔을 받을 것인지 말 것인지를 지켜보았다.

"한 대협……."

함건의 목소리를 들은 한상욱은 혜철 선사 쪽을 흘깃 보았다.

'굳이 이들과 원한을 쌓을 필요는 없겠지.'

"감사합니다."

잔을 받아 든 한상욱은 단번에 잔을 비우고 함건에게 돌려주었다.

긴장해 있던 군웅들의 시선은 유무용을 향했다.

모욕을 받은 당사자인 한상욱이 사과를 받아주기는 하였으나 잔치의 주인인 유무용도 그럴지는 의문이었다.

아니나 다를까, 유무용이 천천히 입을 열었다.

"함건 도장의 말씀을 들어보니 한 아우와 이미 좋지 않은 일이 있었나 봅니다."

그가 함건에게 묻자 사람들의 이목이 함건의 입으로 몰렸다.

함건은 쓴웃음을 웃으며 유무용의 말에 대답했다.

"빈도의 사제가 어리석어 한 대협을 몰라보고 산 아래에서 실례를 범하였습니다."

짧은 말이었지만 유무용은 그 정도로도 대강의 사태를 짐작할 수 있었다.

'함차는 본래 명문의 사람이 아니면 무조건 무시하는 버릇이 있는데 이자가 아우를 무시하고 모욕을 주었나 보군. 이 참에 이들을 크게 망신을 주어야겠다.'

생각을 정리한 그는 조금 전과는 달리 웃으며 이야기했다.

"무인에게 무슨 복잡한 격식이 필요하겠습니까. 서로를 해치지 않는 비무를 하여 손속을 나누고 나면 모두가 친구인 것을요.”

뒤에서 유무용의 말을 들은 함진의 안색이 크게 변했다.

‘아니, 지금 이자가 싸움을 붙이려는 것이 아닌가? 저 한상욱이라는 사람의 공력이 비범하여 우리 형제 중 누구도 그의 적수가 될 수 없을 텐데 이 일을 어찌한단 말인가?’

유무용의 말은 계속되었다.

“하나 오늘은 본 문의 개파를 축하하기 위한 자리인데 어찌 어지러이 손을 써서 화기를 해치고 본래의 취지를 무색하게 하겠습니까. 공동삼협의 함차 도장께서 제 아우의 제자에게 가르침을 베풀어 일백 초를 겨루는 것으로 대신하도록 하지요.”

함차의 얼굴색이 변했다.

유무용의 의도는 명백했다. 자신을 이용하여 공동파 전체를 망신 주려 하는 것이었다.

그러나 아무리 그렇다 해도 천하에 명성이 자자한 자신에게 강호 초출의 청년을 상대로 겨루라고 하니 열이 머리 꼭대기까지 받쳐 올랐다.

반면에 다른 사람들은 한상욱의 무공이 그리 뛰어나니 연진우의 무공 또한 신창칠성과 비슷할 것이라고 추측하여 흥미진진한 눈으로 일의 진행을 주시하였다.

‘이렇게 된 바에 네놈을 아주 아작 내놓겠다.’

함차는 이빨을 갈며 연진우를 바라보았다.

이미 그를 상대해 보았던 터라 연진우에 대해서는 어떤 경계도 하지 않고 있었다.

함진은 이럴 수도 저럴 수도 없는 상황에 아무 말도 하지 못하고 있었다.

이겨도 자랑스러울 것이 없는 싸움이요 만에 하나 진다면 앞으로 강호에서 공동파 문인들이 고개를 들고 다닐 수 없게 만드는 싸움이었다.

참다못한 그가 유무용에게 뭐라 말하려는 순간 함건이 그를 제지하며 말했다.

"장문인의 방법이 참으로 오묘합니다. 그렇게 하도록 하지요. 단, 겨룸은 반드시 일백 초로 제한하고 서로 큰 부상을 입히지 않도록 주의하는 것을 명심하도록 해야 하지 않겠습니까?"

'이자의 심모(深謀)와 배포(排布)가 보통이 아니구나. 피할 수 없는 상황을 오히려 주도권을 쥐고 헤쳐 나가려 하다니…….'

생각은 그리 길지 않았다. 유무용은 흔쾌히 승낙했다.

"좋소, 당연히 그렇게 해야지요. 어떤가, 한 아우?"

그는 대답하며 한상욱을 바라보았다. 아무리 자기가 수를 써도 한상욱이 싫다고 하면 그만인 것이다.

한상욱은 멍하니 있었다.

당사자인 연진우만이 어쩔 줄 몰라 어리둥절한 표정이었다.

유무용은 한상욱이 승낙한 것으로 알고 연진우를 손짓하여 자기 곁으로 불렀다.

"함차 도장께서는 무기를 사용하시겠소?"

군웅들 속에서 비웃음 소리가 들렸다.

함차는 시뻘게진 얼굴로 딱딱하게 대답했다.

"제가 어찌 무림의 후배를 상대로 검을 사용하겠습니까?"

그의 말을 들은 유무용은 연진우의 소매를 붙들고 가까이 끌어당겼다.

"비록 저자의 인품은 고약하지만 무공만은 상당한 경지에 이르렀다.

일백 초만 버티어도 네가 승리한 것이나 다름없으니 너는 애써 이기려 하지 마라. 맨손의 절기 중에 특히 신경 쓸 것은 공동파의 개천풍운조니 각별히 조심하거라.”

유무용이 귓속말을 하였지만 연진우의 귀에는 아무 소리도 들리지 않았다.

그는 오직 두 눈으로 함차를 보고 있었다.

자신을 보며 입술을 기울여 비웃음을 짓고 있는 함차를 보고 있었다.

‘내 이 자리에서 죽는 한이 있더라도……’

연진우는 아랫입술을 꽈악 깨물면서 앞으로 한 걸음 나섰다.

함차도 천천히 앞으로 나왔다.

“연진우라고 하옵니다.”

연진우는 공손하게 예를 표했다. 그들의 공식적인 비무는 이번이 처음인 것이다.

하지만 함차는 여전히 거만한 태도로 대꾸했다.

“공동파의 함차네. 비록 내 무공이 우습게 보여도 제발 소리 내어 웃지나 말게나. 자네는 훌륭하신 사부 아래서 기공(奇功)과 절학(絶學)들을 배워 익혔을 터이니 어찌 나의 보잘것없는 무공이 눈에 들어오겠는가만은……”

함차의 말을 들은 군웅들은 저마다 눈살을 찌푸렸다.

‘공동삼협의 막내가 성정이 불 같고 거칠며 사람됨이 방자하여 눈 아래에 사람이 없고 매우 오만하다고 하더니 과연 그러하구나.’

함차는 주위의 반응에 개의치 않고 계속 주절거렸다.

“소협께서는 손속에 사정을 두시게. 그렇지 않고는 해가 서쪽에서

뜬다고 하여도 빈도가 소협의 손에 부상을 입지 않을 수 없으리니."

함차의 말은 듣기에 매우 짜증이 날 지경에 이르러 마침내 함건이 입을 열었다.

"사제는 비무를 하는 데 무슨 말이 그렇게 많은가?"

역시 함건의 말에는 꼼짝하지 못하는 듯 함차는 힘없이 진우에게 말했다.

"강호의 선배로서 삼 초를 양보하겠네."

"무례를 범하겠습니다."

진우는 쏜살같이 달려나가 함차에게 일격을 가했다.

하지만 비록 사람됨은 경망하나 천하에 이름을 떨친 공동파의 대협객이 어찌 강호 초출의 공격에 쉽게 격중당하겠는가.

어제 연진우를 상대해 본 결과 기초가 견실하기는 하나 실전의 경험이 적어 싸움을 제대로 할 줄 모르니 자신의 오랜 강호 경험으로 충분히 요리할 자신이 있었다.

함차는 연이은 두 번째, 세 번째 공격도 손쉽게 무위로 돌리고는 휘파람 소리를 내며 연진우를 공격했다.

연진우의 손발이 어지러워졌다.

함차는 처음부터 개천풍운조를 구사하고 있었다.

이것 역시 연진우를 한번 상대해 본 경험의 소산이었다.

슉!

연진우의 신형이 바람을 갈랐다.

파바박!

쾌속하게 움직이던 그를 향해 수십 개의 손가락 그림자가 엄습해 왔다.

연진우는 몸을 뒤틀며 그의 공격을 피해냈다.

사람들은 그 광경을 보며 탄성을 질렀다. 그들은 함차의 개천풍운조를 저렇게 쉽게 피해낼 수 있을 사람은 별로 없을 것이라는 생각을 하고 있었다. 이미 연진우가 저 수법을 경험해 보았을 것이라는 생각은 하지 못한 것이다.

함차는 손을 쳐들었다.

쏴아!

강력한 장세가 날아들며 경력이 물밀듯 밀려왔다.

조법(爪法)을 구사하던 그가 갑자기 초식을 변화시켜 장을 날린 것이다.

"크윽!"

나직한 신음 소리가 일어났다. 연진우의 것이었다.

하지만 함차는 그가 신음을 하든 말든 연속으로 장공과 조공을 날렸다. 아니, 그가 신음을 하였기 때문에 더욱 안심하고 공격을 한 것인지도 몰랐다.

군웅들은 마치 자신이 공격당하기라도 하는 양 저마다 긴장한 표정이었다. 대부분의 사람들은 내심 연진우가 이겨주기를 바라고 있었던 것이다.

하지만 그들과는 별도로 한상욱은 싸움을 제대로 보지도 않은 채 술을 마시고 있었다. 누구보다 연진우의 무공을 잘 아는 그는 처음의 몇 수를 보고는 결과를 예측해 버린 것이다.

'백 초는 간신히 버티겠군.'

쉬익!

함차의 장이 다시 바람을 갈랐다.

그때마다 연진우는 아슬아슬하게 막아내었다.

하지만 모든 공격을 막아내지는 못했다. 함차의 매서운 공격은 연진우의 몸을 이리저리 두들겼다.

"저런……."

좌중의 누군가가 안타까운 탄식을 했지만 그 역시도 그 자리에서 보기만 할 뿐 직접 뛰어들어 가 도와줄 수는 없었다.

그러나 보는 사람들의 생각과는 달리 함차는 초조해 죽을 지경이었다.

시간은 점점 흘러가고 공격은 어느새 일백 초가 다 되어가는데 이 어린 녀석은 아직도 버티고 있는 것이었다.

치명적인 살초를 전개하지 않고는 쉽게 굴복시키기 어려울 것 같은데 차마 이 많은 사람들 앞에서 무명지배(無名之輩)에게 그렇게까지는 할 수 없으니 미칠 노릇인 것이다.

"치익……."

설상가상으로 연진우가 장법과 조법을 섞어서 구사하는 변칙적인 공격의 흐름을 어느 정도 읽게 되어버렸다.

'오냐, 그럼 네놈이 이것도 막을 수 있는지 한번 해봐랏!'

슈팟!

그의 손에서 차가운 기운이 폭사되며 연진우를 향해 쏟아졌다.

"아니!"

유무용의 안색이 크게 달라졌다.

앉아서 술잔만 기울이고 있던 한상욱도 잔을 던져 버렸다.

초식은 같은 것이되 지금까지 없던 강한 살기가 폭출되기 시작한 것이었다.

“도장, 손에 사정을 두시오!”

‘무슨 소리! 네놈의 계략에 말려 이 망신을 당하게 되었는데 내가 멈출 듯싶으냐?’

유무용이 뭐라고 하든 말든 함차는 최후의 일격을 날린다는 각오로 한 초식 한 초식을 가했다.

연진우는 땀을 비 오듯 흘리며 그의 공격을 막았다. 피하려 해도 피할 방위를 미리 알고 공격해 와서 그러지도 못했다.

“흑!”

절체절명의 위기 순간.

연진우의 손이 기이한 각도로 움직였다.

파박!

순간적인 허점을 공격당한 함차는 바닥에 쓰러질 뻔했다. 하지만 지금 이 순간에 바닥을 나뒹굴게 되면 이제껏 쌓아왔던 명성이 모두 물거품이 될 것이라는 생각이 들어 억지로 꼿꼿하게 서서 버텼다.

터억!

함차가 몸을 바로 세우는 순간 연진우가 다시 장을 날렸다. 미처 신형을 다 수습하지 못했던 그는 속절없이 그 공격을 몸으로 받아내어야만 했다.

“비열한 놈!”

함차의 입에서 욕설이 터져 나왔다. 그는 두 주먹을 움켜쥐고 연진우를 향해 도약했다.

이제껏 장과 조를 번갈아가며 썼을 뿐이던 그가 갑자기 주먹을 움켜쥐고 달려들자 지금까지와는 비교도 할 수 없는 압박감이 느껴졌다.

함차의 손은 기호혈(氣戶穴)과 대포혈(大包穴)을 공략해 들어갔다.

그 순간 연진우는 함차의 눈에서 느껴지는 강한 살기에 잠시 멈칫거렸다.

함차는 공력을 돋우어 연진우에게 일권을 가하려 했다.

바로 그때, 누군가가 끼어들어 함차의 손을 잡았다.

"일백 초가 되었네, 사제."

함건이었다.

그는 책망하는 눈빛으로 함차를 바라보며 담담히 말하자 함차는 망연자실한 표정으로 자리로 돌아가 털썩 주저앉았다.

"호부(虎父) 아래에 견자(犬子) 없다고 하더니 한 대협의 제자도 그 무공이 매우 비범하구려. 오늘 우리 삼 형제는 안계(眼界)를 크게 넓혔습니다."

함진은 한상욱 앞에서 힘없이 포권하며 고개를 숙였다.

군웅들은 크게 술렁거렸다.

과연 혜철 선사의 말마따나 유유상종이라고, 유무용의 제자는 물론이고 그의 벗 또한 평범한 사람이 아니었던 것이다.

"자자, 이 자리는 모두가 즐겁자고 모인 자리이니 다들 즐거이 지내시고 강호의 근심은 잠시 잊으십시오."

유무용의 말에 군웅들은 다시 즐거이 술잔을 들었다.

그러나 한상욱은 달랐다. 그의 눈은 의문으로 가득 차 있었다.

그는 곁으로 돌아온 연진우를 놓고 입을 열었다.

하지만 정작 말소리는 다른 곳에서 들려왔다.

"마지막 두 초식은 한 시주께서 가르치신 것입니까?"

일공이었다.

지금까지 혜철 선사의 뒤에 서서 아무 말도 하지 않고 있던 그가 입을 연 것이었다.

그의 얼굴에 늘 걸려 있던 웃음은 이미 사라지고 없었다.

한상욱은 즉시 대답할 말을 찾지 못한 채 머뭇거렸다.

"한 시주께서 가르치신 무공이 맞습니까?"

계속되는 그의 질문에 좌중의 누군가가 궁금하다는 듯이 소리쳤다.

"강호에서 숨겨놓은 한 초식을 가지고 있는 건 누구에게나 당연한 일인데 왜 그렇게 채근하는 거요?"

일공은 목소리가 들려온 쪽을 날카롭게 쏘아보았다. 그와 눈을 마주친 사람들은 모두 오싹한 느낌을 받았다.

그는 다시 호흡을 정리하며 말을 이었다.

"문외불출(門外不出)의 비전이라면 달리 물을 말이 없는 것이 강호의 법도이기는 하나 방금 연 시주가 펼친 최후의 두 초식은 빈승이 익히 알고 있는 초식이었습니다."

좌중에는 적막이 가득했다.

하지만 그들 중 누구도 초식을 구사한 당사자인 연진우 본인보다 당황스럽지는 않았을 것이다. 마지막 두 초식은 오늘 아침에 소녀가 보여준 삼 초의 장법 중 앞의 두 개를 사용한 것이었다. 비록 익숙하게 연습할 시간이 없어 창졸간에 사용하기는 했지만 그것만으로도 함차를 당혹스럽게 하기에 충분했다.

연진우의 머리 속에는 의문이 꼬리에 꼬리를 물고 이어졌다.

'그 소녀는 대체 누구길래 그녀의 무공을 가지고 이렇게 트집을 잡는단 말인가? 설마 그녀가 일부러 그런 의도를 가지고 나에게 접근해 왔단 말인가?'

처음부터 이상하게 시작된 만남이었다.

난데없는 만남 통에 아침 내내 귀신에 홀린 것 같은 느낌이 들지 않았던가. 연진우는 고개를 푹 숙인 채 눈만 위로 치켜뜨며 한상욱을 보았다.

"마지막 두 초식을 가르치신 분이 한 시주냐고 물었습니다."

일공의 목소리가 연거푸 날아왔다.

"이 자리에서 분명하게 대답하지 않으신다면 한 시주를 맹으로 모실 수밖에 없습니다."

침묵하고 있던 유무용이 자리에서 벌떡 일어섰다.

"일공 대사, 그것이 대체 무슨 소리요? 맹으로 데려가겠다니……. 저 아이의 무공이 뭐가 어떻다는 거요?"

장내의 시선은 유무용으로 향했다. 따지고 보면 이 자리에 모인 사람들 중에서 각파각가의 무공을 가장 많이 보고 체험한 사람이 유무용이었다. 그런 그마저 그렇게 말하자 일공은 고개를 좌우로 흔들었다.

"그것은 한 시주의 답변을 듣고 난 연후에 말씀을 드리도록 하겠습니다."

대화가 오가던 내내 좌불안석(坐不安席)이던 연진우가 마침내 참지 못하고 입을 열려 했다.

"그것은……."

"내가 가르친 무공이 맞소!"

연진우는 놀란 눈으로 한상욱을 보았다.

한상욱의 눈은 일공을 향해 강렬한 빛을 토해내고 있었다. 바로 옆에서 바라보는 연진우가 섬뜩할 정도였다.

"정녕 한 시주가 가르치신 무공이란 말씀이십니까?"

"그렇소!"

두 사람 사이에는 팽팽한 긴장이 오갔다.

누구도 일공이 왜 연진우의 무공을 가지고 시비를 걸고 있는지는 묻지 못했다.

그만큼 그들이 내뿜는 기세는 범상치 않는 것이었다.

"한 아우가 이야기했으니 대사께서도 말을 꺼낸 이유를 말씀하셔야 할 것이오."

팽팽한 긴장감을 깨뜨린 것은 유무용이었다.

일공은 시선을 유무용에게 잠시 돌렸다가 다시 한상욱을 바라보며 입을 열었다.

"여러 영웅들께서는 모르셨던 분들이 대부분이지만 사실 소승은 이미 한 시주를 알고 있었습니다."

사람들은 가만히 그의 말을 듣고만 있었다. 소림을 대표하여 강호의 뒷일에 여러 가지로 손을 쓰고 있기에 발이 넓기로 소문난 일공이었다. 그가 한상욱을 알고 있다고 해서 크게 이상할 것은 없었다.

"그리고 제가 아는 사람 중에 전륜궁의 동태를 가장 정확히 파악하고 있는 사람이 바로 한 시주입니다."

갑자기 웅성거리는 소리가 여기저기서 들렸다.

정의맹과 전륜궁의 충돌 시점에 관한 논의는 강호의 어디를 가더라도 들을 수 있는 것이었다. 하지만 대부분 피상적인 이야기에 그칠 뿐이었지 누구도 어느 한쪽에 대한 상세한 정보를 가지고 있지는 못했다. 고작해야 전륜궁의 힘이 지나치게 과대평가되었다거나 정작 정의맹은 드러난 듯하나 드러나지 않은 부분이 더 많다는 수준의 이야기가 전부였다.

"말씀드렸다시피 저는 연 시주가 구사한 무공의 마지막 두 초식을 일전에 견식한 바가 있습니다."

한상욱만을 바라보던 일공이 좌중을 쭉 훑어보았다.

"한 시주, 방금 그 무공의 출처를 아시지요?"

또다시 사람들의 얼굴에 의아한 기색이 떠올랐다. 사부가 제자의 무공 출처를 모른다는 것은 말이 되지 않았다. 하지만 지금 일공이 저 이야기를 꺼낸 것에는 분명 곡절이 있을 거라 생각하여 의문을 입 밖으로 내지는 않았다.

한상욱은 묵묵히 고개를 끄덕였다.

"그렇다면 저 무공이 원래 전륜궁의 무공이라는 것도 아시겠구려?"

일공의 말이 떨어지자 사람들의 입에서는 외마디 신음 소리가 새어나왔다.

누구에게도 정확한 실체를 드러낸 적이 없다는 전륜궁의 무공이 나타난 것이다.

"그렇다면 저자가 전륜궁의 사람이란 말씀이시오?"

어디선가 걸걸한 목소리가 들려왔다.

일공은 목소리가 들려온 쪽으로 고개를 돌렸다.

그의 시선이 향한 곳에는 중년의 비렁뱅이 한 사람이 우뚝 서 있었다.

몸에는 다 떨어진 누더기 옷을 걸쳤고 얼굴에는 땟국물이 자르르 흘렀다. 시들어 빠진 대나무와 같이 비쩍 마른 두 다리는 때가 더덕더덕 끼어 시커먼 데다가 온몸은 흙투성이었다. 그나마 신발이랍시고 발에 씌워놓은 것도 구멍이 숭숭 나 있어 발가락이 꼼지락거리는 것이 다 보일 지경이었다.

하지만 그의 눈빛과 그에게서 풍겨지는 기상은 심상치 않아 누구도 그를 쉽게 보지 못하였다.

일공은 거지를 향해 허리를 숙였다. 그 모습을 본 사람들이 의아한 기색을 띠자 지금껏 침묵을 지치던 혜철 선사가 입을 열었다.

"운룡신개(雲龍神丐) 고 방주께서도 이곳에 오셨었소?"

그의 입에서 운룡신개라는 네 글자가 나오자 사람들은 탄성을 질렀다.

개방!

천하의 거지들이 모여 만든 방회이다.

숫자로는 명실상부한 천하제일을 자랑하고 전통과 무공으로도 구대문파에 뒤지지 않는 곳이다.

운룡신개 고전(古田)은 당대의 개방 방주이다.

그는 역대 개방 방주 중 가장 뛰어난 인품과 무공을 가졌다고 알려진 인물이었다. 의(義)를 숭상하고 협(俠)을 행하기 위해 애쓰는 그의 모습으로 뭇 강호인들의 존경을 받는 사람이었다.

그리고 외호인 운룡(雲龍)이 말해 주듯 그의 행적은 신비롭기 짝이 없었다. 그런데 언제 어디에 나타나 무슨 일을 할지 도무지 헤아릴 수 없는 그런 사람이 오늘 황산에 나타난 것이다.

"저자가 전륜궁의 사람이오?"

운룡신개의 걸걸한 목소리가 장내에 울려 퍼졌다.

사람들은 그가 이렇게 언성을 높이는 이유를 대강 짐작하고는 고개를 끄덕였다.

근래 들어 일기 시작한 전륜궁과의 분쟁에서 가장 많은 피해를 입은 곳이 개방이었던 것이다.

그도 그럴 것이, 아직까지 이렇다 할 만큼 본격적인 세력의 대결은 일어나지 않았다.

희생자들의 대부분은 정탐에 투입되었던 개방의 제자들이었다. 일설에 의하면 그중에는 운룡신개의 제자도 포함되어 있었다고 하였다.

"그렇게는 이야기하기 어렵습니다만……."

"그게 무슨 말이오? 저자의 제자가 쓴 무공이 전륜궁의 무공이라 하지 않았소?"

운룡신개 고전은 한상욱을 향해 성큼성큼 걸어갔다.

이윽고 마주 선 두 사람은 서로를 응시했다.

조금 전 일공과 얼굴을 마주했을 때와는 비교도 할 수 없는 강렬한 기운이 느껴졌다.

두 사람이 내뿜고 있는 기운은 절정의 경지에 이른 고수들만이 내뿜을 수 있다는 무형지기(無形之氣)였다.

한상욱을 마주 대한 고전은 내심 감탄하였다.

'적인지 아군인지 알 수는 없으나 이자의 공부(功夫)는 대단하구나. 당금 강호에서 이 정도의 기세를 가진 사람은 열 명도 채 되지 않을 것인데…….'

하지만 그것도 잠시였다. 그는 무거운 어조로 천천히 입을 열었다.

"나는 귀하를 모르오. 하지만 귀하가 정말 전륜궁의 사람이라면 나는 귀하에게서 본 방의 형제들이 흘린 핏값을 받아낼 것이오."

고전은 말을 하며 눈썹을 파르르 떨었다.

군웅들은 그가 얼마나 분개해 있는지를 옆에서 보며 마음이 무거워지는 것을 느꼈다. 개중에서도 경험이 많은 노강호들은 그의 말에서 피 냄새가 난다는 것까지 느꼈다.

'설혹 저자가 전륜궁과 아무런 상관이 없다 하더라도 저 이야기는

개방이 전륜궁에 정면으로 선전포고를 하는 것이나 다름없구나.'

한상욱과 고전이 피워내는 무형지기는 더욱 가공할 만한 것이 되어 바로 옆에 있는 사람들은 금세라도 질식해 죽을 것 같은 위압감 속에서 간신히 앉아 있었다.

"……."

한상욱은 고전의 말에는 아무런 대답도 하지 않았다. 그저 고개를 가로 저을 뿐이었다.

일공의 목소리가 다시 들려왔다.

"고 방주께 잠시 빈승의 이야기가 끝나기를 기다려 달라는 청을 드립니다. 아직 한 시주께 더 여쭐 것이 남았습니다."

고전은 고개를 돌려 일공을 쏘아보았다.

그의 시선을 정면으로 받은 일공은 잠시 움찔한 듯하였지만 이내 평정을 회복하고 말을 계속했다.

"동의해 주시니 감사합니다, 고 방주."

어물쩍 넘어가는 것이 능구렁이 같았다.

연진우는 그의 행동거지가 지극히 자연스러운 것을 보고 의문을 품었다.

'저자의 행동은 내가 소녀에게서 배운 무공을 사용하기만을 기다렸다는 듯 자연스럽다. 사부님과도 가히 사이가 좋은 편은 아닌 듯하고……. 저자의 속내가 무엇이란 말인가?'

8. 뒤틀리는 운명

손님들이 모두 떠났음에도 불구하고 황산은 여전히 부산스럽다.

신창문의 제자들과 개파대연을 위해 잠시 고용하였던 일꾼들은 바쁘게 움직이며 웅성거리고 있었다. 날씨가 더워서인지 상의를 벗고 일하는 사람들이 많았다. 드러난 가슴과 얼굴은 땀으로 번들거린다.

바람은 남자들의 땀 냄새를 가져가 모두에게 골고루 나눠 주고 있다.

우람한 근육을 드러낸 채 물건을 나르던 심승지의 콧속으로 바람이 날라주는 텁텁한 냄새가 흘러들어 왔다.

심승지는 잠시 짐을 내려놓고 허리를 폈다.

사부와 대사형이 한상욱 사제를 배웅하는 모습이 보인다.

네 사람을 잠시 바라본 그는 눈을 감고 양팔을 벌렸다.

비록 냄새가 섞여 있기는 하지만 온몸에 흐르는 땀을 식혀줄 고마운

바람에 잠시 몸을 맡겼다. 자신이 바람의 냄새를 더욱 텁텁하게 만들고 있다는 것은 전혀 생각도 하지 못한 채……

"잘 먹고 잘 놀다 가오."

"며칠 더 쉬어가지 않고 왜 이리 급하게 가나?"

유무용은 친히 제자들을 이끌고 한상욱과 연진우를 배웅하러 나왔다.

"노사께서 혼자 계셔서 안 되오. 잘 아시면서……."

"하하하, 이거야 원, 시집살이하는 며느리도 아니고……."

"그러게 말이우."

딴에는 한상욱의 어두운 인상을 밝게 해보려고 한 것이었는데 아무 소용이 없었나 보다. 한상욱은 여전히 무뚝뚝했다.

"할 수 없지. 살펴가게. 그리고 진우야!"

유무용은 고개를 가로저으며 연진우를 불렀다.

"예."

"공동파의 함차를 상대하던 네 무공이 놀랍더구나. 나이에 어울리지 않는 성취를 이미 얻었지만 더욱더 정진하여 무림을 떠받들 기둥이 되어다오."

"예, 장문인."

대답은 잘했지만 귀밑까지 붉어진 것을 감추지는 못했다.

"이제 가시면 언제 또 뵈올지 참 아쉽습니다, 사범님."

"뭐, 나야 촌구석의 무부(武夫)이니 다시 강호에 나올 일이 자주 있겠냐. 그저 한번씩 네가 찾아주고 또 한시 바삐 진우가 강호에 출도해야지."

홍염의 말에 대답한 한상욱은 말에 올라타면서 말을 이었다.

"인사하다가 시간 다 보내겠수. 말[馬] 고맙소."

"이 정도를 가지고 뭘 그러나. 참, 그걸 잊을 뻔했군."

유무용이 눈짓하자 홍염은 품 안에서 목갑을 꺼냈다.

"그것은……."

한상욱의 눈꼬리가 말려 올라간다.

연진우도 익히 보아 알고 있는 물건이었다.

"자네 줄 것이 아니니 신경 쓰지 말게."

유무용은 홍염에게서 목갑을 받아 연진우에게 주었다.

"아, 저……."

목갑을 받은 연진우는 어쩔 줄 몰라 했다.

유무용이 준 것은 한상욱이 형량보를 대신하여 돌려주었던 칠채보원주(七彩補元珠)였다.

유무용과 한상욱 사이에서 어쩔 줄 몰라 눈치만 보고 있는 연진우를 보고 홍염이 미소 지었다.

한상욱은 콧방귀를 뀌면서 한마디를 내뱉었다.

"나는 노사의 명을 이행했으니 됐다. 유 선배가 네게 주는 물건은 나와는 아무 상관이 없다. 이럇!"

말을 마치자마자 말을 달리는 한상욱.

멍하니 한상욱의 뒷모습을 바라보던 연진우도 대강 목례하고는 엉거주춤한 자세로 말에 올라타 그 뒤를 따랐다.

"사부님!"

연진우는 당혹스러워하고 있었다.

물론 말을 승용물(乘用物)로 사용하는 것을 몰랐던 바는 아니었다. 하지만 지금껏 스스로 걷고 달리는 것에 익숙해 있었고 단 한 번도 말을 탈 것이라는 생각을 해본 적이 없었다.

"이 녀석아, 뭘 그렇게 허둥지둥대? 그냥 땅 위에 있다고 생각해!"

"하지만 한 발짝을 내디딜 때마다 이리 흔들리니 어떻게 땅 위라 생각하겠습니까?"

연진우가 볼멘소리로 대꾸하자 한상욱은 고삐를 잡아당겨 자신이 탄 말이 연진우의 뒤를 따르도록 했다.

짝!

한상욱의 손바닥과 말의 엉덩이.

비교해 볼 것도 없는 승부였다. 연진우가 탄 말은 미친 듯이 달리기 시작했다.

"으악! 사부님!"

"시끄러, 이놈아!"

한상욱은 벌레 씹은 얼굴로 크게 소리 지르며 연진우를 따라갔다.

*   *   *

고전이 뒤로 한 발짝 물러서자 다시 일공이 나섰다.

"어째서 한 시주의 제자가 전륜궁의 무공을 사용하는지 알려주실 수 있겠소?"

맨 처음 한상욱을 채근할 때와는 달리 일공의 표정과 말투는 무척 유들유들했다.

"그랬군. 어쩐지 이상했어. 그렇지 않고서야 어찌 내가 그렇게……."

그제야 정신을 차린 함차가 뒤늦게 대화에 끼어들어 보려 했지만 그를 주목하는 사람은 아무도 없었다.

함진은 조용히 그의 옷소매를 붙잡고 눈짓을 했다. 일의 경과를 더 살핀 후에 나서도 늦지 않다는 뜻이었다.

한편 한상욱은 안절부절못하는 연진우를 뒤로하고는 오히려 빙그레 웃었다.

"대답은 이미 대사께서 하지 않았소?"

"……?"

일공은 물론이고 바로 옆에 있던 연진우와 고전도 입만 딱 벌린 채 아무 말도 하지 못했다. 도무지 한상욱의 이야기를 이해할 수 없었던 것이다.

"내, 내가 언제?"

능구렁이 같던 일공도 당황하였는지 말을 더듬었다.

한상욱의 얼굴에 걸린 미소가 짙어졌다.

"대사께서도 아시다시피 소생은 전륜궁에 대하여 아는 것이 조금 있는 사람이오. 그런데……."

한상욱은 함차를 흘깃 바라보았다.

"그깟 천박한 무공 몇 수를 보고 흉내 내는 것이 뭐 그렇게 어렵겠소? 제자에게 심심파적 삼아 가르쳐 준 것이 이런 오해를 불러일으키게 되었구려."

함차의 얼굴이 시뻘게졌다.

좌우에 서 있는 사형들이 아니었다면 이런 모욕을 받고 가만히 있을 함차가 절대 아니었다.

꼼짝도 하지 못하고 얼굴만 붉히고 서 있는 함차.

일전에 한상욱 사제에게 무례히 굴었던 대가를 지금 톡톡히 치르고 있는 셈이다.

"그렇지만 시주께서 어떻게……."

"제가 그 무공을 알게 된 경위를 묻고 싶으신 것입니까?"

한상욱은 한 걸음 앞으로 나섰다.

"그렇다면 대사께서는 어떻게 그 무공을 알고 계신 것입니까?"

"그, 그거야……."

일공은 선뜻 대답하지 못하고 말을 얼버무렸다.

"호호호호!"

갑자기 들려온 낭랑한 웃음소리!

사람들은 일제히 웃음소리가 난 곳을 바라보았다.

객청의 문으로 화사한 녹의를 입은 소녀가 사뿐사뿐 걸어 들어오고 있었다. 웃음소리는 바로 그녀의 입에서 나온 것이었다.

연진우의 눈이 커졌다.

바로 오늘 아침의 그 소녀였다.

"소저는 누구시오?"

유무용은 불쾌감을 감추지 않았다. 개파대연은 점점 이상한 곳으로 흘러가는 것 같았다. 그는 상당히 기분이 좋지 않은 듯 짤막한 말로 소녀의 신분을 캐물었다.

"내가 누구인지는 저기 서 있는 저 화상에게 물어보는 것이 더 빠를 거예요."

그녀는 손가락을 들어 일공을 지적했다. 그러면서도 그녀의 얼굴에는 웃음이 가시지 않았다.

"……."

연진우는 그녀를 멍하니 바라보았다.

녹의소녀는 연진우를 보더니 한쪽 눈을 찡긋하며 이빨을 드러내고 미소 지었다. 가지런한 치아가 빛을 받아 반짝였다.

여지껏 한상욱을 몰아붙이다가 갑자기 난관에 빠지는 듯했던 일공의 얼굴은 더욱 곤혹스럽게 변했다.

그는 소녀와 한상욱을 번갈아 보며 입을 열려 했다.

그러나 그보다 먼저 입을 연 사람이 있었다.

바로 운룡신개 고전이었다.

"감히 어른들이 이야기하는 데 끼어들다니, 너는 누구냐?"

"호호호, 아무리 어른이라고 하더라도 요사스러운 술수로 다른 사람을 함정에 빠뜨리려 하는 것을 두고만 볼 수는 없지요."

사람들은 녹의소녀의 이야기에 더욱 혼란스러워했다.

요사스러운 술수로 사람을 함정에 빠뜨린다?

장내의 정황을 살펴본다면 소녀가 말하는 사람은 일공인 것 같았다. 하지만 정작 일공은 소녀의 말에 아무런 대꾸를 하지 않고 있었다. 아니, 오히려 소녀의 눈을 피하려는 듯했다.

"소저의 방명(芳名)이 어떻게 되는지 물어보아도 좋겠소?"

유무용이 자리에서 일어섰다.

고전도 잔치의 주인이 나서자 더 이상 얼굴에 핏대를 세울 수는 없는지 다시 한 걸음 뒤로 물러섰다.

"인사가 늦었군요, 유무용 대협. 신창문의 개파를 축하드려요."

녹의소녀는 양손을 모으고 무릎을 살짝 구부려 예를 표시했다.

인사를 받은 유무용은 다시 그녀의 이름을 물어보았다.

"감사하오. 하지만 소저는 아직 이 유 모의 질문에 답해주시지 않았는데……."

"죄송해요. 소녀에게 피치 못할 사정이 있어서 아직 이름을 밝힐 수는 없군요. 하지만 소림사의 일공 대사께서 제 이름을 알고 있으니 나중에 그분에게 물어보시면 될 거예요."

사람들의 시선은 화사한 소녀의 얼굴에서 일공이 있던 곳으로 옮겨 갔다. 하지만 그곳에는…….

"……."

유무용은 눈살을 찌푸렸다.

"대사, 일공 대사는 어디로 가셨습니까?"

혜철 대사는 고개를 흔들며 불호를 외웠다. 모른다는 것인지 대답하기 싫다는 것인지 알 수 없었지만 그의 신분 때문에 억지로 캐물을 수도 없는 노릇이었다.

유무용은 인상을 더욱 찡그리며 혜철 대사의 옆에 앉아 있던 우봉 도장을 바라보았다.

시선을 받은 우봉 도장은 천천히 말했다.

"저 여 시주가 나타났을 때부터 얼굴색이 변하더니 조금 전에 어디론가 사라져 버렸소."

"사라지다니요, 도장? 어디로 갔단 말입니까?"

성질 급한 고전이 다시 나서서 목청을 높였다. 하지만 이번에는 우봉 도장도 고개를 좌우로 흔들었다.

"빈도도 그의 움직임을 주시하고 있었지만 잠시 저 소녀를 본 사이에 사라지고 없었소."

분명히 조금 전까지 있던 일공이 온데간데없이 사라져 버렸다. 장내에 모인 수많은 고수들 중에서 그의 모습을 본 사람은 아무도 없었다.

고전이 답답한 표정으로 소녀를 불렀다.

하지만 이미 소녀도 사라지고 없었다.

*　　　*　　　*

개파대연은 엉망으로 끝났다.

시비를 걸던 일공이 먼저 사라지고 그를 대적하는 듯하던 녹의소녀도 사라져 버리면서 분위기가 흐지부지되어 사람들은 그대로 흩어져 버렸다.

한상욱은 한상욱대로 말이 없었다.

황산을 내려온 이후로 쭉 저 모양이다.

연진우가 뭐라고 이야기를 하려 해도 듣지 않고 앞만 보며 말을 달렸다.

땅거미가 깔리며 사방이 어스름해진다.

객잔은커녕 오두막 한 채도 보이지 않는 길이 계속되었다. 연진우는 오늘은 아무래도 노숙을 해야 할 것 같다는 생각을 하며 한상욱의 뒤를 따랐다.

조용한 중에 아무 말도 하지 않고 발걸음을 계속하는 두 사람.

한상욱이 고삐를 잡아당겨 말을 멈추게 하였다.

"……?"

연진우는 의아스런 눈빛으로 한상욱을 바라보며 말을 멈춰 세웠다.

번쩍!

눈이 빛난다는 말은 많이 하지만 실제로 사람의 눈에서 횃불처럼 불빛이 나오지는 않는다. 그러나 지금 한상욱의 눈에서는 분명히 빛이 나오는 것처럼 보였다.

"어느 길에 선 친구들이오?"

제자의 의문을 풀어주려는 듯 그는 아무것도 보이지 않는 앞을 향해 소리를 질렀다.

그러자 몇 개의 인영이 천천히 모습을 드러내었다.

"나요."

머리끝부터 발끝까지 누더기를 걸치고 있는 사람들이었다.

얼굴은 때투성이였고 걸치고 있는 헝겊 쪼가리도 닳아 빠져서 시커먼 속살이 언뜻언뜻 보였다.

지나가는 사람을 아무나 붙들고 저 사람들이 뭐로 보이냐고 물어보라. 아마 당신을 이상한 눈빛으로 바라보며 한마디 던지고 갈 것이다.

"거지!"

눈앞에 나타난 네 사람의 거지 중에 선두에 선 사람은 연진우도 아는 사람이었다. 황산에서 전륜궁에 대한 강한 적개심을 보인 바 있었던 사람이다.

"무슨 말씀을 하시려고 우리 사제의 길을 막으신 거요?"

한상욱은 말에서 내리지 않고 아래를 내려다보며 당당하게 말했다. 일방의 방주를 말 위에서 상대한다는 것이 예의에 어긋나는 행동이라는 것을 알면서도 전혀 개의치 않는 듯했다.

고전의 뒤에 서 있던 거지 셋이 뭐라고 말을 하며 앞으로 나서려고 했다. 하지만 그들은 고전의 손짓에 움직임을 멈추고 가만히 서 있었다.

고전이 입을 열었다.

“무례한 행동인 줄 알고도 이렇게 불쑥 나타나게 되었소. 본래 우리 거지들이 그런 것을 잘 모르는지라.”

한상욱의 눈은 고전을 보지 않고 있었다. 하지만 듣든 말든 이야기는 계속되었다.

“황산에서 갑자기 나타난 그 계집 때문에 흐지부지되어 버렸지만 이 거지는 반드시 알아야겠소. 저기 저 소협이 쓴 무공이 전륜궁의 무공이 맞다면 한 대협은 반드시 우리 거지들과 함께 이야기를 해야 하오.”

한상욱의 눈꼬리가 말려 올라간다.

손을 들어 코를 잠시 만진 그는 차갑운 눈빛으로 고전과 다른 세 거지들을 쓰윽 훑어보며 짧게 말했다.

“할 말이 없다면?”

차가운 눈은 어느새 경멸의 눈으로 변했다. 더 이상 거지들을 상대로 시간을 지체하고 싶지 않다는 의지가 느껴졌다. 고전을 도발하려는 의도가 다분하였다.

두 사람 사이에 팽팽한 긴장감이 감돌았다.

타고난 천성이 그런 것인지 거지라는 신분이 그렇게 만든 것인지는 몰라도 먼저 흥분한 사람은 고전이었다.

“결국 주먹으로 해결을 봐야겠군.”

지금껏 침묵하고 있던 세 사람의 거지가 움직였다.

말 위에 있는 두 사람을 세 방향에서 포위했다.

“부하들로는 어려울 텐데?”

고전은 한상욱의 비아냥거리는 소리를 무시하며 손마디를 꺾었다.

뚜둑— 뚝—

개방 패거리 셋은 길이가 삼 척(三尺:약 1m)쯤 되는 박달나무 몽둥이를 치켜들었다.

"말에서 내려라."

간만에 사부가 말하는 것을 들었다. 하지만 상황이 상황인지라 연진우도 무표정한 얼굴을 유지하며 천천히 말에서 내렸다.

"자신있나 보지?"

한상욱도 말 아래로 내려오며 고전에게 말했다.

손마디 꺾는 것을 마친 고전은 빙그레 웃으며 그의 이야기에 답했다.

"나는 당신, 본 방의 방도들은 당신의 제자."

"호호……."

이야기를 듣자마자 웃음을 흘리는 한상욱이다. 그는 실실거리며 손짓을 해서 연진우를 불렀다.

"단숨에 해결해야 된다. 섬자결(閃字訣)과 벽자결(劈字訣)로 전력을 기울인 선제 공격으로 셋을 동시에 제압해라."

연진우는 고개를 돌려 삼 인의 거지를 보았다.

남루한 의복에 지저분한 몰골이기는 했지만 눈빛이 달랐다.

거지 특유의 탁한 눈빛이 아닌 정기가 단단히 갈무리된 맑은 눈빛이었다.

'쉽지 않겠는걸.'

내심 한숨을 쉬었지만 피해 갈 수 없는 길이었다.

"타앗!"

경쾌한 기합 소리와 함께 삼 인의 합격이 시작되었다. 시작부터 한상욱의 이야기대로 하지 못해 버렸다.

박달나무 몽둥이는 교묘한 배합을 이루며 빠르게 연진우를 짓쳐들었다.

"합!"

사뿐히 허공으로 몸을 띄운 연진우는 긴장한 표정으로 삼 인의 공격을 상대했다.

그들의 공격은 매서웠다. 금방 피했다고 생각했던 몽둥이가 어느새 휘돌아 그의 몸을 때리고 다른 몽둥이는 면전에 이르고 있었다. 개방의 명성에 걸맞는 훌륭한 솜씨였다.

'대단하군.'

연진우는 당황한 기색을 보이지 않으려 노력하며 그들의 공격권에서 간신히 벗어났다.

하지만 어느 사이에 그들의 기도(氣度)가 달라져 있었다.

조금 전까지는 그저 박달나무 몽둥이를 능숙하게 휘두르는 보통 무사의 기도였다. 하지만 지금 그들이 보여주고 있는 기도는 좀 전의 그것과 차원이 달랐다. 피나는 수련을 거치고 칼날 위를 계속 걸어온 사람들만이 보여줄 수 있는 고수의 기도가 풍겼다.

연진우는 덜컥 겁이 났다.

사부가 시킨 대로 초장에 기선을 제압해 세 사람을 꺾었더라면 이런 느낌을 받지도 않았을 것이나 후회하기엔 너무 늦었다. 저편에 서 있는 한상욱과 고전은 꼼짝도 않고 서서 서로를 노려보고만 있었다. 도저히 무슨 도움을 바랄 수 있는 상황이 아니었다.

'대체 그 소녀의 정체가 무엇이길래……'

연진우는 곤혹스러운 얼굴로 거지들을 쳐다보았다. 황산 아래에서 공동삼협을 만난 이후로 뭐 하나 속 시원히 풀리는 일이 없었다. 가만히 있는 사람에게 시비를 걸어오는 공동파의 세 떨거지들, 다짜고짜 비무를 신청해 오는 소년, 다시 만난 공동파의 도사 같지 않은 도사, 몸서리쳐지는 기세의 소유자 노광과의 대결, 녹의소녀에게 겪은 어처구니없는 낭패……. 지금 이들이 이렇게 시비를 걸어오고 있는 것도 그 녹의소녀에게서 배운 무공의 출처를 알려고 하는 것이었다.

하지만 정작 제자 때문에 낭패를 겪은 한상욱은 아무것도 물어보지 않았다. 그 비슷한 무공을 가르친 적도 없건만 그에 대해서는 아무 말도 하지 않고 자기 편이 되어주고 있었다.

'사부님…….'

연진우는 잇몸이 아프도록 이빨을 악물었다. 죽든 살든 한번 덤벼보자는 투지가 샘솟았다.

휘익—

땅을 박차고 튀어나간 연진우의 신형은 순식간에 자신을 공격하던 거지 바로 앞으로 떨어졌다.

그 거지는 헉 하는 헛바람을 삼키며 황망히 몸을 회전시켰다. 그와 동시에 그의 손에 들려 있던 박달나무 몽둥이가 현란하게 움직여 연진우의 주먹을 저지하였다.

그러나 주먹은 허초였다. 연진우는 스스로 앞으로 넘어지며 양손을 땅에 짚고 다리를 쭉 뻗어서 동료를 거들어주려고 뒤에서 몽둥이를 휘두르던 두 거지를 날려 버렸다.

"이놈이……."

비록 완벽하게 격중되지는 못했지만 그의 발에 얻어맞은 둘은 얼마간 뒷걸음질을 쳤다. 바로 그 순간 땅 위에 엎드린 자세로 있던 연진우의 몸이 공중제비를 넘으며 처음에 공격하려 했던 거지의 코앞에 바싹 붙었다.

"윽!"

놀란 거지가 외마디 신음 소리를 내뱉는 순간 연진우의 장(掌)은 그의 아랫배에 정확히 꽂혔다. 거지의 몸이 허공에 붕 뜨는 듯하더니 맥없이 허물어졌다.

뒤늦게 일어선 거지들은 그 상태에서 그대로 내지른 연진우의 돌려차기에 그대로 날아가 버렸다.

"헉헉……."

순식간에 삼 인을 제압한 연진우는 숨을 몰아쉬며 한상욱이 서 있는 방향을 보았다.

어스름한 땅 위에 서 있는 두 사람의 모습이 희뿌옇게 보였다.

연진우는 거친 숨을 내쉬면서도 손을 들어 두 눈을 비볐다.

하지만 둘의 모습은 여전히 희뿌옜다. 느릿느릿하게 움직이는, 하지만 실상은 너무나 빠른 속도로 움직이고 있기 때문에 그렇게 보이는 것이었다.

한없이 그렇게 움직이던 두 사람. 고전의 움직임이 먼저 멈추었다.

"카앗!"

고전의 괴성은 어둠을 가르며 한상욱을 덮쳤다. 새의 부리 같은 모양을 한 손에서 고막을 파열시킬 것 같은 금속성의 마찰음이 들렸다.

그의 공세에 한상욱의 손놀림이 어우러졌다.

연진우가 알고 있는 열네 글자의 요결을 넘어선 절정의 파옥권이 펼쳐지고 있었다.

그들의 싸움을 보고 있는 연진우의 눈에는 마치 그들의 머리 위로 불어오르는 돌풍이 보였다. 아니, 그렇게 느꼈다. 사용하는 무공이나 기길이 비슷비슷하여 강하고 급한 초식이 서로 간에 오가면서 생기는 기의 파장을 느낀 것이다.

손에 땀이 고인다. 보고만 있어도 양손에는 이미 땀이 흥건하다. 연진우의 얼굴이 붉게 달아올랐다. 보고만 있어도 흥분되고 공력이 끌어올려진다.

"캬아앗!"

고전은 목이 터져라 기합을 지르며 한상욱의 주먹을 받아쳤다. 주먹과 주먹이 부딪쳤다고는 생각하기 어려운 소리가 터져 나왔지만 두 사람의 손은 전혀 멈출 줄 몰랐다.

묵직한 충돌음과 함께 한상욱의 상체가 뒤로 절반 이상 젖혀졌다. 순간 고전은 자세를 낮추며 그의 하체를 공격하려 했다.

"아……!"

연진우의 입가로 신음 소리가 새어 나왔다.

자세를 낮춘 고전의 다리가 수십 개로 분열하고 있었다. 개방의 비전각법(秘傳脚法)인 비각칠(飛脚七)이었다.

연진우는 저 무공을 알고 있었다. 물론 연진우에게 무공을 가르친 한상욱도 아는 것은 당연했다. 하지만 고전이 펼치고 있는 각법은 그들이 알고 있던 비각칠의 경지를 뛰어넘는 것이었다.

처음에는 제자리에서 몸을 움직이며 방어만 하기에도 급급한 한상욱이었다. 고전의 비각칠은 한상욱을 집요하게 따라붙었다.

"이얍!"

한상욱의 기합 소리가 허공에 울려 퍼졌다.

두 사람은 일 장(一丈:약 3.3m) 정도 떨어져서 서로를 바라보고 있었다.

"……"

걱정스러운 눈빛으로 사부를 살펴보는 연진우. 어둠 속에 보이는 한상욱의 입가에 가느다란 핏줄기가 맺혀 있다. 하지만 고전 역시 한 가닥의 핏줄기를 매달고 있었다.

"좋은 솜씨군."

짤막하게 말을 마친 고전은 한상욱을 바라보며 한마디 더했다.

"다음에 다시 한 번 겨뤄봤으면 좋겠어."

"얼마든지."

한상욱도 짤막하게 대답했다.

고전은 웃음이라고 보기 어려운 기괴한 표정을 지으며 누런 이빨을 씨익 드러내었다. 그리고는 저편에 뒹굴고 있는 거지들을 그대로 내버려 둔 채 성큼성큼 걸어가기 시작했다. 그의 모습은 금세 어둠 속에 묻혀 버리고 말았다.

"우욱!"

사라져 가는 고전의 뒷모습을 바라보던 한상욱이 구역질을 하며 핏덩이를 한 모금 토했다.

"사부님!"

연진우가 걱정스러운 목소리로 한상욱을 불렀지만 그는 손을 내저으며 무표정한 얼굴로 말했다.

"가자."

거지들과 한판을 벌인 날은 조금 떨어진 곳을 잡아서 노숙을 했다. 올 때는 걸어왔지만 가는 지금은 말을 타고 가는 것이라 거리에 따른 시간의 개념이 명확하지 않기 때문에 했던 실수였다.

'날이 곧 저물겠군.'

한상욱이 하늘을 보며 뇌까렸다. 다행히 관도(官道) 옆에는 조그마한 마을이 있었다. 그들은 말을 이끌어 마을로 들어갔다.

마을의 입구에는 낡아빠진 객잔이 하나 있었다. 한상욱 사제는 말에서 내려 말고삐를 단속해 놓고 안으로 들어갔다.

"주인장 계시오?"

텅 빈 객잔… 이라기보다는 보통 집에 가까운 크기의 건물 안은 썰렁한 바람만 가득했다. 한상욱은 다시 한 번 목청을 높여 주인을 불렀다.

"아무도 없소?"

"들어오시우."

그제야 허리가 구부정한 노인 한 사람이 나타났다.

"밥만 먹을 거요, 자고 갈 거요?"

노인은 퉁명스럽게 물었다.

"식사도 좀 하고 오늘밤 하루 묵어갔으면 합니다."

"잠깐만 기다리시우. 손님이 별로 없어서 음식은 우리 내외가 먹는 것과 같은 것뿐이우."

한상욱은 말없이 걱정 말라는 듯한 표정을 지었다. 노인은 그런 그의 얼굴을 보더니 고개를 절레절레 흔들며 주방으로 생각되는 곳에 들어갔다.

고개를 돌려 좌우를 살펴보니 구석에 다리를 쓰지 못하는 것처럼 보이는 노파가 하나 앉아 있었다. 아마 노인의 아내인 모양이다.

한참 동안 주방에서 뭔가 달각거리던 노인은 간단한 음식 몇 가지와 싸구려 차를 내왔다.

저녁 식사를 마친 두 사람은 방으로 들어갔다.

　황산에서 내려온 지 이틀밖에 지나지 않았다. 하지만 연진우는 지쳐 있었다. 아니, 몸은 멀쩡한데 마음이 지쳐 있었다. 차라리 시원하게 두들겨 패고 그 무공을 어디서 훔쳐 배운 것인지를 물어봐 주면 고마울 텐데 한상욱은 계속해서 침묵으로 일관하고 있었다.

　이틀간 한상욱의 목소리를 들은 것은 고전을 만났을 때와 이 객잔에 들 때뿐이었다. 하지만 그 목소리도 연진우에게 말한 것이 아니라 다른 사람에게 하는 것이었다. 비록 한상욱이 그리 다정다감한 사람은 아니었지만 이렇게 대화가 단절된 적은 없었다.

　연진우는 한상욱이 저리 쌀쌀맞게 구는 것에 힘들어하고 있었다. 이미 뇌리 속에서 아버지의 자리를 차지하고 있는 사람이기에 더 힘든 것인지도 모를 일이다.

　"잠이 오지 않냐?"

　연진우가 잠을 이루지 못하고 침상에서 엎치락뒤치락하기를 반복하자 어둠 속에서 들린 목소리가 있었다.

　"……."

　"자둬라. 자세한 이야기는 월아산에 가서 듣도록 하자."

　"……."

　한상욱은 말을 마치자마자 코를 골기 시작했다.

　별것 아닌 이야기였지만 그 이야기를 듣자 마음이 편안해짐을 느끼는 연진우이다. 연진우도 이내 코를 골았다.

　특특— 특—

　이상한 소리가 들린다.

　처음에는 꿈인 줄 알았는데 꿈속에서 들리는 소리가 아니었다.

연진우는 눈을 떴다. 이미 한상욱은 상체를 절반쯤 일으키고 있었다.

"사부……."

말을 미처 끝내기도 전에 멈췄다. 한상욱이 손가락을 자기 입가에 갖다 댄 탓이다.

[따라와라.]

귓가로 파고드는 한상욱의 음성. 전음술(傳音術)이었다. 절정의 내공을 소유한 사람만이 시전이 가능하다는 기술을 한상욱이 자유롭게 구사하고 있는 것이다. 비록 전음술이 존재한다는 것은 알고 있었지만 실재로 경험해 본 것은 이번이 처음인 연진우는 적지 않게 당황하였다.

[빨리 와!]

한상욱은 물감이 천 조각에 스며들듯이 어둠 속으로 자연스럽게 스며들어 방을 나갔다. 뒤에 멍청하게 서 있던 연진우도 조심스럽게 몸을 움직였다.

'아니!'

소리없이 한상욱을 따라간 연진우는 어두운 마당에서 주인 내외가 흑의를 걸친 노인 한 사람과 대치하여 있는 것을 보았다. 앉은뱅이인 줄 알았던 노파는 꼿꼿이 선 자세로 노인과 나란히 있었다.

흑의노인의 기세는 사뭇 대단하였다. 주인 내외와 흑의인의 정체에 의구심이 든 연진우는 한상욱의 얼굴을 바라보았다. 하지만 한상욱의 얼굴은 딱딱하게 굳어 있었다. 요 이틀간 굳어 있던 얼굴은 차라리 부드러운 부처의 미소라고 해도 좋을 정도였다.

"혈기신번(血氣神幡) 강창옥(强昌屋), 천수관음(千手觀音) 길영(吉影), 그동안 잘 숨어 있었다. 이제 내가 하늘을 대신해 천산의 혈채를 받으러 왔다."

"천산이살(天山二殺), 여기까지 찾아오다니……. 하지만 그 비급과 우리는 아무런 관련이 없다."

노인은 흑의인에게 말했다. 하지만 흑의인은 코웃음 치며 노인에게 말했다.

"사파와 정파의 일룡일봉(一龍一鳳)께서 왜 이리 비굴하게 구신단 말인가? 형제들을 도륙하던 과거의 그 기세는 어디로 가고 나 한 사람에게 굽실대는가? 그런다고 내가 당신들을 용서할 것 같은가?"

흑의인의 말에 노인은 불끈하였으나 그를 제지하는 노파의 손길에 분을 억누르고 말했다.

"철조(鐵爪) 구설(具卨), 우리에게는 아무것도 없다. 그리고 네게 목숨을 구걸할 마음도 없다. 무영은편(無影銀鞭)도 없는 마당에 너 혼자서 우리 부부를 죽일 수 있다고 생각하느냐?"

구설은 음산한 미소를 지으며 노인에게 대꾸하였다.

"비록 오늘은 나 혼자라고는 하나 너희들 따위는 전혀 두렵지 않다. 그리고 비급이 있든 없든 간에 우리 형제는 그날의 원한을 잊지 않는다. 지옥에서 기다리고 있을 너희 도당(徒黨)들을 만날 준비나 하거라."

철조 구설이 손을 들어 자세를 취하자 한상욱은 자그마하게 탄식을 하였다.

'저자의 독수공(毒手功)이 완성되었구나. 검은 독기가 말끔히 걷히고 안으로 갈무리된 것을 보니 이미 독수공이 화경(化境)에 이르렀어.'

구설이 공격할 자세를 취하자 노인은 바닥에 눕혀두었던 기다란 것을 세워 들었고 노파는 불문의 관음장(觀音掌)의 자세를 취했다.

연진우가 안력(眼力)을 돋우어보니 노인이 든 물건은 길이가 한 장 가까이 되는 금속 깃대에 붉은색의 기가 매달려 있는 깃발이었다.

"혈천번(血天幡)! 곱게 죽어주지는 않겠다는 말이군."

구설은 아랫입술을 지그시 깨물며 두 사람을 공격했다.

이 대 일의 접전이 벌어졌다. 주인 내외는 처음 한상욱 사제가 객잔에 들어설 때와는 완전히 딴판으로 민첩하게 움직이고 있었다.

계속해서 싸움을 지켜보던 한상욱이 미간을 찌푸렸다.

구설의 조공은 괴이하고 독랄한 줄로만 알았는데 암암리에 무학종사(武學宗師)의 기풍이 느껴지는 것이 정(正)인지 사(邪)인지 구별하기가 용이하지 않았다.

'저자의 무공 내력이 추측하기가 심히 어렵구나. 그리고 저 혈천번은 과거 마도제일 기문병기로 실전된 지가 벌써 백 년이 넘었다고 하였는데……. 관음장은 또 무엇이란 말인가. 멸문당한 혜정사(惠政寺)의 성명절기가 아니었던가. 도대체 저 노부부의 내력은 무엇이며 천산의 혈채란 무엇인가?

천수관음 길영은 오묘한 장법을 구사하였으나 구설이 독수공을 연마한 것을 알아 감히 손을 섞지 못하였다.

구설은 길영은 안중에도 없는 듯 한번씩 손을 들어 그녀를 물리치고는 강창옥의 혈천번에 맞섰다.

강창옥은 혈천번으로 봉술과 곤술, 창술의 오묘한 점을 모조리 구사하였을 뿐 아니라 기를 펼쳐 회전시키는 독특한 무공으로 구설을 몰아쳤으나 구설의 무공이 워낙 괴이하여 결정적인 승기를 잡지 못하였다.

갑자기 구설이 노호를 터뜨리며 날아드는 혈천번을 붙들었다.

그는 무엇으로도 찢을 수 없다던 마도의 신병(神兵) 혈천번의 기를 잡아 찢으며 깃봉으로 강한 내력을 밀어넣었다.

강창옥은 갑자기 밀려든 내공에 혈천번을 떨어뜨릴 뻔하였으나 간신히 놓치지 않고 내력을 주입하려 하였다.

하지만 구설은 이미 혈천번의 끝단을 길영에게로 날려 그녀가 본능적인 움직임으로 그것을 잡은 뒤라 강창옥의 내공 공격은 고스란히 길영에게로 향했다. 강창옥은 화들짝 놀라며 공력을 급히 회수했으나 그 공력이 자신의 내장을 격타하여 한 모금의 피를 토하였다.

"사도일룡(邪道一龍)의 꼴이 우습게 되었구나. 아내를 구하려고 자기를 희생하다니……."

구설의 비웃음에 분노한 강창옥과 길영은 동시에 달려들어 손을 썼으나 구설은 여유있게 피하며 말했다.

"혈류기(血流旗)가 찢어진 혈천번으로 무슨 혈기신번(血氣神幡)의 신위를 떨치려 하는가."

구설이 말을 하는 동시에 강창옥의 결분혈(缺盆穴)을 공격하자 강창옥은 다급히 한 걸음 후퇴하였다. 하지만 구설은 껄껄 웃으며 초식을 변화시켜 길영의 천정혈(天鼎穴)을 움켜잡았다.

"이번에는 실패하였구만. 한 몸 보전하려 아내를 내어주었으니……. 움직이지 마라. 한 발짝이라도 움직이면 공력을 운기하여 칠보단장(七步斷腸)의 독을 이년의 혈맥에 밀어넣을 것이야."

강창옥과 길영의 얼굴에는 절망이 가득하였다.

'끝장이다. 저놈에게 붙잡힌 이상 우리 부부가 명을 부지하기란 그른 일이다. 아무리 시키는 대로 하더라도 놈이 우리를 살려둘 리가 만무하다. 어차피 죽을 바에는…….'

강창옥은 굳은 결의를 하고 길영을 바라보았다. 길영도 강창옥을 보며 고개를 끄덕였다.

강창옥이 혈천번을 다시 움켜잡자 구설은 그럴 줄 알았다며 말했다.

"역시 독하지 않으면 장부가 아니라더니 너는 진정 장부로구나. 아내를 주어 목숨을 부지하더니 이제는 그 목숨을 담보로 건곤일척(乾坤一擲)의 승부를 내려는 것이냐?"

구설은 강창옥을 모욕하였지만 이미 모든 것을 포기한 그는 길영이 죽는 한이 있더라도 구설을 죽이고 아내의 뒤를 따라 함께 죽을 각오를 하였다.

'여보, 미안하오.'

혈천번을 휘둘러 구설을 공격하는 강창옥의 눈가에는 한 방울의 이슬이 맺혔다.

구설은 자신을 향한 공세가 몹시 사나워 얼굴을 찡그리며 길영을 방패로 삼았다. 하지만 강창옥은 공세를 늦추지 않았다. 혈천번은 길영과 구설을 함께 꿰뚫을 기세로 나아갔다.

연진우는 한상욱을 보았다. 하지만 한상욱은 꼼짝도 하지 않고 그 싸움을 보고만 있었다.

"사부님……."

작은 목소리로 그를 불렀지만 한상욱은 미동도 하지 않았다.

"저대로 내버려 두실 것입니까?"

별안간 강창옥의 공격이 멈추었다.

"누구요? 적이요, 친구요?"

강창옥의 얼굴에는 혹시나 하는 기대감이 떠올라 있었다. 아내를 희생시킨다 해도 구설을 처치할 수 있다는 자신이 없었다.

구설 또한 길영을 잡고 있으면서 조심스럽게 주위를 둘러보았다. 강

창옥과 마찬가지로 먼저 적아(敵我)를 구분한 후에 행동을 계속해도 늦
지 않은 것이다.

“제기랄…….”

한상욱이 욕지기를 하며 앞으로 나섰다. 물론 그의 뒤에는 연진우가
따랐다.

“너는…….”

구설의 눈살이 찌푸려졌다. 한상욱을 알고 있는 눈치였다.

“오래간만이오.”

억지로 웃어 보이는 한상욱.

강창옥과 길영, 그리고 연진우는 어리둥절한 표정을 지었다.

9. 달려라!

"……."

가뜩이나 냉막한 인상이 더욱 좋지 않았다.

아주 못 볼 것을 본 듯 구설의 얼굴은 이렇게 일그러졌다가 저렇게 일그러졌다가를 반복했다.

"분명히 어디서 본 적은 있는데… 넌 누구냐?"

한상욱을 보며 오만상을 찌푸리고 있던 구설이 참다못해 입을 열었다.

"이거 섭섭한걸. 당신들 덕분에 죽을 뻔한 사람을 기억하지 못하다니 말이야."

"흥! 노부에게 죽어 자빠진 녀석이 어디 한둘인 줄 아느냐? 죽이는 데 실패한 녀석까지 어떻게 기억하란 말이냐?"

구설은 콧방귀를 뀌면서도 손을 서서히 움직였다. 붉게 충혈된 그의 눈에는 살기가 스멀스멀 풍기고 있었다.

"이제야 기억이 났다. 네놈은 낙양에서 빙가 계집애와 같이 달아났던 녀석이 아니냐?"

"……."

한상욱은 삐딱한 자세로 서서 그의 말을 긍정도 부정도 하지 않고 있었다.

양손을 번갈아 꼬물락거리며 한상욱에게 한 걸음씩 다가오는 구설.

그가 다가오든 말든 꼼짝도 않고 있는 한상욱.

그들 옆에는 일이 어떻게 돌아가는 것인지 정신이 없는 강창옥 내외와 연진우가 긴장된 눈을 하고 있었다.

"흐음… 그래, 네놈도 이 연놈들과 한패거리였군. 빙가의 여식과 함께 달아났던 녀석이니 충분히 그럴 수도 있겠어."

너무 가까이 오다 보니 한상욱 옆에 있는 연진우도 구설의 얼굴을 볼 수 있었다. 주름 가득한 피부로 덮인 얼굴에는 가늘게 찢어진 눈이 자리 잡고 있었다. 바늘 끝에 핏방울을 찍어 촘촘하게 찍어 넣은 듯한 인상이 드는 붉은 눈알을 가진 노인이었다.

구설이 이빨을 드러내며 씨익 웃었다. 쥐 이빨처럼 작았지만 촘촘하고 질서있게 박혀 있었다.

연진우는 코앞에까지 다가가서 말하는 구설이나 그가 바로 앞까지 다가오도록 방치해 두는 한상욱 둘 모두를 이해할 수 없었다. 고수들 간의 싸움에서는 단 한 치의 거리를 줄이는 것으로도 생사가 엇갈릴 수 있는 것인데 한상욱은 지나치게 많은 거리를 허용한 것이다.

"빙가 계집은 어디로 갔나?"

"글쎄……."

음산한 어조로 질문을 던지는 그는 섬뜩한 살기로 충만한 붉은 눈알을 부라리며 기괴한 미소를 짓고 있다.

한상욱은 말끝을 흐리며 그를 똑바로 바라보았다.

"많이 컸군. 아무것도 모르던 천둥벌거숭이가 이 정도의 기세를 가지게 되다니… 누구 밑에서 배웠나?"

"당신 사부!"

구설의 눈빛이 흔들렸다. 상대는 지금 자신을 도발하고 있는 것이다. 스치기만 해도 치명적인 독수공을 연마한 자신에게, 그것도 코가 맞닿을 만큼 가까운 거리에서 말이다.

"흐흐흐……."

독기(毒氣)를 품은 손가락이 한상욱의 어깨에 얹혔다. 놀란 연진우가 외마디 비명을 질렀지만 정작 당사자는 아무렇지도 않은 듯 가만히 있었다.

구설의 얼굴에서 미소가 사라졌다. 붉은 눈알은 피가 뚝뚝 떨어질 것같이 짙은 색으로 번들거렸다.

"내가 조금만 내공을 일으키면 너는 죽는다."

"알고 있소."

"질문에 대답해라."

"질문해 보시오."

살기가 더욱 짙어졌다. 옆에 있는 연진우가 떨릴 정도이다.

"우선 첫 번째 질문, 저 연놈들과 너는 어떤 관계냐?"

한상욱의 미간이 찌푸려졌다.

"평범한 관계요."

"평범해?"

“흔하디흔한 객잔의 주인과 흔해 빠진 여행객의 관계요.”

구설의 강철 같은 손가락이 조금씩 오그라들었다. 연진우는 주먹을 불끈 거머쥐었다.

“똑바로 말해라.”

“지금 똑바로 보면서 말하고 있지 않소. 이 이상 어떻게 똑바로 하란 말이오?”

“이놈…….”

한상욱의 어깨 위에 얹힌 오른손이 팔뚝 쪽에서부터 시작해 점점 검은빛으로 물들었다. 보지 못한 것인지 보고도 못 본 척하는 것인지 여전히 한상욱은 그에 대해서는 아무 반응도 보이지 않았다.

“빙가 계집은 어디로 갔나?”

질문을 바꾼 구설의 자잘한 이빨이 어둠 속에서 반짝거렸다. 그러나 그는 답변에 지나치게 불성실한 사람을 고른 것 같다.

“빙씨 여인이라, 분명히 그런 사람을 만난 적이 있기는 한데 워낙 오래되어 잘 모르겠소. 아직 연락이 된다면 벌써 면총각했을 텐데…….”

“이놈이!”

손끝에 이르기 직전이던 검은 기운이 갑자기 더욱 짙어지기 시작했다. 시꺼멓게 변한 반대편 손도 한상욱의 머리 쪽을 향하고 있었다.

“탓!”

짤막한 기합 소리. 어느새 구설은 저만치 퉁겨져 나가 믿을 수 없다는 표정을 짓고 있었다. 하지만 이내 짓쳐 들어오는 한상욱의 공격을 상대하느라 그런 표정도 잠시 동안밖에 지을 수 없었다.

자기가 어떻게 뒤로 물러나게 되었는지를 모르는 구설과는 달리 바로 옆에 있던 연진우는 그 과정을 하나하나 볼 수 있었다.

구설의 독수가 한상욱에게 막 닿으려는 순간 한상욱의 하체가 먼저 움직였다. 아니, 정확하게 말하자면 땅 위에 딛고 있던 양발이 먼저 움직였다. 반 보 정도 앞으로 나와 있던 왼발이 앞꿈치를 축으로 회전했고 오른발이 이어서 움직였다. 발의 움직임은 자연스럽게 종아리와 무릎, 허벅지와 골반을 거쳐 허리로 전달되었고 양발에서 시작된 작은 회전은 구설을 퉁겨낼 만큼 강한 힘이 되어 한상욱의 상체를 움직인 것이다.

"이놈!"

하지만 백전노장이라는 말은 괜한 것이 아니었다.

잠시 당황한 모습을 보여주었던 구설은 이내 평정을 회복하고 한상욱의 공격에 맞서 싸웠다.

그는 한상욱의 중후한 초식에 날카롭고 독랄스런 초식으로 맞섰다.

그러자 한상욱은 순식간에 초식의 운용 방법을 바꾸었다. 일 권 일 권에 무게가 실린 권법에서 무당파의 태극권처럼 부드럽고 유연한 무공으로 전환한 것이다.

파옥권은 일흔두 개의 초식으로 이루어져 있다. 동시에 파옥권은 구(构), 루(摟), 조(刁), 나(挪), 채(採), 붕(崩), 벽(劈), 괘(掛), 점(粘), 고(靠), 점(粘), 섬(閃), 등(騰), 진(進)의 열네 가지 자결(字訣)을 포함하고 있다(이것은 혼원기공 역시 마찬가지이다. 동일한 뿌리를 가지고 있기 때문이다). 즉, 파옥권의 초식을 충실히 익히고 열네 가지 자결을 완벽하게 이해한다면 일천팔 개의 초식을 구사할 수 있다는 말이 된다. 물론 이것은 단순한 숫자 놀음에 지나지 않는다. 그 정도의 경지에 이른다면 초식의 구분이 사실상 무의미해지기 때문이다.

한상욱이 구사하는 파옥권은 그 자결의 틀까지 벗어버리기 직전의 것이다. 뜻이 가는 대로 몸이 가는 경지에 올라 있기에 독기 서린 구설의 공격을 유연한 몸놀림으로 받아넘기며 반격할 수 있었다.

그들은 약속이나 한 듯 촘촘하게 공방(攻防)을 교환하고 있었다.

약간의 실수만 있어도 생명이 날아가 버릴 만큼 격렬한 대결이었지만 워낙 공수의 연결이 매끄럽고 딱딱 들어맞아 미리 연습이라도 한 것 같았다. 강창옥 내외도 옆에서 보기만 할 뿐 감히 끼어들 수 없었다.

연진우는 두 사람의 싸움을 넋 놓고 바라보았다. 평생에 한 번 볼까 말까 한 대결을 보고 있는 것이다. 천 마디의 말이나 대련으로도 배울 수 없는 것을 이 한 번의 대련을 통해서 깨닫고 있었다.

[야, 임마!]

그렇게 멍하니 싸움을 보고 있는 연진우의 귓전에 한상욱의 전음이 들려왔다.

[멍청하게 서 있지 말고 어서 피신해. 다른 생각 하지 말고 월아산으로 바로 가.]

한상욱의 명이 떨어졌지만 연진우는 그 자리에 못 박힌 듯 꼼짝도 하지 않았다. 양대 고수의 싸움이 너무 치열해 어떻게 해볼 엄두도 나지 않았지만 그렇다고 사부를 두고 달아날 수도 없었다. 아직 오해도 풀지 못했는데…….

[얼른 가! 니가 떠나면 나도 적당히 이자를 따돌릴 거야. 그러니 얼른 가!]

슈욱―

온 정신을 다해 일 초 일 초를 집중해도 부족할 판에 정신을 분산시켜 전음을 쓰던 한상욱은 간발의 차이로 구설의 공격을 피해냈다. 그의 뺨에는 가느다란 상처가 생겼다.

[어서!]

"끼이야앗!"

마지막 전음을 보낸 한상욱이 괴성을 지르며 구설에게 뛰어들어 갔다.

연진우는 한상욱이 달아날 틈을 만들어주려는 것을 깨닫고 몸을 돌려 달리기 시작했다.

"어딜 가려 하느냐? 절대로 살아서 도망치지 못한다!"

구설은 괴성을 지르며 연진우를 제지하려 하였으나 한상욱의 손이 그를 가로막았다.

"망할 놈……."

그들이 잠시 멈칫하는 틈을 타서 강창옥과 길영이 싸움에 가세했다.

전세는 순식간에 역전되었다. 방금 전까지 한상욱과 대등한 싸움을 펼치던 구설의 손발이 조금씩 어지러워지기 시작했다.

달리던 연진우의 움직임이 둔해졌다. 저자가 쓰러지면 굳이 달아날 필요가 없지 않은가?

휘이익!

멀리서 휘파람 소리가 들려왔다.

휘파람 소리는 점점 가까워졌다.

한상욱이 소리를 버럭 질렀다.

"어서 가라니까, 이 망할 자식아!"

고함 소리에 퍼뜩 정신이 든 연진우는 다시 달렸다. 아니, 달리려 했다. 휘파람 소리와 함께 도착한 흑의인이 길을 막지만 않았으면 벌써 저만치 가고 없었을 것이지만 이미 때는 늦은 것 같았다.

"조금 늦었군."

애꾸눈의 노인이 하나 남은 눈으로 주위를 둘러보았다.

연진우 따위는 안중에도 없는지 그의 눈은 구설과 싸우고 있는 세 사람을 바라보았다.

"쩝!"

입맛을 다신 그는 구설을 향해 다가갔다.

구설과 비슷한 모양의 흑의를 걸치고 있기는 했지만 풍기는 느낌은 사뭇 달랐다. 구설이 칙칙한 핏빛이라면 이자는 회색의 바위와 같은 느낌을 주었다. 그것도 절벽 아래에 뽀족뽀족하게 솟아 있는 칼날 모양의 바위 같은 느낌이 들었다.

그는 손을 허리춤으로 가져갔다.

은빛이 감도는 허리띠가 곱게 매어져 있다.

스륵―

허리띠의 길이는 반 장(약 1.6m)쯤 되었다.

"나중에 성가시지 않으려면 우선 너부터!"

애꾸노인이 연진우에게 다가왔다.

뭐라고 말로 표현할 수 없는 거대한 압박감이 연진우를 짓눌렀다. 달아나야 하는데 꼼짝도 할 수 없었다.

슈슛!

노인의 손끝이 가볍게 떨리자 은빛 나는 허리띠가 어둠 속에서 사라져 버렸다. 아무것도 보이지 않고 아무것도 느껴지지 않았다.

"아앗!"

뭐가 어떻게 되는지도 몰랐던 연진우, 정신을 차려보니 애꾸눈노인은 뒤로 한 걸음 물러나 있고 연진우 앞에는 한상욱이 서 있었다.

“빨리 가라!”

한상욱의 목소리가 이상했다.

싸움을 거듭하느라 숨이 가빠질 만도 했지만 뭔가 달랐다.

“빨리 가라니까!”

고개를 반쯤 돌린 한상욱을 본 연진우의 가슴이 덜컥 내려앉았다.

피부 색이 변해 있었다. 구설의 손톱에 긁힌 뺨의 상처를 중심으로 피부 색이 변해 있었다.

“사부님……”

그는 불러도 대답하지 않고 눈앞의 노인에게 온 정신을 집중했다.

퍼억!

연진우 앞으로 시커먼 것이 툭 하고 떨어졌다.

“소형제, 내 아내도 부탁하오.”

강창옥의 목소리가 들린다.

연진우 앞에 떨어진 것은 길영의 몸뚱어리였다. 홀로 죽을 것을 각오한 강창옥이 구설의 공격을 몸으로 받아내면서 아내를 기절시켜 던진 사정을 연진우가 알 리는 없었지만 일단 그는 길영을 어깨에 들쳐업었다.

“사부님!”

“이야앗!”

한상욱은 애꾸노인에게 달려들었다.

“어서 가오. 천 년… 놈들에게 넘겨주어서는……”

강창옥의 목소리가 등 뒤에서 들려왔다.

뒤편에서 요란한 소리가 계속 들렸지만 억지로 돌아보지 않았다.

한참을 달렸다.

얼마나 시간이 지났을까? 아무리 짧게 잡아도 한 시진 이상은 달린 것 같았다. 그것도 한 사람을 들쳐 업고 말이다.

조그마한 사당을 발견한 연진우는 길영을 바닥에 눕혔다. 미약하게 나마 진기가 흐르고 숨을 쉬고 있는 길영에게 내력을 조금 밀어넣자 천천히 눈을 떴다.

"정신이 드십니까, 할머니?"

길영은 아무 말도 하지 못하고 눈만 껌뻑거렸다. 남편을 찾는 듯한 눈빛이었다.

"할아버지도 곧 오실 것입니다. 제 사부님과 더불어 그들을 상대하느라 뒤에 오신다고 하셨습니다."

연진우는 그렇게 말했지만 길영은 이야기를 듣자 눈을 감고 눈물을 흘렸다. 남편이 그곳에서 살아 있을 확률이 얼마나 희박한지 누구보다 잘 아는 사람이 바로 자기이기 때문이었다.

"젊은이……."

길영의 목소리에는 힘이 없었다. 마치 깨진 유리관 사이로 지나가는 바람 소리 같은 미약하고 알아듣기 힘든 소리였다.

연진우는 억지로 미소 지은 얼굴을 보이며 그녀의 손을 잡았다.

"말씀을 아끼십시오. 지금 원기가 많이 상하셔서 조금이라도 쉬어야 합니다."

길영의 말을 막으려 한 연진우의 시도는 실패로 돌아갔다. 그녀는 고개를 저으며 이야기를 계속했다.

"영감도 이 세상을 떠난 마당에 나 혼자 살아 무엇할까. 우리 늙은 이들 때문에 젊은이와 젊은이의 스승까지 위험에 처하게 된 것이 미안할 뿐이야."

미안하다는 이야기를 하던 길영은 콜록거리며 기침을 했다.

"젊은이, 면목없지만 죽어가는 이 늙은이의 청 하나만 들어주겠소?"

연진우는 말없이 고개를 끄덕였다.

그녀는 흐릿하게 웃으며 바람 새는 소리로 말했다.

"오늘 우리를 찾아온 저들은 사십 년 전에 우리 부부와 더불어 의형제를 맺었던 사람들이라오."

연진우는 놀라는 내색을 하지 않으려 애를 쓰면서 길영의 말을 들었다. 어차피 강호는 배신(背信)과 반목(反目)을 밥 먹듯이 하는 곳이라지 않았던가.

"사십 년 전에 천산(天山)에서 맹세하기를 우리는 한날한시에 태어나지는 못했으나 한날한시에 죽자고 하였지."

그녀의 주름진 얼굴 위에 떠올랐던 흐릿한 웃음은 쓸쓸한 미소로 변해 온 얼굴 위로 번져 간다. 길영의 눈가에는 이슬이 맺혀 있었다.

"이 물건을 소림사의 혜주 상인(慧綢上人)에게 보여주며 내 말을 전해주시오."

길영은 손가락에서 구리 가락지를 빼어 연진우에게 주며 말했다.

"천년의 길은……."

목소리가 너무 작아서 뭐라고 하는 것인지 알아들을 수가 없었다. 연진우는 귀를 그녀의 입가에 가져가며 다시 이야기해 줄 것을 물었다.

길영의 호흡은 점점 가빠졌고 목소리는 더욱 작아졌다. 하지만 이 한마디를 전하지 않고는 죽을 수도 없는 듯 그녀는 마지막 한 모금의 숨을 들이마시고 입을 열었다.

"천 년의 길은……."

그러나 연진우는 끝내 길영의 이야기를 들을 수 없었다.

"흥, 얼마 가지도 못할 것을 왜 그리 도망쳤느냐?"

연진우의 온몸이 얼어붙었다.

천산이살이 이곳에 나타났다. 그것도 둘 다…….

사부님, 사부님은 어떻게 되었단 말인가?

"어린 놈아, 저 할망구가 준 물건을 이리 내놓거라."

구설이 예의 음산한 목소리로 말했다. 그때 어디서 그런 기운이 났는지 길영이 벌떡 일어나 카랑카랑한 목소리로 소리쳤다.

"어림없다. 내가 준 것이 무엇인 줄 알고 달라고 하는 거냐?"

길영의 신형이 화살같이 뿜어져 나갔다.

"반혼대공(返魂大功)! 어지간히도 죽고 싶었던 모양이구나."

애꾸노인은 나지막하게 중얼거리며 구설과 함께 길영을 공격하였다.

그러나 살아서의 마지막 무공을 펼치는 길영은 철조의 독수와 맞부딪치는 것이나 애꾸노인의 허리띠에 상처 입는 것을 개의치 않고 관음장(觀音掌)을 펼쳐 두 사람의 공격에 응수하며 외쳤다.

"어서 가시오, 젊은이. 어서……."

연진우는 계속해서 달아나는 것을 반복하는 자신이 한심스럽게 여겨졌다.

"으아아……!"

달리는 연진우의 입에서는 깊은 울부짖음 같은 고함 소리가 끝없이 터져 나왔다.

목이 마르다.

목이 타서 죽을 것만 같다.

물, 물이 먹고 싶다. 바로 옆에 냇물이 시원한 소리를 내며 흐르고 있건만 잠시 멈춰 물을 먹을 수도 없다.

그는 누군가로부터 도망치고 있는 중이기. 때문이다.

"하……!"

숨을 내뱉었다.

탄식(歎息)이었다.

소리조차 마음껏 지르지 못한 채 달아나는 자신에 대한 무력감에서 오는 탄식이었다.

가슴속에서 치밀어 오르는 무언가가 있었다.

이전 같았다면 무의식 중에 이성이 마비된 채 움직이는 지독스런 생명력으로 덤벼보기라도 했을 텐데 언젠가부터 그것도 되지 않았다. 말로 형용할 수 없는 지독한 분노나 극한의 공포와 만나게 되었을 때 어김없이 치밀어 오르던 살기는 이제 온데간데없다.

무력한 자신에 대한 분노가 온몸을 지배했지만 그는 여전히 달리고 있다. 공포심이 분노보다 우선하고 있었다. 그 공포심 때문에 멈출 수 없었다.

사당을 벗어난 연진우는 멀리 불빛이 보이는 마을과 산으로 향하는 길을 동시에 바라보았다.

그의 발걸음은 길게 생각하지도 않고 산길로 향했다. 아무래도 어린 시절부터 산에서 자란지라 마을보다는 산이 도주하기에 용이할 것 같았다.

한참 동안을 전력으로 달려 산속 깊숙한 곳에 다다른 연진우는 족히 수백 년은 됨 직한 나무를 찾아 위로 올라가서 숨을 돌렸다.

'난 하룻강아지였군. 제길……'

입가로 피가 흐른다. 입술을 너무 세게 깨물어 아랫입술이 터져 버렸다. 입술에서 흘러내린 핏방울은 웅크리고 앉은 그의 허벅지에 뚝뚝 떨어졌다.

어슴푸레한 새벽의 해가 밝아오고 있었다.

연진우는 밤새 달리느라 진기가 면면(綿綿)히 유통되지 않는 것을 느끼고는 긴장을 유지한 채 천천히 운기조식(運氣調息)을 했다.

이윽고 날이 밝았으나 연진우는 나무에서 내려오지 않고 내식(內息)을 조절하며 하루를 보내었다.

그는 다시 땅거미가 지면에 깔리고 멀리 인가에 불이 들어오기 시작하고 나서야 나무에서 내려왔다.

나무 아래로 내려온 연진우의 행동은 무척 조심스러웠다. 이미 주위를 세밀히 살펴보고 내려왔지만 사냥꾼이었던 아버지가 했던 대로 땅 위에 귀를 갖다 대어보고 사람과 짐승의 발자국 소리가 들리는지 주의를 기울였다.

"사부님은 어떻게 되셨을까?"

길영의 부탁을 기억하고나 있는 걸까?

연진우는 길영의 부탁도 부탁이지만 우선은 한상욱을 찾는 것이 급선무라는 생각을 하며 발걸음을 옮겼다.

그는 어둠을 틈타 길을 갔다. 혹시라도 천산이살이 자기를 잡으려고 매복해 있을지도 모를 일이기 때문이었다.

그렇게 한참을 가서 사건이 발생한 객잔에 도착했다.

마당에는 격전의 흔적이 고스란히 남아 있다.

연진우는 소리가 나지 않게 조심하며 마당을 지나 안을 보았다.

집기(什器)들이 모두 부서져 있었다. 아마도 천산이살이 무엇을 찾느라고 집 안을 아수라장으로 만든 모양이었다.

'노부부의 이야기가 무슨 '천년의…' 라고 하였는데 그것과 관련이 있는 것일까? 천산이살과 싸울 때 무슨 비급(秘笈) 운운하지 않았던가? 그들이 말하는 천산의 혈채가 그 비급에 얽힌 것인가?'

시간을 두고 천천히 살펴본 연진우는 객잔 안팎에 사람이 없는 것을 확인하였다. 조금 대담해진 그는 객잔 안으로 들어섰다.

"으음!"

바닥에 떨어진 헝겊 조각을 본 그는 허리를 숙여 그것을 주웠다. 그 천 조각이 사부의 옷자락이라는 것을 아는 데는 그리 많은 시간이 필요하지 않았다.

'어찌 된 일일까? 분명히 사부님께서는 마당에서 싸우셨는데 왜 이 옷이 여기에 떨어져 있지?'

연진우의 표정이 어두워졌다.

한상욱의 겉옷 조각에는 시커먼 피가 흠뻑 묻어 있었다.

'어떻게 되셨을까? 구설이라는 자에게 중독되신 것 같았는데…….'

고민은 계속되었다.

'이대로 월아산에 돌아가야 하나, 소림사로 가서 이 가락지를 전해 주어야 하나…….'

갑자기 음산한 웃음소리가 들렸다.

연진우는 허리께가 뜨끔해지는 것을 느꼈다. 급히 손을 가져가 보니 뜨거운 것이 주르륵 흘러나왔다.

"역시 네놈이 돌아올 줄 알았다. 너는 그 녀석의 제자겠지?"

애꾸노인이었다. 연진우에게 상처를 입힌 것은 그의 허리띠였다.

"두 늙은이가 네게 한 말이 있을 터, 그것을 알려주면 편하게 죽여주겠다."

그의 말에는 살 떨리는 잔인함이 배어 있었다.

하지만 듣기는 무슨 말을 들었단 말인가. 그저 천 년의 어쩌고 하는 한마디밖에 알아듣지 못하였던 것을……. 더군다나 연진우가 길영의 이야기를 끝까지 듣지 못하게 하는 데 가장 큰 공헌을 한 사람이 바로 자신이라는 것을 모른단 말인가?

연진우는 재빨리 주변의 상황을 확인하였다.

구설은 보이지 않았다. 애꾸눈이 이곳에서 자기를 기다리고 구설이 추격에 나섰을지도 모르지만 만에 하나 그자마저 이 근처에 있다면 백 가지 계책이 아무 소용 없을 것은 자명한 일이었다.

"임종 직전에 힘없이 한 말이라 알아듣지 못하였지만, 그에게서 한 가지 물건을 받았습니다."

연진우는 일부러 매우 두려운 표정을 지어 보이며 그에게 말했다.

"그래? 어서 이리 가져와 보거라."

그는 떨고 있는 연진우를 아주 한심하게 바라보며 말했다.

연진우는 그가 더욱 방심하도록 더 몸을 꼬며 더듬더듬 말했다.

"노파가 준 것은 그저 구리 반지 하나일 뿐입니다. 이것을 가지고 구화산으로 가서……."

하나뿐인 눈이 번쩍였다. 그는 냉막한 목소리로 재차 확인했다.

"구화산… 구화산이라고 하던가? 거짓말은 아니겠지?"

"감히 제가 어찌 어르신을 속이려 들겠습니까. 분명 구화산으로 가라고 하였습니다."

그는 코웃음 치며 연진우를 다그쳤다.

"흥, 노부는 다시는 사람을 믿지 않기로 다짐한 사람이다. 어서 그 반지를 가지고 와보거라."

연진우는 천천히 그에게로 다가갔다. 억지로 내딛는 걸음걸이는 지독히 불안정했다. 다리가 후들거리고 있다.

구리 반지는 꽉 거머쥔 주먹 안에 들어 있었다. 연진우는 주먹을 풀며 애꾸눈의 코앞에 반지를 들이대었다.

그가 손을 뻗어 반지를 잡으려고 했다.

그 순간 강한 어깨 공격이 터졌다. 아니, 어깨 공격 일 회가 아니라 어깨, 팔꿈치, 손등, 무릎, 정강이를 사용한 연속 공격이 작렬했다.

한상욱과 자주 연습하던 근접전의 기술을 연속으로 펼치자 애꾸눈의 몸에 잠시 틈이 생겼다. 연진우는 다시 한 번 머리로 그의 안면에 강한 박치기를 날렸다. 보통 무림인들이 잘 사용하지 않는 기술이라 그는 찰나지간에 박치기를 그대로 맞았다.

연진우는 주저하지 않고 즉시 객잔을 벗어났다. 하지만 달아나는 것도 어려웠다. 뒤를 막아주는 사람 없이 경공의 실력만 가지고는 도저히 애꾸눈을 따돌릴 수 없었다.

쉭—

등허리가 뜨끔거렸다. 은빛의 허리띠는 순식간에 연진우의 살가죽을 훑어내었다.

파파박!

혈도가 마비되었다.

애꾸눈의 부드러운 허리띠는 연검(軟劍)이나 채찍처럼 쓰일 뿐만 아니라 딱딱한 막대기처럼 변해 연진우의 혈도를 누를 수도 있었다.

그는 점혈당해 뻣뻣하게 서 있는 연진우를 보며 허리띠를 잡고 있던 손을 흔들었다.

스륵—

허리띠는 미세한 소리를 내며 다시 그의 허리에 착 감겼다.

"내가 누군지 아느냐?"

"……."

흑의인의 독목(獨目)이 뒤룩뒤룩 굴러다녔다.

"강호에서는 노부를 일컬어 무영은편(無影銀鞭)이라고 한다. 노부에게는 두 가지 장기가 있는데, 하나는 네가 이미 몸으로 맛본 이 은편을 쓰는 것이고……."

무영은편 등성호(鄧聖號)는 허리춤에 감긴 은빛 띠를 쓰다듬었다.

굴러다니던 그의 눈동자가 움직임을 멈추었다.

그는 오른손으로 연진우의 목덜미를 부드럽게 쓰다듬었다.

목덜미를 쓰다듬던 손은 아래로 내려와 쇄골(鎖骨) 위에 자리했다.

"또 하나는 사람을 죽이지 않고도 죽음보다 더한 고통을 맛보게 하는 재주이다."

뚜둑!

"……."

섬뜩한 소리가 나며 쇄골이 부서졌다. 하지만 연진우는 신음 소리조차 내지 않았다.

"호! 어린 녀석치곤 인내심이 대단한걸?"

등성호가 애꾸눈을 반짝거린다. 그를 조금이라도 알고 있던 사람이라면 그가 이 눈빛을 보여주었을 때 고문을 당하느니 혀를 깨물고 자살을 하고 말 것이다.

"힘있는 자가 살고 힘없는 자는 죽는다는 게 강호의 법도라는 건 알고 있겠지?"

그는 차갑게 웃으며 입을 놀렸다.

따악! 딱! 뿍— 뿍—

"흑!"

반대편 쇄골이 부서졌다. 이번에는 아까와 다른 방법을 써서 뼈를 부러뜨렸다. 아니, 아까는 부러뜨렸고 이번에는 으깨어 버렸다.

연진우의 입에서 가느다란 신음 소리가 들렸다.

"흐흐, 좋아. 노부는 약한 것들이 억지로 강한 척하는 것을 가장 혐오한다. 벌레는 벌레답게 굴어야지."

연진우는 다른 고통보다도 숨 쉬기가 어려운 것을 느꼈다. 숨소리도 이상해졌다. 쇄골이 부서지면서 뼛조각이 기도를 건드린 모양이다.

"이런이런, 벌써부터 이렇게 약하게 나오면 안 되지. 들을 이야기가 많은데 말을 못한다면 내가 섭섭해."

등성호의 손은 몇 군데의 혈도를 눌렀다. 다행히 숨 쉬기는 한결 편해졌다.

"좋아, 이젠 이야기를 들어보지. 반지를 구화산으로 가져가서 어떻게 한다고?"

"……."

"응? 뭐라고 하는 거야?"

입 모양은 뭐라고 달싹거리고 있지만 소리는 들리지 않았다.

등성호는 귀를 연진우의 입 쪽으로 가져갔다.

"자, 이제 다시 말해 봐. 뭐라고?"

연진우는 쉴 새 없이 머리를 굴렸다.

하지만 아무리 생각해도 이 위기를 벗어날 방법이 떠오르지 않았다.

어떻게든 이자의 손에서 벗어나 한상욱을 찾아야 하는데…….

돌아오는 것이 아니었다.

한상욱의 말대로 바로 월아산을 향했다면 이런 일은 없었을 것인데 괜히 돌아와서 이런 일이 생겨 버렸다.

생각해 보니 개방의 거지들을 상대했을 때도 한상욱이 시키는 대로 하지 않아서 초장에 단단히 애를 먹었던 기억이 난다.

'윽!'

숨이 막혀 죽을 것 같다.

아까보다는 조금 편해졌지만 숨 쉬는 것은 여전히 힘들었다. 거기다가 무영은편이라고 자기를 소개한 애꾸눈 늙은이가 귀를 가까이 가져오면서 머리로 가슴을 슬쩍 밀었다. 부서진 쇄골이 비명을 질렀다.

'제기랄…….'

"자, 이제 다시 말해 봐라. 어디로 가야 한다고?"

눈, 고통 때문에 잠시 감았던 눈을 억지로 떴다.

하지만 연진우는 눈을 뜨자마자 다시 감아버렸다. 바로 앞에 등성호의 하나 남은 눈이 서늘한 빛을 발하고 있었기 때문이다.

'젠장…….'

마음속으로야 별의별 욕을 다했지만 지금 몸 상태로는 소리 내어서 욕하는 것도 어려울 것 같았다.

"구화산은 아니지?"

갑자기 등성호의 말투가 부드러워졌다.

"솔직하게 말하면 어떻게 될지 혹시 아나? 지금 보니 네 골격이나 성품이 참 마음에 드는데……."

비록 말끝을 슬쩍 흐렸지만 연진우는 어렵지 않게 등성호의 말을 알아들었다.

　사실대로 털어놓으면 목숨을 살려줄 뿐만 아니라 제자로 삼을 의향도 있다는 말이었다.

　다행히 연진우는 저런 사람의 말을 전적으로 신뢰할 정도로 어리석진 않았다.

　부드러운 목소리는 눈을 감고 있는 연진우에게 계속 들려왔다.

　"사실대로 이야기해라. 나는 약속을 지키는 사람이다."

　머리 속이 어지러워졌다.

　분명히 믿을 만한 사람은 아닌데 형편없이 망가진 몸은 저자의 말을 들을 것을 요구하고 있다. 아니, 일단 이 위기를 모면할 것을 요구하고 있었다.

　연진우는 눈을 떴다.

　방금 머리 속에 스치고 지나간 단어는 그가 아는 한도 안에서 가장 강한 힘을 가지고 있는 사람의 이름이었다.

　가느다란 핏줄기가 말라붙은 입가로 미약한 바람 소리 같은 말소리가 흘러나왔다.

　"반지를 월아산에 사는 형량보라는 사람에게 전해주면 된다고 했습니다."

　등성호의 눈빛이 크게 흔들렸다.

　도박을 해보는 수밖에 없었다.

＊　　　＊　　　＊

　개봉(開封)은 하남성(河南省)의 북동부 황하의 남쪽 대평원에 위치한

도시이다. 수호지(水滸誌)의 무대로도 유명한 개봉은 도시 안에 무수히 많은 호수와 연못이 있어 매우 아름다운 곳이다.

또한 태산(泰山), 오대산(五臺山), 숭산(嵩山), 화산(華山), 황산(黃山) 등 거대문파의 근거지가 개봉을 둘러싸고 있었다.

정파 연합의 근거지로 좋은 입지 조건을 가지고 있는 셈이었다.

그래서 정의맹(正義盟)은 개봉에 총단을 두었다.

강호인은 타고난 자유인이다.

이것은 정파와 사파를 막론하고 기본적으로 무인들의 성격이 그렇기 때문이다. 물론 정도의 차이는 있겠지만 강호에 사는 사람들의 대부분은 남에게 간섭받는 것을 매우 싫어한다.

하지만 세상일에는 언제나 예외라는 것이 있고, 때로는 그 예외가 거대한 흐름을 만들기도 한다.

간섭받는 것을 싫어하는 무림인들 사이에서도 엄격한 상명하복(上命下服)이 이루어지는 조직은 분명히 존재했다.

스승과 제자의 인연이 꼬리에 꼬리를 물고 이어져 큰 조직을 이룬 명문정파(名門正派)가 그랬고 강호를 독패하려는 야심을 품은 사파(邪派)와 마교(魔敎)가 그러했다.

간혹 그들 사이에 분쟁이 생기면 상대적으로 힘이 분산되어 있던 백도인들은 임시로 모여 하나의 세력을 이룬다.

임시로…

어디까지나 임시로 모이는 것이다.

백도를 위협하는 세력이 사라지면 존재 가치를 잃어버리는 곳이 무림맹이다.

역설적으로 말하자면 무림맹이 존재하는 시기는 혼란스러운 시기이
며 무림맹은 무림맹이 필요없는 무림을 위하여 존재한다고도 할 수 있
다.

당대의 무림맹은 정의맹(正義盟)이라는 이름을 사용하고 있었다.

이름 붙이고 구분 짓는 것을 좋아하는 사람들이 있다.

소위 호사가(好事家)라고 불리는 그런 부류의 사람들은 강호의 인물
들을 볼 때도 그냥 흘려보지 않고 자기 나름의 기준으로 나누고 분류
한다.

세간에 말이 많은 오대고수니 십대고수니 하는 말들은 그런 사람들
이 만들어낸 말이라고 해도 좋을 것이다.

사실 싸움이라는 것이 절대적인 기준을 가지고 이루어지는 것은 아
니지 않은가.

물론 평소에 얼마나 공력(功力)을 쌓아왔느냐도 중요하겠지만 당일
의 몸 상태나 상대를 대했을 때의 마음가짐 등 무수히 많은 조건들과
예측할 수 없는 변수들을 모두 계산한다고 할지라도 알 수 없는 것이
강호의 일이다.

절대적인 기준?

그런 것이 있을 턱이 없다.

유무용이라는 이름을 아는 사람이 거의 없던 때도 있었다.

허름한 행색으로 나타난 그가 어느 날 갑자기 이름이 제법 알려진
고수들을 찾아다니며 연전연승(連戰連勝)해 명성을 얻을 줄 누가 알았겠
는가?

그럼에도 불구하고 호사가들은 끊임없이 사람들을 나누고 적당한

수준의 이름을 붙여주려고 고민한다.

그래서 그들은 백도무림에서 가장 강하다고 생각되는 다섯 사람에게 오대존자(五大尊者)라는 이름을 붙여주었다.

이런 것을 정할 때 언제나 빠짐없이 거론되는 소림과 무당의 장문인.

이제는 낭인무사가 아닌 당당한 일파의 종주인 유무용.

무공에 미쳐 장문인의 자리마저 사제에게 양보하고 무공을 닦는 공동파의 창궁 진인.

그리고 이들 네 사람과 더불어 정의맹의 맹주인 검존(劍尊) 언극린(彦極燐)이 백도 최강의 고수라는 이름을 얻고 있었다.

물론 이것은 바깥으로 드러나 있는 이름이었다.

상승의 무공을 가지고 있지만 거지라는 신분 때문에 무공 수준조차 평가절하된 고전이 있고, 그 고전과 대등하게 겨룬 한상욱도 있다.

강호에는 드러나지 않은 기인이사(奇人異士)들이 무수히 많다.

모두가 그것을 인정한다.

하지만 오대존자로 불리우는 다섯 사람의 무공이 각각 독보적인 것임을 부정할 사람도 없었다.

특하나 검존 언극린의 경우는 더했다.

진주언가(晋州彦家)의 서자로 태어났지만 가문을 떠나 검각(劍閣)의 무예를 수련한 그는 만인이 인정하는 백도 제일의 고수이자 정의맹의 맹주였다.

언극린은 걷고 있었다.

평소의 습관대로 아침 식사를 마친 후에 하는 평범한 산책이었다.

오전의 햇살은 따스했다.

언극린의 입가에 미소가 걸렸다. 직접 가꾼 꽃길을 걷는 이 시간이야말로 그가 살아 있다는 느낌이 드는 유일한 순간이었다.

바람이 불어왔다. 향긋한 꽃 내음이 배어 있는 바람이었다.

강철과 피의 냄새가 속속들이 배어 있는 육체를 따스한 햇살과 꽃향기 속에 담그는 것만큼 행복한 것은 없었다.

그는 걸음을 멈추었다.

눈부시도록 싱그러운 햇살 속에 잠시 멈추어 서 있었다.

그는 그렇게 생명의 냄새 속에 흠뻑 젖어 있었다.

"맹주."

언극린은 눈을 뜨지 않았다.

"맹주."

갑작스레 나타난 목소리는 다시 언극린을 불렀다.

"……."

하는 수 없이 눈을 뜬 그는 불쾌한 표정을 지으며 목소리의 주인공을 바라보았다.

안타깝게도 눈을 뜬 순간 지금까지 그를 행복하게 해주던 기운들이 모조리 날아가 버렸다.

언극린은 불쾌한 표정으로 고개를 돌렸다. 그의 시선이 닿은 곳에는 백색 유삼(儒衫)을 입은 청수한 외모의 노인이 서 있었다.

"무슨 일이오, 군사?"

불쾌한 표정은 금세 간곳없이 사라졌다. 질문을 던진 언극린의 표정은 더없이 온화한 것이었다.

노인도 온화한 얼굴로 부드럽게 말했다.

"움직이기 시작했다는 첩보가 들어왔습니다."

"그래요? 군사의 예측대로구려."

"이제는 백호(白虎)를 움직여야겠습니다."

"호오! 백호를 보내야 할 만큼 대단한 사람이란 말씀이십니까?"

"물론 꼭 그렇지만은 않지만 사안이 워낙 중대하여……."

내용이야 어떤지 모르겠지만 두 사람의 표정이나 말투는 지극히 평온했다.

"백호라……."

"바꾸는 것이 좋겠습니까?"

언극린은 잠시 생각에 잠기는 듯했다.

햇살이 쏟아지는 꽃길 위에 선 두 남자는 조용히 입을 다물고 있었다.

그리고 한참만에 언극린의 입이 열렸다.

"뭐, 구양 군사의 뜻이 그렇다면 그렇게 하도록 하지요."

노인은 허리를 깊숙이 숙였다.

"그러면 즉시 조치하도록 하겠습니다."

언극린은 대답을 하는 대신 노인을 바라보았다.

굳이 말을 하지 않아도 그의 마음을 아는지 노인은 여전히 부드러운 말투로 이야기했다.

"아직 한 가지가 더 남았습니다."

"……."

언극린의 입가로 희미하게 한숨이 흘러나왔다.

지금 그가 원하는 것은 햇빛이 더 강해지기 전에 이 길을 거니는 것이었다. 결코 맹의 복잡한 일을 처리하는 것이 아니었다.

노인은 내심으로 미소를 지으며 이야기를 계속했다.

"설화(雪花) 낭자가 다시 나타났다고 합니다."

"……."

하지만 언극린은 별 반응을 보이지 않았다. 그저 노인을 보는 눈빛이 조금 강해진 것뿐이었다.

"소림사 근처에서 본 사람이 있다고 합니다."

＊　　　　＊　　　　＊

덜컹덜컹!

연진우는 오만상을 찌푸렸다.

마차가 덜컹일 때마다 부목을 대고 붕대로 대충 감아놓은 상체가 지독스럽게 아파왔다.

조금 편하게 자리를 잡고 싶어도 혈도가 막혀 있어 마음먹은 대로 할 수 없었다.

"제기랄……."

나지막이 욕설을 내뱉었지만 대꾸해 줄 사람도 없었다.

덜컹!

또 연진우의 얼굴이 일그러졌다.

이번에는 소리는 내지 않은 채 입만 벌렸다.

고통이 가득 담긴 탄식이 소리없이 흘러나왔다.

좁은 마차 안은 그가 내뿜은 더운 숨으로 가득 찼다.

"제길……."

등성호는 덜컹이는 마차 위에서 가만히 눈을 감고 있었다.

그의 옆에는 붉은 눈의 노인이 말고삐를 잡고 있다.

"형량보라……."

눈을 감은 채 천천히 중얼거리는 등성호.

구설은 아무 대꾸도 하지 않고 앞만 바라보았다.

"정말일까?"

눈꺼풀이 열렸다.

하나 남은 등성호의 눈은 날카로운 빛을 발하고 있었다.

"알 수 없지요. 솔직히 저는 저놈이 그의 후인이라는 것도 믿어지지 않습니다."

"그렇지?"

구설은 더 이상 대답하지 않고 이를 악물었다.

떠올리기 싫은 과거의 기억이 그를 괴롭혔다.

연진우는 이것을 예상했을까?

물론 아닐 것이다.

뜻밖에도 그들은 형량보를 알고 있는 것 같았다.

젊은 시절 한 가지 꿈을 위해 앞만 보고 달렸던 때가 있었다. 하지만 꿈은 결국 꿈으로 끝났을 뿐이었다. 결국 이렇게 흉측스런 모습으로 간신히 살아남은 것이 전부였다.

오랜 세월이 흐른 지금은 그때의 행동이 세상 물정 모르는 젊은이의 철없는 객기였다고 생각하고 있다.

하지만 문득문득 그때의 일을 생각하면 괜스레 가슴이 뜨거워지는 것은 왜일까?

왜 그때 함께했던 사람들만 생각하면 눈가가 촉촉해지는 것일까?

구설의 붉은 눈가에 이슬이 맺혔다.

옆에서 구설의 옆모습을 슬쩍 훔쳐본 등성호는 다시 눈을 감았다. 그리고 고개를 좌우로 흔들며 눈을 떴다.

"과거는 과거일 뿐이야. 우리에겐 지금 우리가 할 일이 있어."

단호한 의지가 느껴지는 말이었다.

구설은 힘없는 목소리로 중얼거렸다. 살기 넘치던 그의 모습과는 도저히 어울리지 않는 목소리였다.

"알고 있습니다."

"궁주가 우리에게 말한 것을 잊지 말게. 세상을 살아가는 방법은 한 가지만 있는 게 아니야."

"……."

"우리가 할 일을 하세나. 일단은 천년지로(千年之路)를 얻는 것이 우리 일이 아닌가."

"……."

마차는 계속 덜컹거리고 있었다.

"이곳이냐?"

구설의 목소리를 들으면 온몸의 털이 곤두서는 것 같다. 아니, 냉랭한 목소리는 둘째 치고 저 붉은 눈알을 볼 때마다 소름이 돋았다.

하지만 연진우는 고개를 돌리지 않고 그의 눈을 똑바로 쳐다보며 고개를 끄덕였다.

"흐음……."

불편한 마차 여행 끝에 월아산에 도착했다.

구설은 마차의 천막을 뜯어내어 버렸다. 사람들이 어느 정도 다니는

길을 갈 때만 해도 송장과 같은 몰골로 누워 있던 연진우를 숨기려 하
였으나 이제는 더 이상 숨길 것이 없다고 생각한 모양이었다.

갑자기 마차가 멈췄다.

"저놈은 누구냐?"

등성호의 목소리에 구설은 고개를 돌렸다. 하지만 연진우는 몸을 마
음먹은 대로 놀릴 수가 없어 그가 누구를 보고 이야기하는 것인지 알
수 없었다.

"뭐 하는 잡놈들이냐?!"

온 산이 쩌렁쩌렁 울리는 목소리였다.

연진우의 머리 속에 봉두난발에 나체로 돌아다니는 어떤 사람의 모
습이 떠올랐다. 초목수호신군(草木守護神君)이라고 자기를 소개하며
흐뭇해하던 괴인이었다.

두 노인.

등성호와 구설은 당황한 표정이었다.

갑자기 나타난 사람의 정체가 궁금해서 그런 것만은 아닐 것이다.
보통 사람들이 그를 보았다면 용모를 보고 그냥 미친놈으로 치부하고
넘어갔을지도 모른다.

그러나 고수는 고수를 알아보는 법이다. 미친놈이라고 하기에는 괴
인이 풍기는 기도(氣度)가 너무나 가공스러웠다. 누워 있는 연진우에게
도 섬뜩하게 느껴질 정도였다. 만일 과거에 지금 수준의 감각이 있었
다면 대적할 생각을 절대 하지 못했을 것이다.

그의 전신에서 구름처럼 피어오르고 있는 기도는 귀기 어린 음습함
으로 충만했다. 가뜩이나 평범하지 않은 용모는 그것으로 인해 더욱더
괴이쩍게 보였다.

“웬 잡놈들이 본좌의…….”

초목수호신군은 말을 멈추고 마차에 누워 있던 연진우를 보았다.

“저놈은?”

그는 미간을 찌푸리며 연진우의 얼굴을 뚫어져라 바라보았다.

“늑대새끼군.”

마침내 연진우를 기억해 낸 그는 괴이한 미소를 지었다.

척!

등성호가 마차에서 내렸다.

쉽게 상대할 수 있는 사람이 아니라는 것을 본능적으로 알았기에 자신이 먼저 나선 것이다.

슥―

발을 땅 위로 질질 끌던 등성호는 흐느적거리는 몸놀림으로 천천히 초목수호신군에게 다가갔다.

스슷!

그의 몸이 갑자기 사라졌다.

“으하하핫!”

초목수호신군은 껄껄 웃으며 손발을 풍차처럼 휘둘렀다.

“큭!”

눈에 보이지도 않을 정도로 빠르게 움직이던 등성호의 움직임이 멈췄다. 창백해진 얼굴에 당황한 기색이 어려 있었다.

“당신은…….”

등성호는 말을 더듬거렸다.

입술은 파르르 떨렸고 눈알은 심하게 요동 쳤다.

목소리에서 느껴지는 동요는 누워 있는 연진우도 충분히 느낄 수 있을 정도였다.

"무슨 일입니까?"

처음부터 심상치 않은 자라는 것을 알고는 있었지만 등성호가 직접 나섰기에 별다른 걱정을 하지 않았던 구설이었다. 그러나 정작 믿고 있던 등성호가 저런 꼴을 하고 있자 구설도 당황한 모양이다.

구설의 질문은 공허한 메아리가 되어 돌아왔다.

등성호는 구설의 질문에 어떠한 형태로도 대답하지 않았다.

"두 놈이 한꺼번에 덤벼보려는 것이냐?"

대답 비슷하게라도 구설에게 들려온 소리는 괴인의 목소리가 전부였다.

하지만 이번에는 구설이 침묵했다.

구설은 말없이 상체를 낮추며 양손을 응조(鷹爪)로 만들었다.

"재미있군. 저 늑대새끼는 왜 안 덤비고 누워 있는 거야?"

괴인이 고개를 갸웃거리는 틈에 구설의 신형이 그야말로 창응박토(蒼鷹搏兎)의 기세로 괴인에게 날아갔다. 뭔가 망설이는 듯하던 등성호 역시 구설의 뒤를 따라 날아들었다.

세 사람의 고수는 그리 긴 시간을 겨루지 않았다.

잠깐, 아주 잠깐 어우러졌다가 등성호와 구설이 다시 뒤로 물러난 것이었다. 그리고 그 잠깐의 시간 동안에 구설의 손톱은 괴인의 팔뚝에 기다란 상처를 남겨두었다.

괴인을 바라보는 구설의 붉은 눈은 여전히 칙칙한 기운을 풍겼다.

그러나 무엇이 불안한 것인지 등성호는 여전히 불안한 안색이었다.

구설은 무슨 일이냐고 묻고 싶은 마음이 굴뚝같았지만 상황이 상황인지라 괴인의 상처에서 독이 퍼지는 것만을 주시하고 있었다.

아니나 다를까, 괴인의 팔은 상처를 중심으로 시커멓게 변색되고 있었다. 멀찍이서 눈으로 보아도 알 수 있을 정도로 확실하게 독이 확산되고 있는 것이다.

"호호……."

괴인의 입에서 웃음이 흘러나왔다.

구설은 그 웃음소리를 듣는 순간 본능적으로 괴인의 얼굴보다 등성호의 얼굴을 먼저 살폈다.

그의 시선이 닿은 곳에 있는 등성호의 얼굴은…

파랗게 질려 있었다.

구설의 놀라움은 말로 할 수 없을 정도로 엄청났다.

젊은 시절부터 그가 알던 등성호는 단 한 번도 자기에게 저런 모습을 보인 적이 없었던 사람이다.

지금 등성호는 그저 얼굴색이 변한 정도가 아니라 이빨까지 딱딱 부딪쳐 가며 떨고 있었다.

'대체 저자가 누구길래…….'

핏빛의 눈동자에 의구심이 가득했다.

그리고 자기 귀를 의심했다.

"돌아가자!"

"예?"

"돌아가자고 했다. 저자는 우리가 상대할 수 있는 사람이 아니다."

절대 등성호의 입에서 나올 말이 아니었다.

상대하기 어려운 것으로 치자면 권왕 형량보도 가망이 없기는 매한가지였다. 아니, 단순히 무공만이 아니라 얽히고설킨 과거의 연(緣) 때문에 더 까다로웠다.

하지만 그들에게는 분명한 목적이 있었기 때문에 그 모든 어려움을 감수하려고 했다.

천 년의 신비를 개봉하는 일에 장애가 된다면 상대가 부처든 악마든 가차없이 날려 버리리라는 각오를 하고 길을 나섰던 것이 아닌가.

"진심이십니까?"

말은 등성호를 향해 하고 있었지만 그의 눈은 괴인을 향하고 있었다.

독기는 이미 괴인의 전신으로 퍼져 있었다.

가만히 놓아두어도 잠시 후면 죽을 것이 뻔한 사람을 두고 돌아가자는 말이 도저히 이해되지 않았다.

"가야 돼, 가야 한다구."

말을 한 것으로 그치지 않고 등성호는 마차 쪽으로 달려갔다.

"내려라, 이놈!"

구설은 연진우를 마차 아래로 집어 던지고 말고삐를 잡는 등성호를 아연한 표정으로 바라보며 소리쳤다.

"저놈은 이미 독이 전신에 퍼졌습니다. 대체 왜 그러시는 겁니까?"

"그거야 잠시라도 비틀거릴 때 빨리 달아나야……."

구설은 등성호의 이야기를 끝까지 듣지 못했다.

첫 번째 이유는 등성호가 마차를 황급히 출발시켜 버렸기 때문이고 두 번째 이유는 등 뒤에서 음산한 목소리가 들려왔기 때문이다.

"으흐흐흐흐……."

연진우는 비록 바닥을 뒹굴고 있었지만 똑똑히 볼 수 있었다.

철조 구설이라는 사람이 얼마나 참혹하게 박살이 나는지를 말이다.

한참 후, 목은 어디로 사라지고 없는지 몸통만 남은 시체 한 구가 숲 속에 버려졌다.

야생 짐승 몇 마리가 그 주위를 지나갔지만 시체에는 눈길도 주지 않았다.

무리에서 이탈한 어린 승냥이 한 마리가 무심코 시체를 건드렸다가 즉사한 것을 제외하고는…….

『천년지로』 2권으로 이어집니다.